Veröffentlicht von
DREAMSPINNER PRESS

5032 Capital Circle SW, Suite 2, PMB# 279, Tallahassee, FL 32305-7886 USA
www.dreamspinnerpress.com

Dies ist eine erfundene Geschichte. Namen, Figuren, Plätze, und Vorfälle entstammen entweder der Fantasie des Autors oder werden fiktiv verwendet. Ähnlichkeiten mit lebenden oder verstorbenen Personen, Firmen, Ereignissen oder Schauplätzen sind vollkommen zufällig.

Das Licht der Liebe
Urheberrecht der deutschen Ausgabe © 2018 Dreamspinner Press.
Originaltitel: Heart Unseen
Urheberrecht © 2017 Andrew Grey.
Original Erstausgabe. April 2017
Übersetzt von Florentina Hellmas.

Umschlagillustration
© 2017 L.C. Chase.
http://www.lcchase.com
Die Illustrationen auf dem Einband bzw. Titelseite werden nur für darstellerische Zwecke genutzt. Jede abgebildete Person ist ein Model.

Deutsche ISBN. 978-1-64080-661-0
Deutsche eBook Ausgabe. 978-1-64080-660-3
Deutsche Erstausgabe. März 2018
v 1.0

Gedruckt in den Vereinigten Staaten von Amerika.

Das Licht der Liebe

ANDREW GREY

Diese Geschichte ist der echten Penny gewidmet, einer fünfzig Pfund schweren scheckigen Schönheit, die meint, sie wäre ein Schoßhund.

1

TREVOR MICHAELSON drückte einen Knopf auf dem Armaturenbrett seines brandneuen Mustangs, um den eingehenden Anruf entgegenzunehmen.

„Ich bin auf dem Weg."

„Ich schwöre, du kommst noch mal zu deiner eigenen Hochzeit zu spät, falls es dazu je kommt", bemerkte Dean Milford spöttisch, wie immer, wenn er ihn mit etwas aufzog.

„Ich bitte dich, ich habe noch zehn Minuten und ich bin fast da. Also spar dir deine Vorträge, dass ich immer zu spät komme. Ich habe den weitesten Weg, wie du sehr wohl weißt."

„Ja, ja. Wenn du bald kommst, hättest du einen freien Parkplatz auf der Second Street, direkt neben mir. Ich halte ihn dir frei, aber ich bekomme von den Transen hier schon böse Blicke und ich befürchte, dass sie jeden Moment mit Schuhen nach mir werfen", sagte Dean und lachte über seinen eigenen Scherz.

„Ich kann dich sehen."

Trevor bremste. Dean ging aus dem Weg und starrte den Wagen fasziniert an, als Trevor rückwärts in die Parklücke schob. Er liebte die Kameras und Sensoren des Autos, die das Einparken zu einem Kinderspiel machten.

„Scheiße, Mann. Der ist vielleicht edel. Und die silbergraue Farbe mit den Streifen ist klasse." Er trat einen Schritt zurück und bewunderte die Karosse, worüber Trevor ziemlich glücklich war. Dean war ein Autoliebhaber, der Typ, der seine Wochenenden mit Jungs auf dem Rücken verbrachte – im guten Sinn des Wortes, nämlich gemeinsam unter Fahrgestellen. Trevor war dagegen nur an einer Position interessiert, die auf dem Rücken liegende Jungs einschloss. Nämlich dann, wenn sie unter ihm lagen.

„Wann hast du den bekommen?"

Trevor lächelte. „Heute Morgen." Er öffnete eine Tür, sodass Dean einen Blick auf die elfenbeinfarbenen Ledersitze und die ansonsten schwarze Innenausstattung werfen konnte. „Er hat alles und in den Sitzen fühlt man sich wie in einem Lehnstuhl."

„Den würde ich wirklich gerne mal Probefahren." Dean wirkte beeindruckt, was nicht oft vorkam. „Komm, lass uns reingehen, bevor Brent die Wände hochgeht."

„Ist er hier?"

„Ja, du kennst doch unser Angsthäschen. Er wollte sicherstellen, dass wir einen guten Tisch bekommen, also ist er vorgegangen, um einen zu besetzen. Nicht, als ob wir so viel Zeit sitzend verbringen würden. Wir wollen uns ja schließlich amüsieren und was erleben." Dean wirkte plötzlich aufgeregt und voller Energie. Außer sich mit seinen Freunden zu unterhalten, wollte er also offenbar vor allem eines: gevögelt werden und dabei seinen Ex, Dumpfbacke Chuck, vergessen.

„Entspann dich, Kumpel." Trevor versperrte das Auto mit seinem Schlüsselanhänger und legte einen Arm um Deans Schultern. Er kannte Dean seit zehn Jahren, seit sie sich beide in der zehnten Klasse in ihrem Klassenraum umgesehen und dabei eine verwandte Seele entdeckt hatten. Es fühlte sich so verdammt gut an, Dean wiederzuhaben, nachdem Chuck ihn in einen immer kleineren Kreis von Freunden manipuliert hatte, die zufällig alle Chucks Freunde waren. Er konnte immer noch nicht begreifen, wie Dean so viel Dummheit auf einem Fleck ausgehalten hatte.

Sie betraten den Club Marquee im dritten Bezirk von Milwaukee und passierten die riesigen Türsteher, deren schwarze T-Shirts so eng saßen, dass sich darunter klar sichtbar Nippel abzeichneten. Trevor lächelte den Männern zu. Er wusste bereits von beiden, wie sie ohne Shirt aussahen und was sich in ihren schwarzen Jeans verbarg. Er hatte mit jedem von ihnen Spaß gehabt und wenn sonst nichts lief, könnte er immer noch probieren, ob er beiden auf einmal gewachsen war.

„Viel Spaß, Trevor", sagte Marvin, als er vorbeiging. Trevor schenkte ihm ein Lächeln und ließ seinen Blick noch einmal auf und ab gleiten, um auszudrücken, dass ihm gefiel, was er sah. „Passt auf euch auf, Jungs", sagte Trevor, in dem Bewusstsein, dass es in letzter Zeit in der Gegend einige Zwischenfälle gegeben hatte, über die die Zeitungen berichtet hatten.

„Machen wir", sagte Gary von der anderen Seite der Tür und suchte eindeutig Blickkontakt.

Trevor ging ins Innere des Clubs und schickte Dean aus, um Brent zu finden, während er an der Bar die erste Runde Drinks bestellte. Er wusste, was die beiden wollten, also zwinkerte er dem hageren, schlaksigen, blonden Kellner zu und ließ ihm ein Trinkgeld zukommen. Er spähte über das Meer von Köpfen, bis er Deans entdeckte und balancierte die Getränke durch die wachsende Menge zum Tisch. Er stellte die Gläser ab und umarmte Brent.

„Es ist verdammt lange her", sagte Brent und drückte ihn an sich. Für ein paar Sekunden überließ Trevor sich dem Gefühl. Brent war immer so stark und beständig, seine Umarmung war wie ein Kokon der Sicherheit, wenn auch nur für einen Augenblick.

„Stimmt." Trevor setzte sich und alle hoben ihre Gläser. Er und Brent prosteten Dean zu. „Auf eine Zukunft ohne Dumpfbacke Chuck!" Trevor lächelte und Dean biss sich auf die Lippe. Wenn er so reagierte, war etwas im Busch. „Das kann doch nicht sein?"

„Oh Gott, nein. Ich bin fertig mit ihm. Ich wusste nur nicht, dass ihr beide ihn so gehasst habt." Dean nahm einen Schluck von seinem Bier und stellte das Glas wieder ab. „Ich wünschte, ihr hättet etwas gesagt."

Trevor rollte mit den Augen und hätte Dean gerne geschüttelt, nippte aber lieber an seinem Martini. „Wir haben es versucht, weißt du noch? Du hast dich dagegen gewehrt und behauptet, wir würden ihn nicht gut genug kennen. Also haben wir uns zurückgezogen, bis du es selbst gemerkt hast. Mehr konnten wir nicht tun."

Brent neigte den Kopf leicht und warf Dean seinen patentierten *Du weißt, dass ich recht habe, also widersprich mir nicht, sonst lasse ich den Anwalt raushängen* – Blick zu. „Wir haben dich nie aufgegeben, aber wir mussten uns zurückhalten."

„Ich weiß. Ich habe mich geweigert zu sehen, was er wirklich war, bis es fast zu spät war." Dean schüttelte sich. „Das Arschloch hat keine Kondome verwendet. Habe ich euch das erzählt? Er hat mich betrogen und hätte Gott weiß was nach Hause bringen können." Er sackte in seinem Stuhl zusammen und Trevor hatte augenblicklich das Bedürfnis, Dumpfbacke Chuck die Fresse zu polieren. „Ich habe ihn in unserem Bett erwischt und er hatte die Unverfrorenheit, überrascht auszusehen. Ich habe ihm nicht geglaubt, als er sagte, es wäre das erste Mal gewesen." Dean nahm einen großen Schluck Bier. „Ich war so blöd."

„Du hast ihn geliebt", sagte Trevor. „Wir verstehen das. Aber du hast das Arschloch in die Wüste geschickt und dazu gehört Mut."

Brent nickte zustimmend.

„Und eine einstweilige Verfügung, um ihn von meinem Haus fernzuhalten. Der betrügerische Mistkerl hat behauptet, ich hätte ihm die Hälfte des Hauses überlassen." Dean rollte mit den Augen, leerte sein Bier und schaffte es, die Aufmerksamkeit eines umherlaufenden Kellners in einer engen Lederhose auf sich zu ziehen. Er hatte ein weiteres Bier bestellen wollen, bestellte aber gleich zwei. Es schien, als wollte er seinen Kummer ertränken.

„Komm mit." Trevor stand auf und nahm Dean bei der Hand. „Lass uns tanzen." Sie mussten dringend etwas anderes tun, als über Dumpfbacke zu reden. Der Zweck ihres Treffens war schließlich, Dean aus dem Haus und unter Menschen zu bringen.

Die Tanzfläche war auf der Rückseite des Gebäudes, was ein Segen war, denn im vorderen Teil, wo ihr Tisch stand, war die Musik nicht so laut. Aber als sie näherkamen, vibrierte der Boden, zuckten Lichter und kreisten über ihnen. Trevor ließ die Musik auf sich wirken, begann sich dazu zu bewegen und zog Dean mit. „Na also."

„Du weißt, dass ich beschissen tanze", sagte Dean und versuchte sich zu befreien, aber Trevor zog ihn näher. Da kamen Deans Zweifel wegen Dumpfbacke wieder zum Vorschein und er musste ihm helfen, darüber hinwegzukommen.

„Gib dir einen Ruck. Tanzen ist wie Sex im Stehen, sieh es mal so." Trevor drehte sich zum Rand der Tanzfläche. „Sieh dir den Mann an, der da drüben sitzt. Dunkles Haar, engelhafte Gesichtszüge, schöner, geschmeidiger Körper, beinahe perfekt. Stell ihn dir auf der Tanzfläche vor, wie er sich an dich schmiegt. Was würdest du tun? Weggehen oder ihm einen Vorgeschmack geben, was sein könnte, wenn ihr allein wärt?" Trevor warf noch einen Blick zu dem Mann, ließ sich von der Musik erfassen und setzte sich so in Szene, wie er hoffte, dass es ihm die gewünschte Aufmerksamkeit bringen würde.

Dean schloss die Augen und bewegte sich besser, aber als er mit den Armen zu schwingen begann, sah er ein wenig albern aus. Trevor dachte natürlich nicht daran, ihm das zu sagen. Dean lächelte und schien sich gut zu fühlen, besonders als ein Typ hüftenschwingend auf ihn zukam, sich schwungvoll vor ihm drehte, die Arme um seinen Hals legte und sich an ihn drückte. Trevor hätte schwören können, dass der Kerl in seine Hose eingenäht war, so eng saß sie. Die Arme über dem Kopf tanzte Trevor von ihnen weg und bewegte sich durch die Menge, wo ein Typ nach dem anderen auf ihn zu- und dann auch wieder von ihm wegtanzte.

Brent saß immer noch am Tisch, also bahnte Trevor sich einen Weg zurück und setzte sich neben ihn. „Geh ruhig tanzen, wenn du willst", forderte Trevor auf, aber Brent schüttelte den Kopf. „Was ist denn los?"

„Der Arzt sagt, ich soll es langsam angehen und meinen Knöchel ordentlich heilen lassen." Er rutschte auf seinem Stuhl herum. „Der Motorradunfall hat mir sehr zugesetzt und ich muss einen Gang runterschalten. Der Doktor meint, wenn nicht, würde es schlimmer. Also tue ich, was er sagt, und hoffe, dass es besser wird. Es ist erst sechs Wochen her und du weißt ja, dass sie einen Teil davon wiederherstellen mussten, mit Schrauben und so. Tanzen wird noch eine Weile nicht drin sein."

„Ich dachte, es ginge dir schon wesentlich besser." Nach seiner Operation hatte Trevor viele Stunden bei Brent im Krankenhaus verbracht.

„Tut es, aber an tanzen ist noch nicht zu denken."

4

„Dann hätten wir heute doch etwas anderes machen können", bemerkte Trevor.

Brent lehnte sich vor und sah zur Tanzfläche, wo der Typ, mit dem Dean getanzt hatte, ihn immer noch in einer Ganzkörper-Umklammerung hielt. „Warum gehst du nicht da raus? Mir geht es hier gut und vielleicht kommt jemand rüber und unterhält sich mit mir. Nicht, dass ich mir besondere Hoffnungen mache." Brent kicherte und scheuchte ihn weg. „Geh schon und amüsier dich."

Trevor ging nicht, sondern lehnte sich zurück, leerte sein Glas und beobachtete die Menge. Einige Jungs suchten Blickkontakt, aber aus irgendeinem Grund erregte keiner sein Interesse. Sogar die Rausschmeißer schienen interessiert, als sie eine Runde drehten, um zu sehen, ob alles okay war. Aber er war nicht interessiert. Etwas war eindeutig anders und vielleicht würde er zum ersten Mal seit einer langen Zeit allein nach Hause gehen.

„Geh und rede mit jemandem. Wenn du hier den Mönch markierst, ist niemandem geholfen. Außerdem sitzt der Typ, der dich die ganze Zeit fixiert, noch immer da drüben. Er ist im Moment allein, sein Begleiter ist tanzen gegangen. Also geh rüber und quatsch ihn an." Brent grinste. „Gib ihm eine Kostprobe von Trevors Magie und rette seinen Tag."

Trevor hatte immer wieder zu dem Tisch hinübergesehen, wo der schöne, dunkelhaarige Mann nun gerade allein saß. Trevor nickte Brent zu, stand auf, versuchte Blickkontakt herzustellen und schlenderte hinüber. Zumindest äußerlich mangelte es ihm nie an Selbstvertrauen. Er schob den Hauch von Zweifel zur Seite, der aufkeimte, als er sich dem Tisch näherte. Der schöne Typ saß einfach da und sah in Richtung der Musik.

„Hi, ich bin Trevor."

Das Abbild eines Engels auf Erden – zumindest kam es Trevor so vor – drehte sich zu ihm. „Hallo, ich bin James." Er streckte Trevor nicht die Hand hin, aber der dachte sich weiter nichts dabei.

„Ich habe dich hier sitzen sehen und mich gefragt, ob du vielleicht tanzen möchtest." Trevor demonstrierte ein paar seiner besten Bewegungen, was normalerweise jeden Widerstand schmolz.

„Ähm, nein. Eher nicht", sagte er sanft, mit einer Stimme, die in dem Lärm fehl am Platz wirkte. „Danke für das Angebot, aber ich fürchte, ich und tanzen ist keine gute Kombination."

„Darf ich dich auf einen Drink einladen?"

Der Mann hob das Glas, das er in beiden Händen gehalten hatte. „Ich habe schon einen, danke." Er sah nicht weg, aber er schien Trevor auch nicht anzusehen. Trevor sah über die Schulter, aber niemand schien ihnen Beachtung zu schenken. „Bist du oft hier?" Oh Gott, was für eine abgedroschene Phrase, aber ihm gingen langsam die Fragen aus. Er konnte ebenso gut zu Brent zurückkehren und die Sache abschreiben.

Der Mann lachte und es klang wunderbar warm und voll. „Nein, ich bin zum ersten Mal an einem Ort wie diesem. Ich wusste nicht genau, was mich erwartet, aber es ist so laut, überfüllt mit Menschen, die zu viel Lärm machen. Mein Freund Lester hat mich hergebracht. Er tanzt mit einem Typen, den er hier kennengelernt hat, glaube ich. Ich hoffe, er amüsiert sich."

Was ist mit dir? Amüsierst du dich?" Trevor zeigte sein gewinnendstes Lächeln und versuchte zu vermitteln, dass sie zusammen eine Menge Spaß haben könnten. Gewöhnlich bekam er dann, was er wollte.

„Das ist sehr ungewohnt für mich und ich bin nicht sicher, wie unterhaltsam es ist. Die Musik ist viel zu laut und es sind viele seltsame Leute hier. Hoffentlich wird Lester in ein paar Minuten zurück sein." Er nahm einen Schluck von seinem Drink, ohne dass sein Ausdruck sich veränderte.

Die Botschaft erschien Trevor ziemlich klar. „Tut mir leid, dass ich dich belästigt habe." Er wandte sich zum Gehen.

„Es war nett, mit dir zu reden." James nahm noch einen Schluck, Trevor winkte und kehrte zum Tisch zurück, wo Dean sich auch gerade wieder zu Brent gesellt hatte.

„Tiefschlag?"

„Absolut." Trevor drehte sich um und sah in einen der Spiegel, die die Wand säumten.

Brent schüttelte den Kopf. „Was? Du hast heute im Fitnessstudio sicher mindestens eine Stunde damit verbracht, dich selbst bei jeder Übung zu beobachten. Glaubst du, dass du dich in den letzten paar Stunden verändert hast?"

„Ich begreife es nicht. Der Typ ist bezaubernd, also habe ich ihm mein schönstes Lächeln geschenkt. Er hat durch mich durchgesehen, als wäre ich nicht da. Ich meine, ich bin nicht oberflächlich oder so, aber ich weiß, wie ich aussehe, und normalerweise kann ich mich vor Typen nicht retten, die ein Stück davon erhaschen wollen. Aber …"

Brent rollte mit den Augen und klopfte ihm auf die Schulter. „Was du gerade gesagt hast, ist der Inbegriff von oberflächlich. Nicht jeder spricht auf deine geballte Ladung von beinahe-Perfektion an."

„*Beinahe*-Perfektion?" Er hatte jeden Zentimeter von sich vervollkommnet, um in der bestmöglichen Form zu sein.

„Deine Nase ist zu groß und deine Ohren stehen ein wenig zu weit ab. Aber wenn du daran denkst, das richten zu lassen, rede ich nie wieder mit dir. Jeder Mensch hat Mängel – sie sind es, die uns einzigartig und schön machen." Brent schüttelte den Kopf. „Er ist also nicht auf dich abgefahren. Vielleicht denkt er nicht, dass ein Lächeln und ein Zwinkern Grundlage genug sind, um sich mit einem Fremden einzulassen."

„Er ist ein Mann und irgendwie sind wir doch alle gleich. Vor allem die, die hierherkommen." Er brauchte nicht lange, um mindestens ein halbes Dutzend Jungs auszumachen, die über den Club verteilt mehr oder weniger intensiv bei der Sache waren. Die Hitze im Raum steigerte sich von Minute zu Minute.

„Du redest so viel Quatsch", sagte Dean, als er sich zu ihnen setzte. Der Typ, mit dem er getanzt hatte, hatte ein paar Gläser Bier mitgebracht, setzte sich neben ihn und reichte ihm ein Glas. „Das ist übrigens Bobby." Dean lächelte und rückte mit seinem Stuhl näher zu Bobby. Sie hatten offensichtlich Gefallen aneinander gefunden, was gut war. Dean verdiente eine Ablenkung und Bobby schien genau das Richtige. „Worüber habt ihr euch da gerade so ernsthaft unterhalten?"

„Trevor hat sich eine Abfuhr geholt und jetzt fragt er sich, ob er vielleicht in den letzten paar Minuten hässlich geworden ist", neckte Brent.

„Lass mich raten. Er hat den Typen angelächelt und erwartet, dass der keuchend die Zunge rausstreckt wie in einem Mel Brooks Film." Dean kicherte, schüttelte den Kopf und drehte sich zu Bobby. „Mein Freund hat unglaubliches Glück bei den Jungs. Sie stehen Schlange bei ihm."

Bobby musterte ihn. „Glaube ich gerne." Dann wandte er seine Aufmerksamkeit wieder Dean zu und sie lächelten einander an wie zwei verknallte Teenager.

„Und was soll ich jetzt tun?", fragte Trevor.

„Steig wieder in den Sattel und such dir einen anderen. Hier wimmelt es nur so vor Typen, die dich als Leckerbissen betrachten. Du musst dir nur einen aussuchen", scherzte Brent.

Trevor sah sich um und hatte das Gefühl, von einem Dutzend Kerlen angestarrt zu werden. Schon besser. Er betrachtete einen nach dem anderen und fand keinen, der ihn wirklich interessierte. Dann wanderte sein Blick unbewusst zurück zu dem Dunkelhaarigen und blieb dort haften. Jede seiner Bewegungen, selbst so etwas Alltägliches wie der Griff nach dem Bierglas, war ein Ausdruck vollendeter Anmut.

Dean und Bobby gingen wieder auf die Tanzfläche und ließen ihn allein mit Brent zurück.

„Du beobachtest ihn schon wieder, nicht wahr?", fragte Brent und Trevor nickte gedankenverloren. Der Mann hatte etwas an sich, das Trevor wie ein Blitz traf. James saß inmitten von all dem Lärm und Chaos und es schien ihn nicht wirklich zu berühren. Es war faszinierend und unglaublich attraktiv.

„Wir wollen doch immer, was wir nicht haben können", sagte Brent dicht neben ihm.

„Ich weiß und ich frage mich, warum ich nicht wegsehen kann. Was hat der Typ nur an sich, das mich so anzieht?" Trevor hatte noch nie etwas Vergleichbares erlebt. Er hatte unzählige Männer gehabt und musste sich anstrengen, sich an alle zu erinnern.

„Wer weiß schon, warum wir uns zu einem Menschen mehr hingezogen fühlen als zu einem anderen?"

„Verstehe ich nicht. Er ist einer von vielen."

Brent schüttelte den Kopf, leerte sein Glas und stellte es auf den Tisch. „Vielleicht ist es Zeit, dass du einsiehst, dass zu einem Mann mehr gehört als ein Schwanz und Eier. Da gibt es noch ein Organ, das genauso wichtig ist."

„Seit wann bist du denn so philosophisch drauf?", fragte Trevor und war wirklich gespannt auf die Antwort, bekam aber keine, weil Dean und Bobby zurückkamen.

„Ist das der Kerl, für den du dich interessierst?" Bobby deutete an der Tanzfläche vorbei.

„Ja, ich habe mich ein paar Minuten mit ihm unterhalten."

Bobby kicherte, lehnte sich zu Dean, flüsterte ihm was ins Ohr und sie lachten beide. Bobby grinste Trevor an. „Da konntest du mit deinem Lächeln und deinem tollen Aussehen kein Glück haben."

„Warum nicht?", wollte Trevor wissen.

„Er ist blind." Bobby sagte es leichthin, aber Trevor fehlten vor Entsetzen die Worte. Er beobachtete James erneut und alles ergab Sinn. Wie er sein Glas in beiden Händen hielt, als fürchtete er, es zu verlieren, wenn er es nicht festhielt. Wie er die ganze Zeit durch Trevor hindurchgesehen und vermutlich aus Höflichkeit versucht hatte, in seine Richtung zu sehen. Immerhin verstand Trevor nun, warum sein „Zauber" nicht gewirkt hatte.

„Redest du noch mal mit ihm?", fragte Bobby. „Er sieht einsam aus. Er sitzt schon seit mehr als einer halben Stunde einfach so da."

„Ich glaube nicht." Einem Mann wie ihm hatte Trevor nichts zu bieten. Er zog die Aufmerksamkeit anderer Männer immer mit seinem Aussehen auf sich, das war seine bevorzugte Waffe. Nun, da er darüber nachdachte, schien sein Aussehen seine einzige Waffe zu sein. Das stimmte nicht ganz. Er konnte sich auch problemlos mit Männern unterhalten, aber die meisten hatten kein Interesse an Konversation. So weit kam es meist gar nicht.

„Warum nicht?", fragte Brent. Er stand auf und stützte sich auf die Tischplatte. „Wenn du nicht gehst, gehe ich. Er ist …"

„Wie ein Engel", ergänzte Trevor. Brent nickte und steuerte quer durch den Raum auf James zu.

Trevor stöhnte und umklammerte den Stil seines Glases so fest, dass es nur mit Glück nicht in seiner Hand zerbrach. Er konnte den Blick einfach nicht von James abwenden. „Verdammt." Trevor stand auf, stapfte energisch durch den Raum und überholte Brent.

„James, ist es okay, wenn ich dir Gesellschaft leiste?"

„Trevor?", fragte James mit einem Lächeln. „Wenn du möchtest. Ich bin aber keine sehr unterhaltsame Gesellschaft."

Trevor angelte sich einen Stuhl. „Warum nicht?"

James hatte den Kopf in Richtung der Tanzfläche geneigt, als würde er auf jemanden oder etwas horchen und drehte sich dann wieder zu ihm. „Ich bin ein wenig verloren. Mein Freund Lester meinte, er wäre nicht lange weg und ich frage mich, wo er bleibt." James beugte sich vor. „Ich müsste mal zur Toilette und ich weiß nicht, wo die ist. Und selbst wenn ich es wüsste, würde ich es unmöglich durch diese Menschenmenge schaffen."

„Weil du nichts sehen kannst?", fragte Trevor und James nickte. Es war offensichtlich. Aber Trevor wollte James wissen lassen, dass er sich der Situation bewusst war. „Die Toilette ist gleich um die Ecke und ich kann dir helfen."

„Aber sobald ich aufstehe, wird jemand den Tisch besetzen und dann bin ich ganz verloren."

„Das ist kein Problem." Trevor hielt Ausschau nach Marvin, der sofort herüberkam. „James, das ist Marvin. Er ist einer der Türsteher hier." Trevor wartete, während sich die beiden begrüßten. „Marvin, würdest du bitte den Tisch für James freihalten, während wir ein paar Minuten weg sind?"

Marvin nickte mit einem wissenden Grinsen.

„Vielen Dank." Trevor stand auf und trat zur Seite, als auch James aufstand und einen ausziehbaren weißen Blindenstock hervorholte. Trevor nickte Marvin zu, dessen Ausdruck sich komplett verändert hatte. Dann begleitete er James vorsichtig zur Toilette, sprach leise mit ihm und erklärte, was sich vor ihm befand.

„Du machst das sehr gut", sagte James, als Trevor den Leuten bedeutete, aus dem Weg zu gehen. Ein Typ ignorierte ihn, bis Trevor ihn anrempelte, um Platz für sie zu machen.

„Da sind wir. Die Tür ist gerade vor uns. So ist es gut. Wir sind drinnen. Brauchst du eine Kabine?"

„Ja, bitte."

Trevor führte James zu einer freien Kabine, schloss die Tür und stand Wache. Er würde sich da nicht wegbewegen. Ein Mann kam auf ihn zu, neigte fragend den Kopf und deutete lächelnd auf die andere Kabine, während sein Blick Trevor abtastete. Gewöhnlich war er nicht der Typ, der einen Blowjob ablehnte, wenn sich die Gelegenheit bot, einen zu bekommen, aber Trevor schüttelte den Kopf. Sobald die Spülung rauschte, wartete er darauf, dass James die Tür öffnete und führte ihn durch das ständige Kommen und Gehen.

„Das Waschbecken ist genau vor dir." Er drehte das Wasser auf und James wusch sich die Hände. Trevor reichte ihm ein Papierhandtuch und warf es weg, als James fertig war. Dann zeigte er ihm den Weg aus der Toilette und zurück zum Tisch. Es schien sich herumgesprochen zu haben, denn die Menge teilte sich wie das rote Meer, als sie durchgingen. „Danke, Marvin."

„Ja, vielen Dank", sagte James, als er seinen Stuhl an der Wand fand und sich wieder setzte. „Ich weiß deine Hilfe zu schätzen."

„Keine Ursache", sagte Marvin. Er hatte eine beeindruckend tiefe Stimme. „Wenn du etwas brauchst, lass es mich wissen."

„Das werde ich. Danke." James lächelte in Marvins Richtung und Trevor sagte ihm nicht, dass Marvin schon gegangen war. Er drehte sich zurück zu Trevor. „Möchtest du einen Drink?"

„Im Moment nicht. Ich bin lieber vorsichtig, ich muss noch fahren."

„Ich auch."

„Du fährst Auto?", scherzte Trevor und James kicherte. Es klang wunderbar fröhlich und obwohl er sich bemühte, es zu verbergen und sein Lachen tiefer klingen zu lassen, war dieser unbekümmerte Moment faszinierend. Trevor war froh, ihn miterlebt zu haben.

„Du bist also ein Besserwisser. Das gefällt mir. Ich meinte, dass ich vorsichtig sein muss, wie viel ich trinke. Was glaubst du, welchen Schaden ein torkelnder blinder Mann anrichten kann? Beim letzten Mal habe ich drei alte Damen und einen Zeugen Jehovas mit meinem Stock außer Gefecht gesetzt."

„Ja klar, sonst noch was", sagte Trevor und genoss, dass James auch noch Sinn für Humor hatte.

„Zu viel zu trinken schwächt die Sinne und da ich nicht sehen kann, muss ich nützen, was ich habe, um mich in der Welt zurechtzufinden." James drehte sich auf seinem Stuhl. „Da drüben sind drei Typen, die sich wahrscheinlich gleich prügeln werden. Ihr Ton wird schärfer und was als harmlose Stichelei begonnen hat, wird verletzend." James drückte sich gegen die Wand, als im selben Moment einer der Männer aufsprang und auf einen der anderen losging. Die Rausschmeißer waren innerhalb von Sekunden am Tisch, trennten die beiden und begleiteten sie hinaus.

„Sie sind weg."

„Gut. Das wäre außer Kontrolle geraten."

„Wie hast du das gemacht?"

„Wenn du nicht sehen kannst, werden die anderen Sinne schärfer. Ich habe ein sehr feines Gehör, aber hier ist es besonders schwer, weil so viel von der Musik überlagert wird. Ich höre einige Stimmen, aber viel weniger, als ich es normalerweise würde. Dazu kommt, dass alle ständig in Bewegung sind. Es ist eine Wolke von sich ständig verändernden Stimmen um mich herum, die zu schwer zu verfolgen sind. Am Ende gebe ich auf und dann bin ich ganz verloren."

„James, amüsierst du dich, wie ich es dir versprochen hatte?", fragte ein magerer Typ in hautengen Jeans und einem marineblauen T-Shirt, das an ihm klebte, der herbeigeeilt war. Sein Haar war feucht und klebte ebenfalls. „Ich war nicht lange weg, oder?"

„Nein", log James und Trevor hatte gute Lust, dem Kerl eine Lektion zu erteilen. Vielleicht ihn in eine Toilettenkabine zu sperren, damit er sehen konnte, wie sich das anfühlte.

„Es war mindestens eine Stunde", sagte Trevor nachdrücklich und sah Lester an. Seine Augen flackerten und Trevor fragte sich, was genau er wohl auf der Tanzfläche getan hatte. Es war warm in dem Club, aber nicht warm genug, um so schweißgebadet zu sein. Dazu kamen das manische Verhalten und die wild blickenden Augen. Trevor tippte auf Ecstasy, aber er war nicht sicher.

„Ich war doch nur für ein paar Songs weg und habe einen ganz süßen Typen kennengelernt." Lester schien ganz in seiner eigenen Welt zu sein. Wie konnte der Kerl James mit in einen Club nehmen und ihn dann im Stich lassen? „Ich wollte nur sehen, ob du okay bist. Du kannst mit uns mitkommen und auch tanzen, weißt du? Ich bleibe ganz nahe bei dir."

Trevor bezweifelte das. James winkte ab und schickte Lester zurück auf die Tanzfläche. „Es geht mir gut hier."

„Okay, ich bin bald zurück." Lester schlang den Arm um einen Typen, der genauso breit wirkte wie er, und sie verschwanden in der wogenden Menge.

11

„Ich bin mit ein paar Freunden hier. Wir haben einen Tisch auf der anderen Seite des Clubs. Möchtest du dich anschließen? Dann hättest du außer mir noch andere, mit denen du dich unterhalten kannst." Es war ihm ein Rätsel, warum er anbot, diesen schönen, liebenswürdigen Mann mit jemandem zu teilen, aber er wollte nicht, dass James alleine herumsaß, besonders nachdem sein Begleiter ihn im Stich gelassen hatte.

„Du musst das nicht tun. Ich kann hier sitzen und auf Lester warten."

Trevor hatte den Verdacht, dass er da lange warten konnte. Und selbst wenn es für die beiden Zeit war, nach Hause zu gehen, würde Lester nicht in der Verfassung sein, Auto zu fahren. Trevor sah voraus, dass James dann festsitzen würde.

„Komm schon, es sind nette Jungs. Aber sag bloß nichts über Trennungen, wenn du mit Dean sprichst. Er versucht gerade eine ziemlich üble Trennung von Dumpfbacke Chuck zu vergessen."

James lachte. „Okay."

Trevor stand auf, wartete auf James, nahm dann sein Glas in eine Hand und führte James mit der anderen durch den Club.

„Warum gehen uns alle Leute aus dem Weg?" Als wir hergekommen sind, mussten wir uns durch die Menge kämpfen." James ging langsam und vorsichtig, als erwartete er, gegen jemanden zu stoßen.

„Ich glaube, sie haben Angst vor mir", sagte Trevor.

„Warum? Bist du abschreckend hässlich oder so was?" James wandte ihm sein Gesicht zu. Er hatte schöne Augen, ohne Anzeichen von Vernarbung oder Trübung. Das Problem mit seiner Sehfähigkeit musste also tiefer liegen.

„Ich denke nicht. Ich bin groß und breitschultrig und wenn ich die Stirn runzle, machen die Leute, dass sie wegkommen."

„Bist du ein Schlägertyp oder etwas in der Art?"

James blieb stehen, wandte sich zu ihm und legte die Hände auf seine Schultern. Sie hinterließen ein Gefühl von Hitze, als er über Trevors Arme und dann über seine Brust strich. „Eindeutig kein Schläger."

James lächelte. Trevor rollte mit den Augen, auch wenn James es nicht sehen konnte, und führte ihn den Rest des Weges zu seinem freien Stuhl.

„Das ist James."

„Ich bin Brent."

„Dean und das ist Bobby", sagte Dean. „Er und ich wollen gerade aufbrechen. Habt noch einen schönen Abend." Dean stand auf und umarmte Trevor und Brent. „War nett, dich zu treffen, James. Viel Spaß noch." Dean winkte rasch in die Runde, offenbar in Eile wegzukommen.

„Gott sei Dank. Dean und Bobby haben seit einer halben Stunde geknutscht, als wären sie miteinander verschmolzen. Ich dachte schon, sie würden an Ort und Stelle zur Sache kommen. Auch wenn ich nichts dagegen hätte, zuzusehen … Ich möchte wirklich nie wieder Deans nackten Arsch zu sehen bekommen."

„So schlimm?", fragte James. „Vielleicht sollte ich dann froh sein, dass ich blind bin."

„Nein, gar nicht übel. Aber das letzte Mal waren wir im Sommer am See. Dean und Dumpfbacke Chuck, sein Ex, wollten nackt baden. Sie kamen einer Schar Gänse zu nahe und Dean rannte aus dem Wasser, die Hände über seinem besten Stück, während eine Gans ihn verfolgte und ihn in den Hintern pickte. Er war tagelang grün und blau und so, wie er jammerte, schien Sitzen nicht angenehm zu sein. Also haben wir eine Regel, dass Dean in unserer Gegenwart nie wieder seinen nackten Arsch zeigen darf, um jeder Wiederholung vorzubeugen." Er und Brent lachten, währen James schwach kicherte.

„Ich habe nie eine gesehen, aber das klingt böse."

„Sie können böse werden", sagte Trevor. Es ist ein großer, brauner Vogel, etwa 70 Zentimeter groß. Sie kacken überall hin und sie verteidigen ihr Territorium energisch, besonders, wenn sie Junge haben."

„Sie rennen auch ziemlich schnell und sie haben offenbar eine Vorliebe für Deans Kehrseite. Allerdings, wenn sie hinter Chucks Arsch her gewesen wären, hätte er einen Gehirnschaden davongetragen." Alle lachten über Brents Versuch, witzig zu sein.

„WAR CHUCK so übel, wie ihr sagt?"

„Schlimmer", erklärte Brent. „Er hat Dean jahrelang benutzt und ihn dann betrogen."

James reagierte zunächst nicht. „Ich weiß, wie sich das anfühlt." Er hob sein Glas und trank sein Bier aus. „Wenn ihr ihn das nächste Mal seht, richtet Dean aus, er hätte Chuck in die Eier treten sollen."

Die Heftigkeit der Aussage überraschte Trevor. James war bisher zurückhaltend und freundlich gewesen. Aber seine Lippen verzogen sich und gaben den Blick auf seine Zähne frei, als er schilderte, was Dean mit Chuck hätte tun sollen. Er musste einmal sehr verletzt worden sein, um so viel Zorn in sich zu haben.

„Da bist du ja", sagte Lester, als er zum Tisch stolperte. „Ich habe drüben nachgesehen und du warst weg und ich dachte, dass …" Er wischte sich über die Stirn und Trevor reichte ihm eine Serviette. Lester begann ihm wirklich auf die Nerven zu gehen.

„James ist hier bei uns gut aufgehoben. Du bringst ihn her und nur, weil du jemanden interessanten kennengelernt hast, kümmerst du dich die meiste Zeit nicht um ihn." Trevor neigte sich vor und seine Augen wurden schmal. „Geh und hab so viel Spaß, wie du willst. Wir kümmern uns um ihn und sorgen dafür, dass er nach Hause kommt." Er starrte Lester an, der aussah, als ob er jeden Moment umfallen würde.

„Aber das kannst du nicht machen. Er …"

Trevor stand auf. Er überragte Lester. „Hör mir mal zu. Ich weiß nicht, was du eingeworfen hast, aber er wird nicht mit dir in ein Auto steigen. Und wenn du es darauf anlegst, rufe ich die Polizei und wir sehen, was die dazu zu sagen haben. Jetzt hau ab und such deinen Freund. Dann wird sich zeigen, ob es ihn kümmert, wie du nach Hause kommst. James wird sich jedenfalls nicht in Gefahr begeben, weil du dämlich warst." Er trat einen Schritt näher. „Hast du das kapiert oder muss ich einen Türsteher holen, damit er deinen Arsch vor die Tür schafft?"

Lester wurde blass und Trevor hoffte, dass der Junge nicht gleich kotzen würde. Er scheuchte Lester weg und setzte sich wieder.

„Aber ich kenne dich nicht. Wie kann ich mich von dir nach Hause bringen lassen?", fragte James und Trevor wurde klar, wie hilflos und klein sich James in diesem Moment fühlen musste. „Ich wollte eigentlich nicht herkommen. Orte wie dieser sind für mich nicht angenehm. Aber Lester hat mich überredet und versprochen, bei mir zu bleiben."

Trevor strich James sachte über die Hand. „Ist schon gut. Wenn du nicht von mir nach Hause gebracht werden möchtest, dann rufe ich ein Taxi, wenn du gehen willst. Das ist kein Problem. Ich will nur nicht, dass du mit ihm fährst."

„Ist er wirklich drauf?"

„Ja. Ich denke, es ist Ecstasy. Er kann jedenfalls keine vernünftigen Entscheidungen treffen und sollte auf keinen Fall fahren." Trevor winkte einen der Kellner heran und bestellte noch eine Runde, für sich selbst aber nur Limonade. Wenn er James nach Hause bringen würde, wäre er stocknüchtern. Etwas in ihm hoffte, dass James ihm das erlauben würde. „Dir passiert nichts. Ich weiß, du hast mich gerade erst kennengelernt, aber du bist in guten Händen, ich verspreche es." Sicherzustellen, dass es James gut ging, kümmerte ihn mehr als alles andere.

Dieser Gedanke ließ ihn innehalten. Was zum Teufel war mit ihm los? Er war gekommen, um gevögelt zu werden, im günstigsten Fall von jemandem, der so heiß war wie James. Und was tat er? Er spielte den

14

Beschützer. Das war völliges Neuland für ihn. Er war der böse Junge, der sich nahm, was er wollte, und dann ging. Er lernte die Typen, mit denen er schlief, nicht näher kennen. Nun, mit denen er fickte war das bessere Wort. Er blieb unnahbar. Auf diese Weise wurde er nicht verletzt und behielt die Oberhand. Sie hatten Spaß, nicht mehr. Er versprach niemals etwas. Und doch saß er hier, gab James ein Versprechen und war entschlossen, es zu halten.

„Das ist sehr nett von dir." James drehte den Kopf, als würde er sich umsehen, leerte sein Glas und stand auf. „Wir sollten jetzt alle gehen." Brent hielt mit dem Glas auf halbem Weg zu seinem Mund inne, als James nach Trevors Arm griff.

„Bitte, bring mich jetzt gleich zur Tür." James zog Trevor regelrecht auf die Füße. „Du auch, Brent."

Trevor war nicht sicher, warum es so eilig war, aber er trank seine Limonade aus und führte James zur Vordertür. Als sie fast da waren, blitzte hinter ihnen im Club ein grelles Licht auf und die Leute begannen zu schreien. Trevor legte an Tempo zu und zog James mit sich durch die Tür und auf den Gehsteig. Brent war direkt hinter ihnen und Trevor führte James über die Straße, als Rauch aus dem Club quoll.

Ein Alarm schrillte und andere Türen öffneten sich an den Seiten. Das Geräusch wurde lauter und immer mehr Menschen strömten aus dem Club.

James sah nicht überrascht aus. „Ich habe Rauch gerochen. Wahrscheinlich von durchgeschmorten Kabeln, jedenfalls was Elektrisches. Es wurde rasch schlimmer."

Andere Menschen überquerten die Straße. Sie waren triefnass, offenbar war die Sprinkleranlage angesprungen. Mehr Rauch kam aus dem Gebäude, Lichter blitzten auf und gingen gleich wieder aus, weil das Wasser vermutlich den Stromkreis kurzgeschlossen hatte.

„Ich habe nichts gerochen", sagte Brent.

Trevor schüttelte den Kopf. Er auch nicht. Aber da waren so viele Leute gewesen und der Raum war überfüllt mit Typen, die in jeder verfügbaren Duftwassermarke gebadet hatten. „Warum hast du nichts gesagt, als du meintest, wir müssten gehen?"

„Ich wollte nicht, dass Panik ausbricht und wir mussten da raus, ohne niedergetrampelt zu werden. James hielt Trevors Arm fest, als die Menschenmenge um sie herumlief.

„Können wir gehen?"

„Ja." Trevor wandte sich an Brent. „Wo ist dein Auto?"

„Einen Block entfernt, hier entlang. Ich sollte zurechtkommen."

15

Trevor umarmte ihn. „Ruf mich an, wenn du zu Hause bist. Ich bringe James heim. Wir hören uns." Er winkte und führte James zu seinem Auto, einen Block in die andere Richtung. Er öffnete die Tür mit seinem Schlüsselanhänger und half James hinein. Dann schloss er die Tür, umrundete den Wagen und stieg ein. Er startete den Motor, fragte James nach seiner Adresse und tippte die Daten in das GPS. Dann parkte er aus, wendete und fuhr davon.

2

JAMES STEWART. Ja, das war sein richtiger Name. Weiß der Himmel, was seine Mutter sich dabei gedacht hatte, ihm diesen Namen anzuhängen, mit dem er jetzt für den Rest seines Lebens klarkommen musste. Sie musste entweder ein großer Fan gewesen sein oder sie hatte einen heimlichen Hass auf ihren Sohn gehegt. Er hatte niemals gefragt. Aber die meisten Leute nannten ihn Jimmy und dafür war er sehr dankbar.

„Ist alles in Ordnung?", fragte James vom Beifahrersitz in Trevors Auto. Es roch neu und war wunderbar bequem. Er wollte sich zurücklehnen und die Augen schließen. Aber wenn er das tat, wurde ihm schlecht. Es war seltsam, aber wenn er mit geschlossenen Augen in einem Auto fuhr, wurde ihm übel. Wenn er sie offen ließ, ging es ihm gut. Er hatte nie herausgefunden, woran das lag.

„Alles bestens. Wir sind aus dem Viertel rund um den Club raus und es sollte nicht allzu lange dauern, dich nach Hause zu bringen."

„Danke." James konnte die Richtung fühlen, in die das Auto fuhr. Mit jeder Kreuzung, an der Trevor abbog, konnte er die Route verfolgen. Das GPS war auch sehr hilfreich, auch wenn der Computer daran scheiterte, Kinnickinniy Avenue richtig auszusprechen. Das war okay. Er wusste, dass sie in der Nähe waren, als das Navigationssystem Trevor anwies, in die Quincy Road einzubiegen.

„Das ist eine nette Gegend."

James lächelte. „Ja, ich mag sie."

Trevor hielt vor seinem Haus und das Auto rumpelte über die Schwelle zum Gehsteig. An diesem Punkt wusste James immer, dass er zu Hause war.

„Einige dieser Häuser sind ziemlich groß."

„Das sind die zweistöckigen. Da gehört meines aber nicht dazu." Er liebte seinen Bungalow. Man hatte ihm gesagt, es sei das kleinste Haus im ganzen Block. Aber es war mehr als genug für ihn. James stieg aus und ging den vertrauten Weg zur Veranda und dann zum Vordereingang. Er schloss auf und als er Trevor hinter sich hörte, fragte er: „Möchtest du einen Kaffee?" Er ging durch, was er im Haus hatte. Mrs. Ledbetter von nebenan kaufte für ihn ein und hatte sich angewöhnt, alles immer an denselben Platz zu räumen, damit er es finden konnte. Sie machte auch bei ihm sauber, ohne die Möbel zu verrücken. „Ich habe ein paar gute Sorten."

„Das wäre nett." Trevors Schritte kamen näher und James trat ein. Er kannte das Haus so gut, dass er geradewegs bis zur Küche durchgehen konnte. Er holte alles hervor, was er brauchte, ohne auch nur darüber nachzudenken.

„Mach es dir gemütlich." Er deutete auf den Wohnbereich und hoffte, dass Trevor ihm nicht folgen würde. James fühlte, dass seine Hand ein wenig zitterte, als er die erste Kapsel in die Kaffeemaschine steckte. Die Kaffeebecher klirrten, als er sie herauszog. Verdammte zittrige Hände. Es war nur ein Typ, der nett genug gewesen war, ihn nach Hause zu bringen, weil Lester ein Vollidiot war. James braute eine Tasse und brachte sie zu Trevor hinaus, als sie fertig war. Dann holte er eine zweite Tasse für sich selbst und ging damit ins Wohnzimmer.

„Jemand hat hier ziemlich viel Arbeit reingesteckt."

James setzte sich in seinen Stuhl, sorgsam darauf bedacht, seinen Kaffee nicht zu verschütten. „Ja, die Männer, von denen ich es gekauft habe, haben die Wände gestrichen, die Böden neu gemacht und sogar die Küche renoviert. Deshalb habe ich es gekauft. Sie habe auch das Dach erneuert."

„Und du lebst hier allein?"

„Ja. Es ist manchmal komisch. Ich muss die Türen versperren, auch wenn ich zu Hause bin, weil die Leute denken, das Haus wäre leer. Ich denke nie daran, die Lichter anzumachen, denn wenn ich es tue, vergesse ich, dass sie an sind." Er nahm einen Schluck von seinem Kaffee und die Wärme breitete sich angenehm in seinem Inneren aus. „Einmal hat jemand versucht einzubrechen. Die dachten wohl, weil ich blind bin, wäre ich ein leichtes Opfer. Aber ich habe eine Alarmanlage, die mehr Lärm macht als ein Space Shuttle. Es hat sie abgeschreckt. Aber jetzt versperre ich immer alles und Mrs. Ledbetter kommt jeden Tag vorbei und sieht nach, ob ich etwas brauche."

„Womit verdienst du deinen Lebensunterhalt?" Trevor trank seinen Kaffee und es hörte sich an, als würde auch er es genießen.

„Ich gebe Unterricht, um Blinde zu unterstützen. Jeden Tag verlieren Menschen ihr Augenlicht. Es sind nicht mehr so viele wie früher, aber es passiert. Ich lehre sie, wie sie damit zurechtkommen können."

„Wurdest du blind geboren?"

„Nein. Ich war zehn, als ich schwer krank wurde. Als ich sonst wieder gesund war, bemerkte ich, dass ich nicht mehr so gut sehen konnte wie vorher. Ich war ein Kind und dachte mir nicht viel dabei, bis Mom beobachtete, dass es mir schwerfiel zu lesen. Sie brachte mich sofort zum Arzt. Innerhalb von sechs Monaten konnte ich nur mehr die allerhellsten Lichter erkennen und in weniger als einem Jahr war ich blind. Seit damals sehe ich nichts mehr." James hatte sich vor langer Zeit damit abgefunden und spulte seinen Bericht nun ohne jede Emotion ab. „Es ist so und nachdem ich akzeptiert hatte, dass ich blind war und so gut wie alles tun konnte, was jeder andere auch kann, entschied ich mich, anderen zu helfen." Damals schien es das Richtige zu sein und er mochte seinen Beruf immer noch. „Es ist eine lohnende Aufgabe, aber es ist auch schwierig." Er nahm noch einen Schluck Kaffee.

„Weshalb?" Trevors Becher klirrte, als er ihn auf den Couchtisch stellte. James hatte sich genau deshalb für die Glasoberfläche entschieden, weil es ein Geräusch machte, wenn jemand etwas darauf abstellte. Sein ganzes Leben setzte sich aus solch kleinen Hinweisen zusammen. Beinahe jeder bezog seine Informationen über Menschen aus deren Gesichtsausdruck und den Gesten, die ihre Worte begleiteten. James hatte diese Möglichkeit nicht, also versuchte er, seine Welt mit so vielen Klangsignalen zu füllen wie möglich.

„Ich arbeite immer mit Menschen, die gerade erst dabei sind zu akzeptieren, dass sie blind sind. Stell dir vor, immer und immer wieder durch diesen Prozess der Selbsterkenntnis zu gehen. Wenn ein Mensch, dem ich helfe, allein zurechtkommt, verlässt er mich und ich beginne mit dem nächsten zu arbeiten. Es ist, als würde man alle sechs Monate über den Tod derselben Person trauern, denn genau das tun die meisten Leute, mit denen ich arbeite. Sie trauern um ihr Augenlicht und ich kann ihnen das nicht vorwerfen." James seufzte leise. „Versteh mich nicht falsch, ich liebe meine Arbeit, aber in letzter Zeit war sie …" Er suchte nach dem richtigen Wort und konnte keines finden.

„Unbefriedigend?"

„Ja. Ich glaube, das kommt hin. Ich nehme an, das wird sich wieder ändern." Er nahm wieder einen Schluck Kaffee und lehnte sich in seinem Stuhl zurück. Nun, da er in einer vertrauten Umgebung war, in der sich nicht Massen von Menschen drängten und unzählige Geräusche einander überlagerten, war er viel entspannter. Zumindest soweit er sich erlaubte entspannt zu sein, wenn ein Fremder in seinem Wohnzimmer saß. „Was machst du?"

„Ich bin Mechaniker. Ich besitze eine kleine Kette von Werkstätten."

James liebte den Klang von Trevors Stimme. Sie war tief, voll und ausdrucksstark. Für einen Augenblick ließ James seine Gedanken abschweifen und fragte sich, wie sie sich wohl beim Sex anhörte, schob die alberne Überlegung aber sofort zur Seite. James war einfach nur nett zu dem armen Blinden, der von seinem sogenannten Freund im Club im Stich gelassen worden war. Zum Teufel, Lester war wirklich ein Idiot und es war dumm von James gewesen, mit ihm überhaupt irgendwo hinzugehen. „Was hat dich dazu gebracht, dich für das Reparieren von Autos zu interessieren?"

„Okay, das ist eine lange Geschichte." Trevor rutschte auf seinem Stuhl hin und her und schien es sich bequem zu machen. „Meine Eltern haben sich scheiden lassen, als ich zwei war. Der Samenspender, dem ich meine Existenz verdanke, setzte sich einfach ab und einige Jahre später heiratete meine Mom wieder. Larry ist mein Stiefvater, aber ich habe immer Dad zu ihm gesagt. Wie auch immer, als ich sechzehn war, starb meine Mom an Krebs."

James runzelte die Stirn. „Tut mir sehr leid, das zu hören. Krebs ist wirklich ätzend."

„Stimmt. Mein Dad wollte mich aufs College schicken, aber das war bei mir nicht drin. Er besitzt eine Garage und ich habe angefangen dort zu arbeiten, sobald ich groß genug war, um mich über einen Motor zu beugen. Genau das wollte ich tun, also sagte ich Dad, dass ich für ihn arbeiten wollte. Er sagte nein und meinte, ich müsste meinen eigenen Weg finden. Er sagte auch, dass er mir helfen würde und so kaufte ich eine alte Werkstatt aus den Dreißigern, die kurz vor dem Zusammenbruch war. Tagsüber arbeitete ich an den Autos, abends am Gebäude. Als ich erst mal alles entfernt hatte, was die Leute dort angestellt hatten, fand ich ein paar sehr coole Details. Egal, nachdem es dort nicht mehr so beängstigend heruntergekommen aussah, bekam ich immer mehr Kunden. Ich stellte ein paar tolle Jungs ein und wir haben das Geschäft zusammen aufgebaut. Ein paar Jahre später kaufte ich eine weitere Werkstatt und übergab das Geschäft einem meiner Mechaniker. Ich habe jetzt sechs Servicestellen im Norden der Stadt, *Michaelson's Service*, und sie werden alle von Männern geleitet, die in meinem ersten Betrieb begonnen haben."

James hatte noch nie davon gehört, aber das war nicht im Geringsten überraschend. Wenn er sich nicht sehr anstrengte, entgingen ihm viele Dinge. Seine Schüler lernten schnell, dass ihr Anteil an der Welt ziemlich schrumpfte, nachdem sie nicht mehr sehen konnten. „Ich nehme an, dein Dad ist ziemlich stolz auf dich?"

„Ja, er leitet meine vierte Werkstatt. Er hat seine Garage an mich verkauft und nun leitet er diese Servicestation für mich. Er wollte es langsamer angehen und ein leichteres Leben haben. Also macht er nun das, was er am besten kann, nämlich an Autos zu arbeiten. Drei der Werkstätten haben einen speziellen Servicebereich für Motorräder und dieser Teil des Geschäfts wächst."

„Arbeitest du jemals selbst an den Autos?"

„Ein bisschen. Ich liebe es immer noch, aber der Großteil meiner Zeit geht für die Verwaltung des Unternehmens drauf. Es ist sehr erfolgreich, deshalb habe ich mir das Auto gegönnt, in dem du vorhin gefahren bist. Ich habe noch ein anderes. Eine klassische alte Corvette, die ich wieder ins Leben holen möchte, und eine Harley, die ich sehr gerne fahre." Ein leichtes Kratzen des Bechers auf der Tischplatte verriet James, dass Trevor seinen Kaffee austrank. „Ich sollte dann aufbrechen." Die Federung des Stuhls bewegte sich und James hörte, wie Trevor zur Küche und wieder zurück ging. „Ich habe meinen Becher in die Spüle gestellt."

„Danke für alles." James stellte seinen Kaffee auf den Tisch und stand langsam auf. „Ich weiß es wirklich zu schätzen, dass du mich sicher aus dem Club gebracht und nach Hause gefahren hast." Er war ein wenig nervös und schluckte.

„Gern geschehen." Trevors Stimme hatte einen beschwingten Klang angenommen und James stellte sich vor, wie dieser lächelte.

„Darf ich?", fragte James und hob die Hände. Er wollte in der Lage sein, sich ein Bild von Trevors Gesicht zu machen.

„Sicher."

James streckte die Finger aus und fand Trevors Gesicht. Seine Wangen waren stoppelig, als hätte er sich einen Tag nicht rasiert, und fühlten sich unter seinen Fingern gut an. Er ertastete hohe Wangenknochen und ein kräftiges Kinn. Trevor hatte eine gerade Nase und volle Lippen. Er war attraktiv, soweit James das fühlen konnte. Er wanderte höher und fuhr mit den Fingern durch Trevors kurzes, weiches Haar. „Danke." Nachdem er über Trevors Nacken gefahren war, zog er seine Hände zögernd zurück. Er hätte gerne weitergemacht. Er fragte sich, wie Trevor sich unterhalb seines Kragens und unter seinem Hemd anfühlte. Trevor so nahe zu sein, war berauschend. Eine Wolke von köstlichem, männlichem Duft mit einem Hauch von Schweiß hüllte ihn ein und zog ihn unwiderstehlich an. Er atmete tief ein und erlaubte dem Testosteron für ein paar Sekunden, seine magische Wirkung zu entfalten. Dann trat er zurück. Dieser Mann war nichts für ihn. Er war aktiv, stark, denkbar heiß und gut aussehend. Er konnte jeden Mann haben und würde sich sicher nicht mit jemandem belasten, der nicht sehen konnte. Perfekte Menschen mit unglaublichen Körpern gehörten in Trevors Welt, nicht Typen wie James. Das hatte er schon auf die harte Tour gelernt. „Komm gut heim."

„Danke für den Kaffee und die Unterhaltung." Und wieder schwang der sanfte Ton in Trevors Stimme mit.

James fühlte einen Luftzug, als Trevor sich umdrehte und folgte ihm zur Tür.

„Gute Nacht", sagte Trevor und James versperrte die Tür hinter ihm. Er ging durchs Haus und überprüfte, ob irgendwelche Lichter an waren. Dann schaltete er alle bis auf eines aus, ging ins Bad und machte sich fertig zum Schlafen. Blind zu werden, hatte viele Anpassungen in seinem Leben erfordert. Manche hatten sich erst nach Jahren eingestellt oder zumindest waren sie James nicht bewusst gewesen. Als er und seine Familie es herausgefunden hatten, hatte sich alles darum gedreht, damit klarzukommen. Er hatte Blindenschrift gelernt und seine anderen Sinne hatten sich nach und nach besser entwickelt. James hatte gelernt, den Verlust seiner Sehkraft mit ihrer Hilfe auszugleichen. Er hatte sich daran gewöhnt, Radio und auch Fernsehen zu hören. In seiner

Freizeit waren Hörbücher zu guten Freunden geworden. James hatte gelernt, sich durch das Haus und seine engste Umgebung zu bewegen, die seine Eltern freigeräumt hatten. Aller Schnickschnack war von den Tischen verschwunden und die Lampen wurden nach und nach durch robustere ersetzt, die nicht so leicht zerbrachen, wenn James sie umwarf. Manche Dinge wurden sehr wichtig, wie Vorrichtungen und Hilfsmittel, an denen er sich orientierte. Seine Welt wurde von einer der Farben zu einer der Töne, Lautstärken und Klangnuancen.

Zunächst hatte James gar nicht realisiert, wie sehr seine Welt schrumpfen würde. Seine Mutter ging einkaufen, aber James konnte nicht mitkommen. Es war ungewohnt und seine Mutter hätte sich Sorgen gemacht und wäre nicht weitergekommen. Seine Familie hörte auf, Gäste zu empfangen, denn James hätte die ganze Zeit auf einem Fleck sitzen müssen oder riskiert, in jemanden hineinzulaufen. Die Möbel wären unweigerlich bewegt worden und er hätte stürzen oder etwas umwerfen können. Er wurde unsicher, in der Öffentlichkeit zu essen, weil er alles schmutzig machte.

Eine lange Zeit hatte er gedacht, dass er niemals in der Lage sein würde, allein zu leben, aber vor zwei Jahren hatte er es geschafft, was gut und schlecht war. Er war unabhängig und sorgte für sich selbst, aber es bedeutete auch, dass seine Welt noch kleiner geworden war. Er verbrachte die meiste Zeit allein zu Hause und war nur bei der Arbeit unter Menschen oder wenn Mrs. Ledbetter nach ihm sah. Er hatte ein paar Freunde und sich auch bemüht, neue zu finden, aber nicht sehr erfolgreich, wie man an Lester sah. Es war ein Kampf, seine Welt zu vergrößern, weil sie außerhalb seines Hauses unberechenbar war.

Eine andere Sache, über die er erst nachgedacht hatte, als er älter wurde, waren Männer. Ihm war ziemlich bald klar gewesen, dass er schwul war. Seinen Eltern aber nicht. Sie hatten es nicht verstanden. Seine Mutter hatte ihn tatsächlich gefragt, welche Rolle das spielte, da er ohnehin blind war. Es spielte eine Rolle. Männer rochen anders, klangen anders, fühlten sich anders an und schmeckten anders. Er wollte es seinen Eltern erklären, denn er wollte sie glücklich machen, aber der Versuch scheiterte.

Er versuchte, sich von seinen umherstreifenden Gedanken zu lösen. Männer. Trevor hatte ihn beben lassen. Mehr als das. Sein Duft hatte ihn hart werden lassen und als Trevor sein Gesicht berührt hatte, hatte es ihn alle Willenskraft gekostet, Trevor nicht zu sich zu ziehen und ihn zu küssen. Trevor roch heiß und hatte sich unter seinen Fingern auch so angefühlt. Aber das war nicht wichtig.

James drückte Zahnpasta auf die Bürste und putzte sich die Zähne. Er wusch sich Gesicht und Hände, ehe er sich im Schlafzimmer auszog und unter die Decke schlüpfte. Er rollte sich zur Seite und versuchte, den Schlaf herbeizuzwingen. Stattdessen setzte sein Gehirn langsam ein Bild von Trevor zusammen. Er wusste nicht viel, aber er stellte sich ihn mit schwarzem Haar und ebensolchen Bartstoppeln vor, die über seine Finger gekratzt hatten. Er malte sich auch durchdringende braune Augen und gewelltes Haar aus. Der Trevor, den er sich ausdachte, war groß, breitschultrig und hübsch, aber schemenhaft. Seine Fantasie brauchte auch keine Details, denn sein Trevor war nackt, kam auf ihn zu und zog ihn zu sich, bis ihre Oberkörper sich fest aneinanderpressten. Seine starken Hände streichelten James, glitten über seine Schultern und seine Seiten. Er sehnte sich danach, so berührt zu werden, war aber nicht sicher, ob er sich je wieder dafür öffnen könnte.

James drehte sich auf den Bauch, bewegte die Hüften und rieb seinen Schwanz an dem frischen Laken. Er brauchte Erleichterung und die wollte er nicht bekommen, indem er das Bett versaute. Er rollte sich auf den Rücken und stöhnte. Er hatte akzeptiert, dass er wahrscheinlich für den Rest seines Lebens allein sein und die Hilfe anderer Menschen brauchen würde, um ein möglichst normales Leben zu führen. Das wäre ziemlich viel verlangt, also hatte James daraus geschlossen, dass er auf sich gestellt sein würde. Er wollte Unabhängigkeit und die hatte er. Nun musste er nur noch den Preis dafür akzeptieren. Es wäre schön gewesen, sein Leben und sein Bett mit jemandem zu teilen, aber dafür würde er seine Unabhängigkeit nicht aufgeben. Er brauchte niemanden, der ihn an der Hand führte. Er brauchte einen Partner und er nahm nicht an, dass er jemals einen finden würde.

Zum Glück musste James am nächsten Morgen nicht arbeiten, denn seine Gedanken quälten ihn noch stundenlang. Sie drehten sich im Kreis und gelegentlich tauchte Trevor darin auf. Endlich siegte die Erschöpfung und James schlief ein, nur um von einem summenden Geräusch neben seinem Kopf geweckt zu werden.

„Hallo", sagte er im Halbschlaf.

„Hier ist Lester."

„Wo bist du? Bist du gut nach Hause gekommen?" Gott sei Dank. Lester hatte sich wie ein Arsch benommen, aber James wollte nicht, dass ihm etwas zustieß.

„Ich wollte dich dasselbe fragen. Ich war eine Weile ziemlich weggetreten und konnte mich nicht erinnern, dich nach Hause gebracht zu haben", stöhnte Lester.

„Es geht mir gut. Ich bin vor Stunden nach Hause gekommen und liege im Bett." Lester war ein totaler Schwachkopf und er musste ihn wohl als Gefahr für seine Sicherheit abschreiben. Jedenfalls würde er nicht wieder mit ihm ausgehen.

„Gut. Oh Gott, ich mache das nie wieder. Ich habe es vor einer Stunde nach Hause geschafft und bin am Einschlafen, aber ich wollte wissen, ob du okay bist. Ich hatte gegähnt und der Typ, mit dem ich getanzt hatte, meinte, er würde mir Koffein geben. Ich weiß nicht genau, was es war, aber es war etwas anderes. Ich fühle mich jedenfalls nicht gut." Lester hörte sich an, als würde er im Stehen einschlafen.

„Trink viel Wasser und geh ins Bett, du könntest dehydriert sein."

„Ich habe schon eine Flasche Wasser getrunken." Seine Stimme zitterte ängstlich. „Mein Herz rast und in meinem Kopf dreht sich alles."

„Dann trink noch eine Flasche Wasser und Saft, falls du welchen zu Hause hast", sagte James und hörte mit, wie Lester herumging.

„Ich habe Traubensaft."

„Dann trink ein Glas und dann wieder Wasser. Du musst den Flüssigkeitsverlust ausgleichen." James fühlte, wie seine Augenlider immer schwerer wurden, aber er wollte nicht auflegen, ehe Lester sich nicht besser fühlte. „Und dann geh ins Bett mit einer Wasserflasche in Reichweite."

„Okay. Tut mir leid, dass ich dich im Stich gelassen habe."

„Trevor hat mich nach Hause gefahren. Er war sehr nett."

Lester schnaubte verächtlich und James fragte sich, was das bedeutete. „Er hat nicht versucht, dir an die Wäsche zu gehen? Trevor ist ein richtiger Aufreißer, der gerne mit den Jungs spielt. Der kommt wirklich nur aus einem Grund in den Club, nämlich um zu vögeln."

„Nachdem das Feuer ausgebrochen war, hat er mich nach Hause gefahren. Ich habe ihm Kaffee angeboten, wir haben uns unterhalten, er war sehr nett und dann ist er gegangen. Wenn er also gerne spielt, dann war er nicht daran interessiert, mit mir zu spielen." Nicht, dass das überraschend war. Aufreißer hatten kein Interesse an blinden Typen. „Ich kann ihm das nicht übel nehmen. Er hat mich sein Gesicht ertasten lassen, damit ich mir vorstellen kann, wie er aussieht. Ist er so heiß, wie er sich anfühlt?"

„Ja, ist er. Und ich muss zugeben, dass ich nichts dagegen hätte, mit ihm zu spielen, wenn er fragen würde. Tiefschwarzes Haar, fast schon blauschwarz. Er hat diese perfekt getrimmten Bartstoppeln und ist unnachahmlich gut gebaut."

„Das war auch meine Einschätzung." Zumindest kam sein inneres Bild der Wahrheit ziemlich nahe. „Bist du dem Feuer ohne Probleme entkommen?"

„Das war vielleicht etwas. Wir sind gleich rausgekommen, aber angeblich musste die Feuerwehr einige Leute mit Rauchgasvergiftungen retten. Wir hatten keine Lust, da rumzuhängen und landeten schließlich im Rosa Winkel." Lester stöhnte leise.

„Geht es deinem Kopf besser?" James wollte sicher sein, dass Lester okay war. Wenn er die Wahrheit sagte, dann war er ausgenutzt worden. James hoffte wirklich, dass er nicht eine dieser KO-Tropfen bekommen hatte. Trevor hatte es für Ecstasy gehalten, aber wer konnte das schon mit Sicherheit wissen? Zumindest würde Lester es überstehen.

„Ja und mir ist auch nicht mehr so schlecht."

„Gut. Trink mehr Wasser und geh schlafen. Ich rufe dich am Vormittag an." James wünschte ihm noch eine gute Nacht, legte das Telefon auf den Nachttisch und fiel in einen unruhigen Schlaf.

JAMES ERWACHTE in einem stickigen Zimmer und griff nach der Uhr. „Elf Uhr eins", sagte sie. James stöhnte, als jemand an seine Vordertür hämmerte. Dann hörte er, wie sie geöffnet wurde.

„James ..."

Seine Mutter. „Ich stehe gerade auf."

Er fühlte sich lausig und dabei hatte er nicht einmal so viel getrunken. Er schlug die Decke zurück und setzte sich auf die Bettkante. Dann stand er langsam auf, öffnete eine Schublade und zog eine Unterhose heraus. Er schlüpfte hinein, denn er wollte nicht, dass seine Mutter ihn nackt sah. Im nächsten Augenblick kam sie ins Zimmer und ging zu seinem Kleiderschrank.

„Wir gehen heute zum Lunch in den Club, deshalb ..." Sie sprach den Rest nicht aus, als wäre er nicht in der Lage, sich anzuziehen.

„Verschieb hier nichts." Er tippte ihr auf die Schulter und schob sie sanft aus dem Weg, sobald er das Kratzen von Kleiderbügeln vernahm. „Du weißt doch, dass ich genau weiß, wo was hängt. Wenn du es verschiebst, bin ich aufgeschmissen." Sie sollte das natürlich wissen, aber manchmal wollte sie Dinge nach ihren Vorstellungen machen. „Und jetzt schieb alles genau so zurück, wie es war." Er wippte ärgerlich mit dem Fuß und wartete. „Ist alles wieder auf seinem Platz?"

„Ja." Sie trat neben ihn. „Wir haben nicht viel Zeit." Wie immer war Ungeduld ihre Ausrede. James war überzeugt, sie wäre glücklicher gewesen, wenn er zu Hause geblieben wäre und sie alles für ihn tun könnte. Dann würde sie sein ganzes Leben verplanen.

„Dann lass mich machen." James angelte einen Kleiderbügel. Er besaß viele verschiedene Sorten und hatte mit Mrs. Ledbetter ein Ordnungssystem entwickelt. „Das ist die graue Anzughose und ich dachte ich nehme dazu dieses blaue Hemd. Siehst du da Flecken, Löcher oder sonst ein Problem?"

„Nein."

„Dann wasche ich mich schnell, ziehe mich an und wir können uns mit Dad treffen." Er zog seine Hose an und ging zum Badezimmer.

„Brauchst du Hilfe?"

„Nein, Mom. Gib mir einfach ein paar Minuten Zeit." Er wusste, dass sie es gut meinte. Aber immer wenn er in ihrer Nähe war, benahm sie sich, als wäre er immer noch vierzehn und würde immer noch versuchen zu lernen, was er tun musste. Er war sehr gut in der Lage, in seinem eigenen Haus für sich selbst zu sorgen, solange niemand etwas bewegte.

Er bekam keine Antwort und widmete sich seiner Morgenroutine. Als er fertig war, ging er wieder ins Schlafzimmer und zog sich fertig an. Er fand seine Mutter in der Küche.

„Ich habe das bisschen Geschirr abgewaschen und es weggeräumt."

„Danke Mom." Es wäre nicht nötig gewesen, aber auch wenn seine Mutter das niemals zugeben würde, es war ihre Art, sich zu entschuldigen. „Wir können jetzt gehen."

Sie eilte zur Tür, James schloss alles hinter sich ab und ließ sich von ihr zum Auto führen. James ließ sich auf seinem Sitz nieder und sie fuhren durch die Stadt bis hinauf nach Mequon. Als seine Mutter vor dem Club einparkte, war James ein wenig übel. Sie fuhr immer rasant, ging niemals sanft in eine Kurve und da er sie nicht sehen konnte, kamen sie alle überraschend. Nachdem er eine halbe Stunde lang hin und her gerüttelt worden war und sich so fest wie möglich gegen die Rückenlehne des Sitzes gepresst hatte, war er mehr als dankbar, dass sie ihr Ziel erreicht hatten. „Großer Gott, Mom!"

„Was denn?"

James öffnete den Sicherheitsgurt und stieg aus. „Es war kein Autorennen."

„Sonst wären wir zu spät gekommen." Als ob das alles rechtfertigen würde. Sie kam um das Auto herum und James fuhr seinen Blindenstock aus. „Da ist eine Stufe, ungefähr drei Meter vor uns." Seine Mutter begann ihre übliche Auflistung der Hindernisse auf seinem Weg, als sie ihn durch den Club und weiter zu ihrem Tisch im Restaurant dirigierte. James fand einen Stuhl und setzte sich, erleichtert, dass dieser Teil der Reise zu Ende war. Er liebte seine Mutter, aber sie machte ihn unglaublich nervös. Er würde immer ihr kleiner Junge bleiben, aber er mochte es nun mal nicht, von ihr abhängig zu sein. Sie war praktisch der Inbegriff von Abhängigkeit für ihn. Er vertraute ihr, aber er wollte das nicht.

„Hi James", sagte seine Schwester Marti und drückte sanft seine Schultern.

„Onkel Jimmy", rief Zack, ihr Sohn, und James lächelte, als er sein Bein berührte. Das war ein vereinbartes Zeichen und James griff nach seinem Neffen und zog ihn auf seinen Schoß. Sie waren die besten Kumpel.

„Du bist so groß geworden."

„Ich bin vier."

„Wirklich? Ist heute etwas Besonderes?"

„Onkel Jimmy …", entrüstete sich Zack, als könnte jemand seinen Geburtstag vergessen.

„Ich weiß, ich würde es doch nie vergessen. Oma hat dein Geschenk und ich hoffe, du magst es." Er wuschelte durch Zacks Haar, umarmte ihn und wünschte nicht zum ersten Mal, er könnte das Gesicht seines Neffen wenigstens einmal sehen. Er hatte ein Bild von ihm in seinem Kopf, aber das war nicht dasselbe. Es gab Zeiten, wo die Sehnsucht, die Leute um ihn herum auch nur für ein paar Minuten sehen zu können, beinahe überwältigend war. „Wirst du neben mir sitzen und mir helfen?"

„Aber sicher wird er das." Diese Stimme hätte er überall wiedererkannt. Sein Schwager Tim war ein beachtlicher Mann. Er beugte sich herunter und umarmte James. „Er hat die ganze Fahrt von nichts anderem gesprochen, nicht wahr kleiner Mann?"

„Kann ich irgendwann zu dir kommen? Ich werde brav sein und ich kann dir helfen."

„Ich weiß, dass du das würdest." James umarmte Zack noch einmal, klinkte sich aus dem Rest der Konversation aus und unterhielt sich mit seinem Neffen. Dann ließ er ihn herunter, damit er auf seinem eigenen Stuhl sitzen konnte.

„Er fragt das dauernd", flüsterte Tim und legte James eine Hand auf die Schulter. „Also dachte ich, dass ich mit ihm bald einmal vorbeikomme, damit ihr Zeit zusammen verbringen könnt." Manchmal erstaunte es James, dass von allen Mitgliedern der Familie Tim derjenige war, der am meisten verstand.

„Das wäre toll." James drückte Tims Hand. Tim klopfte ihm auf die Schulter, trat zur Seite, Stuhlbeine rückten über den Boden und er setzte sich neben Zack.

„Er will momentan nur Daddy", sagte Marti zu ihrer Mutter. „Ich verstehe es nicht."

„Jungs haben solche Phasen."

„James", sagte sein Vater und berührte seine Schulter. Sein Vater war immer ein Mann weniger Worte gewesen, weshalb eine solche Begrüßung nichts Ungewöhnliches war.

„Carl", sagte seine Mutter in dem leicht vorwurfsvollen Ton, den sie für seinen Vater reserviert hatte. „Du bist zu spät."

„Meine Golfpartie hat ein wenig länger gedauert als erwartet."

Mehr Stühle wurden gerückt, als alle sich setzten. Die Konversation umschwirrte ihn und James versuchte ihr zu folgen, aber er hatte nicht viel beizutragen. „Was soll ich bestellen?", fragte er Zack.

„Hähnchen Sticks", sagte Zack wie gewöhnlich. Er war ganz verrückt nach Hähnchen Sticks.

„Wirst du welche bestellen?"

„Ja, und Pommes." Er klang so glücklich und James musste zugeben, dass sich das auch für ihn nicht übel anhörte. Zumindest würde er dann nicht vor allen ein Chaos anrichten.

James kannte die Speisekarte auswendig und als der Kellner die Getränkebestellung aufnahm, bat er um Eistee.

„Die Speisenauswahl ist interessant", sagte Tim und James wusste, dass er es seinetwegen erwähnte. Er liebte seinen Schwager bei jedem Zusammentreffen mehr. „Die Hähnchenpastete sieht gut aus und das gebackene Hähnchen auch."

„Schon gut, ich bestelle für James", unterbrach seine Mutter, als wäre er noch sechs.

Als der Kellner an den Tisch kam, bestellte er die Hähnchenpastete und bat darum, dass sein Salat schon mit Dressing angerichtet serviert wurde, was es für ihn viel einfacher machte. Seine Mutter war nervös, aber er konnte für sich selbst sorgen.

„Gibt es Kuchen?", fragte Zack.

„Ja, wenn du ordentlich isst", sagte Marti, obwohl jeder wusste, dass niemand dem Jungen seine Geburtstagstorte vorenthalten würde.

„Ich muss zur Toilette", sagte James.

„Ich bringe dich hin", bot seine Mutter an.

„Ich komme klar, Mom." James schob seinen Stuhl zurück und benutzte seinen Stock, um den Weg zu ertasten. Er war so oft hier gewesen, dass er die Räume in Gedanken vermessen hatte.

„Ich bin da, Onkel Jimmy." Zack nahm seine Hand und führte ihn langsam durch das Restaurant. „Siehst du, ich kann dir helfen."

„Ja. Du bist schon ein großer Junge. Jetzt musst du mir sagen, was vor mir ist. Du bist jetzt meine Augen, okay?"

„Okay. Da drüben ist ein Tisch mit einem großen Ding aus hässlichen Blumen und da drüben ist ein Mann, der dich beobachtet." Zack blieb stehen. „Hast du irgendwas Falsches getan?"

„Nein. Warum?", fragte James und ging weiter.

„Er sieht dich so an, wie Mama mich ansieht, wenn ich meine Spielsachen nicht wegräume." Das war eine tolle Beobachtung. Das Kind würde eines Tages Schriftsteller werden oder etwas in der Art.

„Lass mich zur Toilette gehen." James würde sich später damit beschäftigen, wer Zacks Aufmerksamkeit erregt hatte.

Zack führte ihn hinein, James benutzte die Toilette und wusch sich die Hände. Dann ließ er sich von Zack zurück zum Tisch führen. Natürlich brauchte James seine Hilfe nicht wirklich, aber es war nett von Zack.

„Ist der Mann noch da?"

„Nein."

Zack brachte ihn zum Tisch und James setzte sich wieder.

„Dein Salat steht vor dir, die Gabel liegt links davon. Benutz die äußere Gabel, ich habe die Tomate für dich geschnitten", sagte seine Mutter und setzte ihre Unterhaltung mit Marti fort. James tastete über den Tisch, bis er die Gabel fand. Ein wenig Unordnung machte er immer. Zu Hause hatte er Teller mit einem Schutzrand, der das Essen daran hinderte, herunter zu rutschen. Aber auswärts zu essen, war immer schwierig.

„Du bist es wirklich."

James erstarrte, als er die Stimme des Mannes hörte, von dem er einen Großteil der Nacht geträumt hatte. „Trevor?" Ihm wurde schon vom Klang dieser tiefen, samtigen Stimme heiß.

„Ja." Trevor berührte James sanft an der Schulter. Verdammt, er wollte sich am liebsten an seine Hand schmiegen. „Ich habe dich und deinen kleinen Helfer gesehen." Seine Stimme war so nah, dass Trevor direkt neben seinem Stuhl stehen musste. „Bist du ein Mitglied des Clubs?"

„Nein, aber meine Eltern." James erinnerte sich an seine Manieren. „Trevor, das sind meine Mutter Joyce, mein Vater Carl, meine Schwester Marti, ihr Mann Tim und meinen Helfer Zack hast du vorhin schon gesehen." Er lächelte. „Das ist Trevor."

„Freut mich, Sie alle kennenzulernen." Trevor war so nahe, dass James die Wärme fühlen konnte, die von ihm ausging. Er roch die Mischung aus Testosteron und Moschus mit einem Hauch eines leichten, erdigen Duftwassers. Es war himmlisch. „Ich lasse Sie alle in Ruhe weiteressen. Ich wollte nur herkommen und Hallo sagen." Trevor nahm seine Hand und drückte sie.

„Bist du hier Mitglied?", fragte James, weil er wollte, dass Trevor noch einen Moment länger blieb.

„Nein, ich bin zum ersten Mal hier."

James registrierte eine leichte Spannung in Trevors Stimme und fragte sich, woher sie kam. „Wir sehen uns." Trevors Atem streifte James am Ohr und dann war er weg. Der himmlische Duft umwehte ihn und löste sich so rasch auf, dass James sich fragte, ob das alles wirklich passiert war.

„Wer war das und wo hast du *den* kennengelernt?" Seine Mutter war manchmal so hochnäsig, James hätte schwören können, sie würde ertrinken, wenn es regnete.

„Wow", sagte Marti und die Eiswürfel in ihrem Glas klirrten, als sie es in die Hand nahm. „Vergiss es. Sorry, Schätzchen, aber wenn der mich so ansehen würde, wie er gerade …" Marti räusperte sich. „Tut mir leid."

Tim kicherte. „Ja, ich habe es auch gesehen."

„Unsinn", unterbrach seine Mutter. „Der sieht aus wie ein Gangmitglied. Wer trägt denn Leder in einem Country Club? Er sieht aus, als wäre er auf einem Motorrad hierhergefahren. Das ist nicht die Sorte Mensch, die James in seinem Leben braucht."

„Vergiss das, Mutter. Der Typ war heiß." Marti war ein Geschenk des Himmels. „Wenn er interessiert ist, dann wirf die Angel aus und zieh ihn an Land, James. Ich würde das auf der Stelle tun … Wenn ich nicht schon mit dem besten Mann der Welt verheiratet wäre", fügte sie rasch hinzu. James stellte sich vor, wie Tim die Stirn runzelte.

„Ich habe ihn letzte Nacht kennengelernt und er war nett. Das ist alles." James wandte sich wieder seinem Salat zu.

„Du hast gekleckert, ich habe es gerichtet", flüsterte Zack.

„Das ist lieb von dir. Vergiss nicht, dass Onkel Jimmy sein Essen nicht sehen kann so wie du."

„Ich weiß. Deshalb habe ich es ja in Ordnung gebracht." Zack klang so zufrieden, dass James lächelte. Dabei hoffte er, dass das Salatdressing nicht über seinem ganzen Gesicht verteilt war. Er aß weiter und schaffte es, etwas Salat in den Mund zu bekommen. Er rechnete beinahe damit, dass seine Mutter anbieten würde, ihn zu füttern, aber dankenswerterweise setzte sich die Unterhaltung rund um ihn fort und niemand erwähnte das Chaos.

James war dankbar, als abserviert wurde und sein Hauptgericht vor ihm stand. „Der Teller ist sehr heiß", warnte ihn der Kellner, also wartete James, dass er sich abkühlen würde.

„Mister Heiß und Stattlich sieht noch immer zu uns rüber", flüsterte Marti vernehmlich über den Tisch.

„Bitte, er ist wahrscheinlich Mitglied einer Motorradgang oder so etwas."

„Trevor ist Geschäftsmann. Er besitzt eine Kette von Autowerkstätten und er arbeitet hart." James fand seinen Löffel und arbeitete sich vorsichtig durch die Kruste seiner Pastete, testete dann die Temperatur und nahm einen Bissen. Das Ding war verdammt gut.

„Vermutlich verkauft er gestohlene Autoteile. Erinnerst du dich, als Susan Millers Auto letztes Jahr gestohlen wurde? Man hat es völlig zerlegt gefunden. Die hatten alle Teile auseinandergenommen und nur die Hülle übrig gelassen."

„Und daraus schließt du, dass er etwas damit zu tun hatte? Du bist manchmal so ein Snob."

„Daddy, was heißt Snob?", fragte Zack.

„Es ist nur eine andere Bezeichnung für deine Großmutter", flötete sein Vater und James ließ fast seinen Löffel fallen. „Lass uns das Essen genießen und zwar ohne laufenden Kommentar, Joyce." Dann schwieg er wieder und seine Mutter zum Glück auch.

„Ja, wir sind schließlich hier, um Zacks Geburtstag zu feiern", sagte Marti.

„Ich bin bereit für den Kuchen", stellte Zack fest.

„Erst isst du noch einen Hähnchen Stick und ein paar Fritten, bevor du Kuchen bekommst", sagte Marti nachdrücklich.

James aß weiter. Während alle sich unterhielten, bemühte er sich, keine allzu große Sauerei zu machen. Irgendwie hatte er nicht das Gefühl, dass dieser Versuch erfolgreich war. Zumindest kommentierte es niemand, was er als Sieg verbuchte. Als er fertig war, lehnte er sich zurück und der Kellner nahm seinen Teller.

„Jetzt Kuchen?"

„Ja", sagte James. „Und Geschenke."

„Dein Dad muss die Geschenke aus dem Auto holen", sagte Marti. Ein Stuhl rückte, als Tim aufstand. Auch sein Vater stand auf und James griff nach seinem Glas, verfehlte es aber und verschüttete den Inhalt auf dem Tisch.

Seine Mutter schnappte nach Luft und knurrte verhalten – ein Geräusch, das James so oft in seinem Leben gehört hatte.

„Ich habe Servietten", sagte Marti, als rund um James Hektik ausbrach und seine Familie für ihn aufräumte, wie sie es immer tat.

„Schon gut. Wenn nur alle für einen Augenblick ihre Stühle vom Tisch wegrücken würden."

James tat, was die unbekannte Stimme verlangte und Dinge wurden vor ihm bewegt. „Danke, wir tauschen das Tischtuch." Ein schnappendes Geräusch und ein Luftzug, als das frische Tischtuch aufgebreitet wurde. Besteck klapperte, als es wieder aufgelegt wurde. „Schon erledigt. Ich bringe Ihnen einen neuen Tee." Sie ging und James schob sich wieder zum Tisch. Er wollte am liebsten nach Hause, sich selbst die Peinlichkeit und seiner Familie die Unannehmlichkeiten seiner Anwesenheit ersparen.

„Es ist okay, Onkel Jimmy." Zack streichelte über sein Bein und James hob ihn auf seinen Schoß. „Du kannst meine Schnabeltasse haben, wenn du möchtest." Er drückte den Plastikbecher in seine Hand und James war nicht sicher, ob ihm das noch peinlicher sein sollte. Er hatte manchmal daran gedacht, dass er für solche Fälle eine Schnabeltasse haben sollte.

„Danke, aber du behältst deine Tasse und ich versuche, nichts mehr zu verschütten, okay?" Er überlegte, dass er es aushalten würde, erst wieder zu Hause etwas zu trinken, um seiner Familie weitere Peinlichkeiten zu ersparen.

„Bist du bereit für Kuchen?" James drückte Zack an sich und der nickte.

„Und Geschenke."

„Auf jeden Fall Geschenke."

„Sind dein Daddy und Großvater schon zurück?"

James fühlte Zacks Haar an seiner Wange, als der sich umdrehte, um nachzusehen. „Sie kommen gerade rein!"

James setzte ihn ab und ließ der Aktivität rund um ihn ihren Lauf.

Papier wurde zerrissen und Zack quietschte bei allem, was er darin fand. „Ein Lastwagen!" Zack machte augenblicklich Motorgeräusche und Tim musste ihn daran erinnern, dass es da noch mehr auszupacken gab. Mehr zerrissenes Papier folgte. „Bücher."

„Mach sie auf", sagte James. „Siehst du die kleinen Erhebungen? Das sind Bücher, die ich dir vorlesen kann."

Martis Arm schlang sich um seinen Hals. „Das ist perfekt."

„Ich habe Mom gebeten, sie für mich zu besorgen, ich hoffe das ist okay." Er legte seine Hände auf ihre, denn er brauchte wirklich gerade ein wenig Geborgenheit.

„Mehr als okay. Ich möchte, dass er seinen Onkel Jimmy wirklich kennenlernt und er braucht Dinge, über die er eine Bindung aufbauen kann, dafür ist es perfekt. Er liebt es, wenn man ihm vorliest und jetzt werdet ihr Geschichten haben, die nur euch gehören." Sie küsste ihn auf die Wange. „Er muss damit aufwachsen, deine Welt zu verstehen, so wie du versuchst, seine zu verstehen." Sie ließ ihn los und er fühlte, wie sie ihre Hände wegzog, als Zack ein weiteres Geschenk öffnete.

„Es ist ein Wii, Daddy!" Zack klang überwältigt. Das musste ein Geschenk der Großeltern sein, die seiner Meinung nach immer übers Ziel schossen.

„Ja, das ist es."

„Wir haben ihm ein paar Lernspiele besorgt", sagte sein Vater, als Zack ein weiteres Päckchen aufriss.

James entschuldigte sich, nahm seinen Stock und ging den vertrauten Weg zur Toilette.

„Geht es dir gut?" Trevors Stimme erklang so dicht hinter James, dass er zusammenzuckte. „Dein Neffe sieht aus, als wäre es das größte Abenteuer seines Lebens."

„Er ist vier und es gibt Geschenke, also … ja. War dein Mittagessen gut?"

„Ja, es war gut. Warte, ich halte dir die Tür auf." Die Tür quietschte leise und James ging hinein. „Und deines?"

James konnte ein Seufzen nicht unterdrücken. „Meine Familie macht etwas mit."

„Du meinst das umgeworfene Glas? Ich bitte dich, das kann jedem passieren."

Trevor stellte das Wasser an einem der Waschbecken an und James ging in eine Kabine, froh, für ein paar Momente von niemandem beobachtet zu werden. Solche Augenblicke, wenn er verborgen und für sich war, eigneten sich gut als Ausgleich. James setzte sich leise und wartete, dass Trevor gehen würde. Als er das nicht tat, machte James fertig, ging zum Waschbecken und wusch sich die Hände.

„Trevor, ich weiß, dass du hier bist. Ich kann dich riechen."

„Ich habe nur gewartet … und du kannst mich riechen?" Der Duft wurde stärker. „Wie rieche ich denn?"

Er war so verdammt nah. James stellte das Wasser kälter als sonst, denn ihm war plötzlich sehr warm. „Machst du so etwas öfter in Waschräumen?" Er würde nicht beschreiben, wie Trevor roch, schon gar nicht auf einer Toilette.

„Nein, und es ist wahrscheinlich das einzige Mal. Ich musste dich alleine erwischen und ich wollte mit dir reden." Trevor lehnte sich wieder ganz nahe. „Also, sag mir, wonach ich rieche. Ist es gut?"

James stöhnte.

„Ich nehme das als ein Ja und schließe daraus, dass du meinen Geruch magst."

„Merkst du eigentlich, dass du in einem Waschraum mit einem blinden Mann flirtest? Ich habe einen Stock und keine Angst, ihn auch einzusetzen." James lächelte. Ihm war oft gesagt worden, besonders von seiner Mutter, dass er selten seinen Gesichtsausdruck veränderte. Deshalb versuchte er besonders, auf seinen Ausdruck zu achten. Aber es war schwierig, weil er nur wenige Referenzen hatte.

„Du hast ein nettes Lächeln. Und ja, ich weiß, dass ich flirte und ich habe den Eindruck, dass es dir gefällt."

„Bist du sicher?" Trevor war so nahe, dass James sich am liebsten angelehnt hätte, aber das war ein Traum und sehr wahrscheinlich spielte Trevor mit ihm.

„Ja, deine Wangen sind gerötet und dein rechtes Bein zittert." Trevor griff nach seiner Hand. „Komm, ich bringe dich zum Tisch zurück, bevor du noch etwas anstellst, bei dem du dir wehtust."

„Ich kann sehr gut auf mich aufpassen."

„Ich meinte nur, dass du gerade ein wenig unsicher wirkst und ich möchte nicht, dass du hinfällst."

James hörte, wie sich die Tür öffnete. Trevor ließ seine Hand los und James gab sich die größte Mühe, nicht so auszusehen, als hätte er gerade etwas Verbotenes getan. Tatsächlich hatten sie eigentlich gar nichts getan, aber James fühlte sich, als ob etwas passiert wäre und seine Mutter hatte Adleraugen, sie sah alles.

Trevor nahm ihn sanft am Arm und führte ihn zurück zum Tisch. James hörte, wie seine Schwester leise nach Luft schnappte und obwohl er nichts von seiner Mutter hörte, konnte er sich den abweisenden Ausdruck auf ihrem Gesicht vorstellen. Es war sicher derselbe, mit dem sie ihn angesehen hatte, als er mit elf über sein Zeichenblatt hinausgemalt und dabei Flecken auf ihren Küchentisch gemacht hatte.

„Hier ist dein Platz."

„Danke." James hoffte, dass es ihm gelungen war, seine Stimme ruhig klingen zu lassen, obwohl er sich hastig setzte, um andere Bereiche seines Körpers zu verstecken, die im Begriff waren, ihren Beifall stehend zu bekunden.

„Gern geschehen. Ich hoffe, wir sehen uns bald einmal." Trevor drückte seine Schulter und James wurde heiß. Er griff langsam nach seinem Glas, denn seine Kehle war plötzlich trocken wie die Sahara. Schritte hallten auf dem Boden, als Trevor sich entfernte. James fand sein Glas und trank, um seinen Mund zu befeuchten und um sich abzukühlen. Hatten die hier die Heizung angestellt oder so was?

„Jetzt Kuchen?", fragte Zack nachdrücklich, als hätte er ewig gewartet. Er hüpfte direkt neben James auf und ab.

„Ja, jetzt kannst du deinen Kuchen haben." James strich durch Zacks Haar. „Kann sich jemand um den Kuchen kümmern, damit der kleine Mann hier nicht verhungert?" Er schaffte es, Zack zu kitzeln und hörte, wie seine Mutter seufzte. Als die Torte kam, sangen sie *Happy Birthday*, zumindest nahm James das an. Er fühlte sich immer ausgeschlossen, wenn alle sangen, klatschten und Zack die Kerzen ausblies. So vieles im Leben war visuell, was ihn zum Außenseiter machte. Okay, es war Zeit, mit dem Selbstmitleid aufzuhören.

„Gefällt dir deine Torte?"

„Es ist Schokoladekuchen mit Streusel … Zuckerstreusel!" Zack quietschte vor Vergnügen.

„Okay, Kleiner, dann setz dich wieder hin, damit du ein Stück essen kannst."

Es wurde Kaffee serviert und James konnte das volle Aroma riechen, lehnte aber ab, weil er nicht noch einmal eine Überschwemmung verursachen wollte.

34

Marti überstimmte ihn aber und kam zu seinem Platz herüber. „Lass es dir einfach gut gehen, und lass dir nicht den Tag davon verderben, dass Mom so eine Nervensäge ist." Sie umarmte ihn sanft. „Da steht ein Stück Kuchen genau vor dir. Gabel links, Kaffee rechts. Ich habe um einen Becher gebeten, das sollte es leichter machen, ihn zu trinken."

„Danke." Er war seiner Schwester für ihre stille Hilfe so dankbar.

„Nichte der Rede wert." Sie klopfte ihm auf die Schulter und verzog sich wieder.

James aß seinen Kuchen und soweit er es feststellen konnte, schaffte er es ohne zu kleckern. Der Kaffee war köstlich und Zack lachte und war glücklich. So fand das Essen ein gutes Ende. Sein Vater bezahlte und alle machten sich auf den Heimweg.

Sie verabschiedeten sich von Marti, Tim und Zack, der immer weiter über seine Geschenke plapperte. James lächelte und wuschelte ihm noch einmal durchs Haar, bevor Zack zum Auto lief.

„Warum kommst du nicht mit uns nach Hause und bleibst zum Abendessen?", bot seine Mutter an. „Ich habe einen Braten vorbereitet und du kannst einmal etwas anderes essen als diese tiefgekühlten Fertiggerichte, von denen du lebst."

„Danke, Mom. Aber ich bin ziemlich müde und ich glaube, ich muss wirklich nach Hause." Ganz davon abgesehen, dass sein Bedarf an Familie für den Moment gedeckt war.

„Du meinst, du warst gestern zu lange aus?", fragte sie mit unüberhörbar anklagendem Unterton. „Na schön, ich muss einen Zwischenstopp zu Hause machen und kann dich danach in die Stadt bringen."

Trevor trat zu ihnen, sein Duft verriet seine Anwesenheit. Er brauchte nicht einmal ein Wort zu sagen und James wusste, dass er direkt neben ihm war. „Ich kann dich nach Hause bringen, wenn du möchtest. Ich fahre ohnehin in deine Richtung."

„Das wäre nett." James wandte sich zu seiner Mutter. „Trevor kann mich mitnehmen, dann musst du keinen so großen Umweg machen."

„Ich denke nicht …"

„Ist schon gut, Mom. Ich war letzte Nacht in seinem Auto und es ist nett. Er ist ein guter Fahrer und es gibt nichts, worüber du dir Sorgen machen müsstest." Er umarmte seine Mutter und verabschiedete sich von seinem Vater, ehe er sich von Trevor den Weg zeigen ließ. „Danke. Ich glaube, sehr viel mehr davon hätte ich nicht mehr verkraftet."

„Dachte ich mir, so nervös wie du während des ganzen Essens warst."

James blieb stehen. „Du hast mich beobachtet?"

Trevor kicherte. „Ja, natürlich. Gestern im Club habe ich dich die ganze Nacht beobachtet und es hat eine Weile gedauert, bis ich mich in deine Nähe getraut habe. Das passiert mir sonst nie. Wenn es um Männer geht, komme ich immer gleich zur Sache, aber bei dir war ich unsicher."

„Ich? Ich habe dich verunsichert?" Irgendwie gefiel James der Gedanke. „Warum hast du mich beobachtet?" Er fragte sich, was in aller Welt für jemanden wie Trevor an einem blinden Typen so faszinierend sein konnte.

„Ist nicht wichtig. Jedenfalls habe ich es getan. Heute habe ich zugesehen, wie du deinen Tee verschüttet und mit deinem Neffen gespielt hast." Trevor schob ihn sanft vorwärts. „Ich habe gesehen, wie nervös und wie vorsichtig du warst."

„Meine Familie hat es nicht leicht mit mir."

„Quatsch. Es ist deine Familie und sie sollten in der Lage sein, über ein wenig verschütteten Tee, der auf dem Tisch landet, hinwegzusehen."

James fühlte Hitze in seine Wangen aufsteigen. „Ich war noch nie ein manierlicher Esser."

„Na und? Du kannst nicht sehen. Ich glaube, wir hätten alle ein Problem mit Manieren und Sauberkeit, wenn wir nicht sehen könnten, was wir essen. Also sei mal nicht so streng mit dir." Trevor führte ihn über den Parkplatz und als sie stehen blieben, tastete James nach der Autotür, aber seine Hand griff ins Leere.

„Sind wir noch nicht da?"

„Doch, wir sind richtig." Das Leder von Trevors Jacke knarzte und dann fühlte James ein Gewicht auf seinen Schultern. „Komm und zieh das an." Trevor half ihm und setzte ihm dann einen Helm auf.

„Was machst du?"

„Ich bin mit dem Motorrad hier. Es ist eine Harley und groß genug für uns beide, aber ich möchte, dass du gut abgesichert bist."

„Ein Motorrad? Du willst, dass ich mit dir auf einem Motorrad fahre?", fragte James überwältigt. „Soll das ein Scherz sein?"

„Nein. Ich nehme an, du hast das noch nie gemacht. Das ist kein Problem. Ich helfe dir hinauf und setze mich dann vor dich. Alles, was du tun musst, ist dich gut an mir festzuhalten."

„Aber …"

Der himmlische Duft war wieder da, als Trevor vor ihn trat. „Vertrau mir, du wirst es mehr lieben, als du dir in deinen kühnsten Träumen vorstellen kannst." Er strich James sanft mit der Hand über die Wange. „Du hast meine Jacke und einen Helm."

„Hast du auch einen?"

„Ich bin okay. Und jetzt lass mich dir beim Aufsteigen helfen. Trevor half James geduldig in den Sattel des Bikes und stieg dann auch auf. „Bleib dicht an mir dran und leg die Arme fest um meine Taille."

„So?" James rückte näher und Trevor zog seine Arme noch enger um sich. James presste seine Hüften an Trevors Hintern, was bewirkte, dass er sofort hart wurde. Trevor sagte nichts und startete den Motor.

Das Bike erwachte unter James zum Leben, was einen Schauer durch seinen Körper jagte. Er sagte sich doch immer, wie sehr er wünschte, seine Welt wäre nicht so klein. Nun, jetzt hatte er die Chance, sie zu erweitern und er war entschlossen, das zu nützen.

„Halte dich gut fest und lass nicht los. Bleib dicht bei mir und geh mit, wenn ich mich bewege."

Das Bike fuhr an und James rückte näher. Trevor beschleunigte und James fühlte, wie der Wind durch seine Kleidung blies. Mit dem Tempo wurde auch der Luftzug stärker.

„Verdammt, das macht Spaß."

„Warte es ab", sagte Trevor. „Es ist ein Rausch und ich möchte, dass du ihn spürst."

Das tat James bereits. Er war hart genug, dass er hätte Nägel einschlagen können. Er verstärkte seinen Griff und ließ seine Hände über Trevors flachen Bauch gleiten. Gott, er war unglaublich sexy. Mehr als einmal bewegte James seine Hände. Nicht, weil es nötig war, sondern weil er mehr darüber herausfinden wollte, wie Trevor aussah. Seine Hände ersetzten oft seine Augen und James wünschte, er würde sich trauen, mehr zu erkunden.

Die Hitze, die von Trevor ausging, übertrug sich auf ihn, obwohl der Wind versuchte sie wegzublasen. Trevor bremste das Bike und blieb stehen. „Wir sind an einer Ampel und wenn wir gleich auf die Autobahn auffahren, wird es richtig schnell. Lass mich wissen, wenn es dir zu viel ist, dann fahre ich runter und nehme die Landstraße. Aber ich habe den Eindruck, du genießt die Fahrt." Trevor rutschte ein wenig auf dem Sitz nach hinten und James stöhnte, als sein Schwanz sich an Trevors Hintern rieb. Das war offenbar Trevors Art, ihm zu sagen, dass er sich seiner Erregung wohl bewusst war.

Er hatte keine Zeit, darüber nachzudenken, denn das Bike beschleunigte wieder und der Motor vibrierte, als Trevor den Gang wechselte und an Tempo zulegte. Es war aufregender und sinnlicher, als James es sich je hätte vorstellen können und als sie die Autobahn erreichten, hüllte die Energie ihn vollständig ein.

James vergaß all seine Ängste und ließ sich von der Welle mitreißen, als sie über die Autobahn düsten. Da er nicht sehen konnte, erlaubte er allen anderen Sinnen, sich auszutoben. Die Stärke der Maschine unter ihm und die

Kraft in Trevors Körper, aber auch die Tatsache, dass er komplett ausgeliefert war und sich doch geborgen fühlte, waren extrem berauschend. Daran hätte er sich glatt gewöhnen können und er hoffte, dass er die Chance haben würde, es wieder zu tun. Trevor wechselte zwischen den Fahrspuren hin und her, überholte Autos und ließ andere vorbeiziehen. Dieser Teil war nicht so toll, aber der Rest war unglaublich. James fühlte, wie sie bergauf fuhren, als die Autobahn anstieg und sich über die Stadt zog. Der frische Wind, der vom See herüberwehte, übte etwas Druck auf sie aus. Als es wieder bergab ging, nahm Trevor noch einmal Tempo auf, steuerte dann eine Ausweiche an und bremste ab.

„Oh mein Gott, das war unglaublich."

„Gut, nicht?" Trevor hielt an.

James lachte. „Das war besser als Sex." Als ihm klar wurde, was er gerade gesagt hatte, wurde er rot. „Ich meine …"

„Süßer, mit einem Bike zu fahren, spricht etwas sehr Ursprüngliches in uns an und meine Freunde vergleichen den Kick auch oft mit Sex, besonders, weil es sich anfühlen kann, als würde man fliegen. Aber ich muss dir sagen, wenn das besser als Sex war, dann hattest du ihn bisher nicht mit den richtigen Leuten."

Trevor kicherte und lehnte sich leicht nach vorne. Dann beschleunigte er wieder.

„Tatsächlich?", nahm James die Konversation wieder auf, als sie das nächste Mal stoppten.

„Na und ob. Ich sage nicht, dass es nicht aufregend war, aber Sex mit jemandem, der weiß, was er tut, ist einfach ein überwältigendes Erlebnis."

„Ach ja?", hakte James nach, aber Trevor antwortete nicht und fuhr wieder an. Sie drehten noch ein paar Runden, hielten dann an und Trevor machte den Motor aus.

„Du kannst es mir glauben. Warte einen Moment." Trevor stieg ab und half James herunter. Seine Knie waren weich und er machte ein paar vorsichtige Schritte.

„Ein Ritt auf dem Bike ist berauschend. Ich muss aber zugeben, dass ich denke, dich auf einen anderen Ritt mitzunehmen, wäre ein Erlebnis, das man nicht so leicht vergisst."

Er und Trevor hatten geflirtet, aber das ging weit darüber hinaus. James schluckte. Verdammt, er hätte zu gerne herausgefunden, wie Trevor sich anfühlte und was genau sich unter all den Schichten von Kleidung verbarg. Trevor spielte wohl mit ihm. Denn James konnte sich nicht vorstellen, dass er ihn tatsächlich mit nach drinnen nehmen und den Tag damit verbringen würde, ihn in den Wahnsinn zu treiben.

„Oh ja. Ich könnte dir Dinge zeigen, die atemberaubend sind."

„Jetzt gibst du an. Und vielleicht … irgendwann … werde ich dich beim Wort nehmen. Dann kannst du versuchen, zu beweisen, dass du nicht bloß ein Angeber bist." James nahm den Helm ab und reichte ihn Trevor, ehe er die Lederjacke auszog. Er liebte ihren Geruch, die Mischung aus Leder und Trevors Duft. Er wünschte, es gäbe einen Weg, sie zu behalten. Stattdessen gab er sie Trevor zurück. „Hilfst du mir bitte noch zur Tür. Meistens finde ich den Weg, aber ich bin ein wenig desorientiert." Eher etwas vernebelt vor Lust, aber das konnte er schlecht sagen.

„Sicher." Trevor bot ihm seinen Arm an und führte ihn langsam über den Weg und die Stufen bis zur Vordertür.

„Möchtest du einen Kaffee?"

„Ich würde sehr gerne mit dir Kaffee trinken, aber ich muss in eine der Werkstätten. Etwas läuft dort nicht rund und ich weiß nicht genau, was es ist. Ich muss dem nachgehen und mich da mal genau umsehen."

Trevor ließ seinen Arm los und James kramte die Schlüssel aus seiner Tasche. Trevor strich ihm sanft über die Wange und James hielt inne. Er fragte sich, was Trevor vorhatte und hoffte, dass er ihn vielleicht küssen würde. Er war nicht einmal sicher, warum, wenn man einmal davon absah, dass er die letzte halbe Stunde steinhart gewesen war und sich so dicht wie möglich an Trevor gepresst hatte.

„Okay. Vielleicht können wir uns mal wieder treffen. Es war schön, dich zu sehen und danke, dass du mich nach Hause gebracht hast, ich weiß es zu schätzen." James wagte nicht, sich zu bewegen, so lange Trevor ihn berührte. Er wollte einfach nicht, dass es vorbei war. Dann wurde Trevors Duft stärker.

Trevors Lippen berührten ihn so zart, dass James nicht sicher war, ob es wirklich passierte. Er lehnte sich in die Berührung und verstärkte sie. Darauf schien Trevor gewartet zu haben, denn er küsste ihn intensiver und James konnte ihn zum ersten Mal schmecken. Ein köstlich männliches Aroma, das zusammen mit dem Duft eine Mischung ergab, die er nicht so bald vergessen würde.

James stöhnte leise und Trevor küsste ihn heftiger, ehe er sich zurückzog. James wusste nicht so recht, wie er darauf reagieren sollte.

„War das okay?"

„Ja." James war ein wenig atemlos. Er war noch nicht oft geküsst worden, aber es war vorgekommen. Aber nie zuvor hatte er einen Kuss bis in die Zehenspitzen gespürt oder vergessen, wo er war. Er brauchte einen Moment, um sich zu erinnern, dass er vor seiner Haustür stand.

„Kann ich deine Telefonnummer haben?", fragte Trevor und James sagte sie ihm sofort. Dann hörte er Signaltöne von Trevors Telefon und sein eigenes klingelte. „So, jetzt hast du meine. Ich rufe dich bald an und vielleicht können wir etwas unternehmen, das Spaß macht."

„Okay. Aber nur, um das zu klären, reden wir von einem Date oder von Freundschaft oder was?"

Trevor räusperte sich und klang plötzlich unbehaglich. „Ich habe keine Dates. Das mache ich grundsätzlich nicht."

„Okay." James war nicht sicher, was zum Teufel das bedeutete, besonders nach dem Kuss. Es war auch sicher nicht die Antwort, auf die er gehofft hatte.

„Wir werden ausgehen und uns eine schöne Zeit machen. Abendessen und dann irgendwas Lustiges. Wir müssen dem doch keinen besonderen Namen geben."

„In Ordnung. Ruf mich an und wir überlegen uns das mit dem nicht-Date." Er grinste über die Unsinnigkeit seines eigenen Scherzes. „Gute Fahrt." James öffnete die Tür und wartete, bis das Brummen des Motors sich in der Ferne verlor, ehe er sie schloss.

3

„WIRST DU mit ihm tanzen?", fragte Dean, als sie sonntags am frühen Abend in einem Club saßen. Trevor, Dean und Brent hatten beschlossen, essen zu gehen und danach hatte Dean den tollen Vorschlag gemacht, diesen neuen Club aufzusuchen, in dem absolut nichts los war.

„Ich glaube nicht." Trevor war nicht in der Stimmung, auf die Jagd zu gehen. Er wollte einfach mit seinen Freunden etwas trinken. Er hatte gleich gewusst, dass der Club eine blöde Idee war, aber Dean schien es gutzutun, sich über seine Probleme hinwegzuvögeln.

„Warum nicht?", fragte Brent und stellte sein Bier auf den Tisch. „Selbst bei einer so kleinen Gruppe kannst du doch immer landen."

„Habt ihr kein anderes Thema?" Trevor nahm einen Schluck Bier und sah, wie Dean und Brent einen dieser Blicke tauschten. „Denkt nicht mal daran."

„Weißt du, er hat diesen Typen aus dem Club mitgenommen", tratschte Dean.

„Und er hat geschafft, ihn gestern beim Lunch zu treffen und hat ihn wieder nach Hause gebracht." Brent schien sehr zufrieden mit sich zu sein.

„Gütiger Himmel, ihr zwei. Wir sind nicht in der zehnten Klasse und erzählen uns in der Cafeteria den neuesten Tratsch, wer wen mag und wer wessen Namen mit Lippenstift auf seinem Spind stehen hat."

„Nun, was sollen wir davon halten? Du hast den Typen zweimal getroffen und ihn nach Hause gebracht. Also haben wir angenommen, dass du ihn magst. Aber du magst keine Männer. Du fickst sie und ziehst weiter, ohne danach je einen weiteren Gedanken an einen von ihnen zu verschwenden." Dean lehnte sich ein wenig über den Tisch. „Oder was glaubst du, warum ich nie interessiert war?"

Trevor stöhnte auf. „Ich bitte dich. Du bist nicht mein Typ."

„Was? Warum?" Dean drehte sich zur Bar und betrachtete sich im Spiegel dahinter. „Was stimmt nicht mit mir?"

„Großer Gott, wir sind wirklich auf Highschool Niveau gesunken. Du bist mein Freund und Freunde fickt man nicht, außer wenn man sie nie wiedersehen will. Außerdem wisst ihr, dass ich keine Dates mit Männern habe oder mit ihnen ausgehe."

„Jedenfalls schon sehr lange nicht mehr." Dean lehnte sich mit einem selbstzufriedenen Grinsen zurück. „Wie du dich vielleicht erinnerst, sind wir alle schon ziemlich lange befreundet, wir kennen dich."

„Eben und ich kenne euch. Gute Freunde sind viel wichtiger als ein Fick, also können wir das Thema abhaken?" Trevor lehnte sich zurück, verschränkte die Arme und fixierte die beiden, bis die Tratschtanten beschlossen, das Thema ruhen zu lassen.

„Möchtest du tanzen?", fragte der Typ, von dem Dean gesprochen hatte und wiegte seine Hüften zur Musik, während er sprach. Er war durchaus hübsch und eindeutig interessiert, aber …

„Ich fühle mich heute nicht nach tanzen, danke."

Der Kleine schmollte und wandte sich an Dean, den er nicht zweimal fragen musste. Er folgte dem dunkelhaarigen Twink auf die Tanzfläche.

„Was ist mit dir los?", fragte Brent, sobald Dean außer Hörweite war. „Du bist doch der Mann, der immer landen kann." Brent beugte sich stöhnend vor und griff unter den Tisch.

„Dein Knöchel?"

„Ja. Ich habe geschafft, mich noch mal zu verletzen. Ich habe Eis draufgepackt und es ist nicht so schlimm wie beim ersten Mal, aber ich trage die Schiene jetzt immer, damit nicht noch einmal was passiert." Brent streckte das Bein aus und seufzte. „Also, was ist wirklich mit dir los?"

„Ich weiß es nicht, okay?" Trevor winkte ab, als ein weiterer der wenigen Gäste herüberkam. Der Typ lächelte und Brent stieß Trevor mit dem Ellbogen in die Seite. Also stand Trevor auf und forderte den Kerl zum Tanzen auf. Nach seinen Verrenkungen auf der Tanzfläche zu schließen, war der blonde, schlaksige Typ äußerst beweglich und er ließ Trevor keine Sekunde aus seinen babyblauen Augen. Die Intensität seines Blicks war attraktiv und ziemlich schmeichelhaft. Der Junge, der sich als Brian vorgestellt hatte, kam so nahe wie möglich. Oh Mann, twerken konnte der wirklich gut. Trevor legte die Arme um seinen Hals, zog ihn näher und Brian rieb sich an ihm wie eine rollige Katze.

„Lass uns was trinken", bot Trevor an, nahm ihn bei der Hand und führte ihn zum Tisch. „Was möchtest du?" Er setzte sich und Brian ließ sich auf seinen Schoß fallen.

„Ein Bier, bitte." Brian lehnte sich an Trevors Brust und war offenbar entschlossen, sein Revier zu verteidigen, denn als Dean zum Tisch zurückkam, warf er ihm einen feindseligen Blick zu.

Trevor bestellte und als die Getränke kamen, bedeutete er Brian, sich auf einen eigenen Stuhl zu setzen. Der Junge leerte sein Bier in zwei Zügen, sprang wieder auf und wollte Trevor wieder zur Tanzfläche ziehen.

„Für den Moment habe ich genug."

Brian schmollte und verzog sich nach einer Weile, um nach einer anderen Beute Ausschau zu halten.

„Was ist denn mit dir los? Der war scharf auf dich", sagte Dean und beobachtete, wie Brian mit einem anderen Mann tanzte. „Der wollte dich wirklich."

Trevor ignorierte die Frage und hob sein Glas.

„Ich gebe auf." Dean stand auf und machte sich wieder auf die Suche. Trevor stöhnte unterdrückt.

„Okay, was geht hier ab?" Brent beugte sich vor und sein Blick bohrte sich in Trevors. „Hier stimmt doch etwas nicht."

„Schön, du willst es wissen? Es ist nichts passiert. Und ich meine, nichts. Der Junge ist mir auf der Haut geklebt wie ein Ausschlag und er wollte es, das war offensichtlich. Aber bei mir hat sich nichts getan. Er hat praktisch versucht, mich zu besteigen und … nichts." Trevor schüttelte den Kopf. „Um die Wahrheit zu sagen, ich finde es beängstigend. Was, wenn nichts mehr läuft und es auch nicht mehr in Schwung kommt?"

„Quatsch", sagte Brent grinsend.

„Ist es nicht."

„Vielleicht hat er dir nicht gefallen?"

„Er war schon fast ein Schlangenmensch. Was soll einem daran nicht gefallen? Ich verstehe es einfach nicht." Trevor leerte sein Glas und drehte sich zu Dean, der praktisch auf der Tanzfläche Sex hatte. „Siehst du? Das mache ich normalerweise. Und jetzt …" Er schüttelte wieder den Kopf.

„Vielleicht wirst du erwachsen? Das müssen wir alle irgendwann. Wir können ja nicht den Rest unseres Lebens Jugendliche bleiben. Nach dem Desaster mit Dumpfbacke Chuck versucht Dean sein Glück am Buffet. Vielleicht willst du mehr als eine Nacht im Bett irgendeines Typen."

„Sag das nicht." Tatsächlich hatte er nicht die geringste Ahnung, was mit ihm los war, aber sein Ruf würde darunter leiden, wenn er es nicht verdammt schnell herausfand. „Ich weiß, was ich will und das hat sich auch nicht geändert. Mein Leben ist jetzt beinahe perfekt und ich möchte es auch nicht anders haben. Ich habe ein erfolgreiches Geschäft und kann tun, was immer ich will. Ich habe kein Bedürfnis nach Gesellschaft …" Er ließ seinen Blick über die Tanzfläche wandern, aber es löste auch jetzt nichts bei ihm aus.

Brent zuckte mit den Schultern. „Wenn du von mir Antworten erwartest, fragst du den Falschen. Wenn mein Fuß es erlauben würde, hätte ich den Typen zum Tanzen aufgefordert und vielleicht Spaß mit ihm gehabt, wenn er es gewollt hätte. Du bist der, der neben der Spur zu sein scheint. Also verrate mir, was dich aus dem Konzept gebracht hat."

„Nichts. Brent, es geht mir gut. Vielleicht bin ich nur einfach … nicht in Stimmung heute Abend."

„Du … und nicht in Stimmung für jemanden … wie ihn." Brent deutete auf die Tanzfläche und Trevor folgte seinem Blick zu Brian, der seine Beine um einen Mann geschlungen hatte. Die beiden vögelten praktisch auf der Tanzfläche. „Er ist ein Energiebündel und wenn er mich so angesehen hätte, dann hätte ich schon einen Weg gefunden, ihn glücklich zu machen … und zum Schreien zu bringen. Ich frage mich nur, warum du das nicht gemacht hast."

„Das wüsste ich auch gerne."

„Also etwas oder jemand hat es endlich geschafft, über diese meterhohe Mauer zu kommen, die du um dich errichtet hast."

„Ach komm schon."

„Ich meine es ernst. Ist es der Typ von neulich? Der, den du immerzu angesehen hast?" Brent stellte sein Glas ab und rückte ein Stück näher.

„Sein Name ist James", sagte Trevor.

„Okay, dann sag mir mal etwas. Der Mann in Gelb dort drüben. Du bist vor rund zwei Wochen mit ihm nach Hause gegangen. Wie heißt er?"

Trevor sah zu dem Punkt, auf den Brent deutete. Der Typ kam ihm bekannt vor, aber Trevor zuckte mit den Schultern. Er konnte sich kaum erinnern.

„Was ist mit dem dort drüben?" Wieder zuckte Trevor mit den Schultern.

„Du hast die Jungs von halb Milwaukee gevögelt und kannst dich doch an keinen Namen erinnern. Aber du motzt, weil ich einen Typen nicht beim Namen genannt habe, den du erst vor zwei Tagen kennengelernt und offenbar gestern wiedergesehen hast. Warst du mit ihm im Bett?"

„Natürlich nicht", antwortete Trevor.

„Interessant. Und warum nicht? Du legst jeden anderen Kerl flach, den du triffst. Gewöhnlich sagt dir ein Typ seinen Namen und zehn Minuten später fickt ihr."

„Gewöhnlich sind die Typen, die meine Aufmerksamkeit erregen, nicht blind." *Verdammt!* Trevor ärgerte sich, dass er seine blöde Klappe nicht halten konnte.

„Du magst ihn also … für mehr als nur Sex." Brents Lippen kräuselten sich zu einem selbstzufriedenen Lächeln, das in Trevor den dringenden Wunsch weckte, ihm eine zu knallen.

„Ich habe keine Dates und das weißt du. Du weißt auch, warum. Ich habe nicht die geringste Lust, das alles noch mal zu erleben." Trevor trank aus, hielt sein Glas hoch, winkte dem Kellner und stellte es wieder ab.

„Brems dich, sonst muss ich dich nach Hause fahren."

„Ich hatte erst einen Drink und der nächste ist auch der letzte", versprach Trevor, obwohl er sich betrinken wollte. Er wollte alles vergessen, was mit

Beziehungen, Dates, Leute kennenlernen und dem ganzen Mist zu tun hatte. Wie er damit umging, war leichter und er war glücklicher. Fick sie und vergiss sie hatte für ihn jahrelang prima funktioniert. Warum eine gute Sache ändern?

„Sprichst du von Drinks oder von Beziehungen mit Männern?", hakte Brent nach.

„Beides." Der Kellner brachte seinen Drink und Trevor bat um ein Glas Wasser und einen Kaffee. Wenn er noch länger hier war, brauchte er etwas anderes zu trinken. Vielleicht traf Dean seine Wahl für den Abend und sie konnten alle gehen. Es war Sonntagabend und er hatte eine arbeitsreiche Woche vor sich. Unter anderem musste er sich um die *Brown Deer Garage* kümmern, bis er eine Entscheidung traf, wer ihre Leitung übernehmen sollte. „Lass uns über etwas anderes reden."

„Die Arbeit?", fragte Brent und Trevor knurrte. „Ich schätze, das ist ein heikles Thema."

„Ich habe einen meiner Manager entlassen müssen, weil er mich beklaut hatte. Deshalb muss ich nächste Woche alle Unterlagen durchgehen, um herauszufinden, wie viel genau er entwendet hat, damit ich Anzeige erstatten und ihn festnageln kann." Trevor wollte seinen Drink hinunterkippen und nicht an den Betrug denken, um den es da ging. Das Geld war wahrscheinlich längst weg und er würde auf dem Verlust sitzenbleiben. Er hatte gewusst, dass etwas nicht stimmte, und hoffte, dass er rechtzeitig eingegriffen hatte. Was ihn mehr traf, war die Tatsache, dass er Alan seine erste Chance gegeben hatte, ihn als Mechaniker angestellt, ihn ermutigt und dann mit einem Managerposten belohnt hatte. Und dieses Arschloch hatte ihn bestohlen.

„Warum bittest du nicht Ricky vom Club um Hilfe? Er ist Buchhalter und hätte sicher schnell den Durchblick. Hat er nicht sogar das System eingerichtet, mit dem du arbeitest?"

„Hat er. Aber Ricky geht in Arbeit unter und seine Frau erwartet ihr … achtzigstes Kind oder so. Er war der erste, den ich angerufen habe. Er meinte, er könnte mir vielleicht nächste Woche helfen, aber ich will das nicht warten lassen. Also werde ich versuchen, so viele Informationen wie möglich zu sammeln und sie der Polizei übergeben. Ricky kann es sich dann genauer ansehen und vielleicht Sicherheitsmaßnahmen für die Zukunft einbauen." Er hasste so etwas. Trevor war überzeugt gewesen, dass alle Männer, die für ihn arbeiteten, loyal waren. Irgendwann hatte er jedem von ihnen schon mal geholfen und er arbeitete eng mit all seinen Angestellten zusammen.

„Das tut mir alles sehr leid und ich glaube, ich kenne jemanden, der deinen entlassenen Manager ersetzen kann."

„Wen?"

„Mich."

Im ersten Moment dachte Trevor, Brent würde einen Scherz machen, aber sein Ausdruck war völlig ernst. „Du weißt, dass ich mich mit Autos auskenne und dass ich auch die grundlegendsten Dinge über das Geschäft weiß. Ich habe Kontakte in allen Auto- und Motorradclubs. Du weißt auch, dass ich dich nie bestehlen würde und ich brauche einen Job, denn meiner bringt mich um. Das ist das erste Mal in sechs Wochen, dass ich ein Wochenende frei habe. Die machen mich kaputt."

„Ist das dein Ernst?"

„Ja, ich brauche etwas Besseres." Brent schien am Ende seiner Kräfte zu sein.

„Ich werde den größten Teil der Woche in der *Brown Deer Garage* sein. Komm vorbei, dann lernst du die Jungs kennen und wir können reden."

Trevor fühlte sich schon besser. Er wäre nicht auf Brent gekommen, aber er passte dort vielleicht gut hin. Er lehnte sich zurück, trank seinen Martini und beobachtete Dean, der immer noch hinter einem Jungen her war. Er schien aber nicht sehr erfolgreich zu sein, denn der Kleine sah sich weiterhin im Raum um und drehte sich auch prompt bald von Dean weg, um mit einem anderen Mann zu tanzen.

„Ich mache mich dann mal auf den Weg." Trevor schob den Rest seines Drinks weg und trank sein Wasser aus. „Ich habe eine arbeitsreiche Woche vor mir und zuzusehen, wie Dean mit wehenden Fahnen untergeht, gibt mir auch nichts."

„Ich komme im Laufe der Woche vorbei."

Trevor nahm einen Schluck von seinem Kaffee, der absolut furchtbar war und deutete Dean am Weg zum Ausgang, dass er gehen würde. Er setzte seinen Helm auf und stieg auf sein Motorrad. Er hatte eigentlich keine Lust, direkt nach Hause zu fahren und kam zum Schluss, dass ein wenig Tempo ihm helfen könnte, den Kopf freizubekommen. Also fuhr er zur Autobahn, beschleunigte und düste dahin, ohne sich groß darüber Gedanken zu machen, wohin er wollte. An der Ausfahrt bog er um die nun schon vertrauten Ecken und landete vor James' Haus. Alles war dunkel und Trevor fragte sich, ob James zu Hause war, erinnerte sich dann aber an ihre Unterhaltung darüber, dass er das Licht gewöhnlich nicht anhatte. Also parkte er das Bike und ging zum Haus. Als er klingelte, hörte er innen Schritte.

„Wer ist da?"

„Hier ist Trevor, James."

Der Schlüssel drehte sich, die Tür ging auf und ein Schwall symphonischer Musik drang aus dem Haus. „Was machst du hier?" Nach seinem Lächeln zu urteilen, hatte James nichts gegen den Besuch einzuwenden. Wenn überhaupt, war er höchstens überrascht.

Trevor zögerte, unsicher, wie er die Frage beantworten sollte. Er hatte nicht vorgehabt, herzukommen. „Ich bin am Abend ausgegangen und … es lief nicht so gut. Mein Bike hat dann praktisch von selbst den Weg hierher gefunden." Das klang absolut bescheuert.

„Ich war gerade dabei, einen Snack zu machen. Wenn du reinkommen möchtest…" James trat zurück und Trevor ging ins Haus und schloss die Tür. Er zog die Jacke aus und legte sie auf den Stuhl in dem winzigen Vorraum, ging dann ins Wohnzimmer und machte das Licht an.

„Möchtest du dich setzen?" James ging in die Küche. Trevors Blick folgte ihm und er saugte jede Bewegung auf. „Ich komme mit den meisten Dingen, die ich tun muss, ziemlich gut klar. Aber es ist leichter, wenn keine Leute da sind, die mich beobachten."

„Wieso stört es dich?", fragte Trevor. „Ich meine, wenn du sie nicht sehen kannst?"

Die Tür der Mikrowelle klickte und der Motor startete. „In meiner Familie habe ich mich immer beobachtet gefühlt. Meine Eltern haben versucht, mir zu helfen, aber es war schwer für sie, mich Dinge selbst tun zu lassen. Wenn doch, hatten sie die Angewohnheit, mich zu beobachten und sicherzustellen, dass ich mich nicht verletzte oder etwas anstellte, das sie dann aufräumen mussten." Die Mikrowelle klingelte und kurz darauf kam James mit zwei Kaffeebechern zurück und reichte einen Trevor. Den zweiten stellte James auf den Tisch und ging zurück zur Küche. „Ich kann nicht wirklich kochen. Ich habe also nur Dinge, die man so im Supermarkt bekommt. Mrs. Ledbetter schimpft immer, aber frisch kochen ist schwierig für mich. Mrs. L bringt mir immer etwas, wenn sie kocht, dann bekomme ich tolle Suppen und so."

Der Duft von Popcorn erfüllte das Haus und James brachte eine Schüssel, die er neben dem Kaffeebecher auf den Tisch stellte, ohne den Becher zu berühren.

„Du weißt von allen Dingen, wo sie sind?"

„Natürlich. Das ist mein Haus und ich kenne mich aus. Ich kann in den Keller gehen und finde dort alles, wobei dort außer der Waschmaschine und dem Trockner nicht viel ist. Aber ich finde mich gut zurecht, auch auf dem Dachboden." James setzte sich in den anderen Stuhl, angelte nach der Schüssel und reichte sie Trevor. Dann nahm er einen Schluck Kaffee. „Hast du es bequem?"

„Ja." Trevor lächelte.

„Ich vergesse manchmal, dass andere im Gegensatz zu mir nicht im Dunkeln sehen können. Hast du irgendwo das Licht angemacht?"

„Ja, das neben der Tür hier."

„Gut, ich dachte, es wäre an. Ich mag es, wenn irgendwo Licht brennt. Manchmal fällt es mir schwer, das zu unterscheiden."

„Ich wollte dich nicht stören."

„Ich habe nur Musik gehört." James stand auf, ging ins Nebenzimmer und die Musik stoppte. Sie war nicht laut gewesen, aber in der plötzlichen Stille erschien das Haus größer.

„Was hattest du denn heute Abend vor?", fragte er und kehrte zu seinem Stuhl zurück.

„Na ja, ich war mit Dean und Brent aus, aber …" Er zuckte mit den Schultern, bevor ihm klar wurde, dass James ihn nicht sehen konnte. „Statt an die anderen Männer, musste ich an dich denken und ich weiß nicht, warum."

„Ich mochte die Motorradfahrt gestern."

Trevor kicherte. „Wechselst du das Thema?"

„Ja, ich hatte den Eindruck, dass es dir unangenehm war." James griff nach der Schüssel und nahm eine Handvoll Popcorn. Ein Korn fiel auf den Boden. Trevor hob es auf und legte es zur Seite. „Fährst du schon lange?"

„Oh ja. Mein Dad mochte es nicht, dass ich ein Bike hatte. Er interessierte sich nur für Autos und meinte, ich wäre verrückt, etwas zu fahren, das so schnell ist und keine Schutzwände hat. Ich glaube, Motorrad zu fahren, war meine Rebellion als Teenager. Letztlich hat Dad sich daran gewöhnt. Er nötigte mich, einen Sicherheitskurs für Motorräder zu machen, bevor ich den Führerschein machen durfte und brachte mich dazu, ihn jedes Jahr zu wiederholen. Irgendwann war ich so gut, dass ich den Kurs hätte unterrichten können."

„Er hat es zu deiner Sicherheit getan."

„Heute weiß ich das. Aber damals dachte ich, er wäre gemein und wollte einfach seinen Willen durchsetzen. Ich tat, was er wollte, um zu bekommen, was ich wollte."

„Es war ziemlich aufregend. Bist du Mitglied eines Clubs?" James lächelte.

„Ja."

„Jedes Mal, wenn eine dieser Gruppen meine Mutter auf der Autobahn überholt, flippt sie aus. Ich schwöre dir, wenn sie wüsste, dass du mich auf einem heimgefahren hast, wäre sie schon hier und würde versuchen, mich zu überzeugen, wieder nach Hause zu ziehen."

„Du kommst allein sehr gut zurecht." Trevor sah sich um. Das Haus war ordentlich und sauber. Nirgendwo irgendwelche Extras. Neben dem Tisch lagen ein paar Stückchen Essen auf dem Boden, vermutlich, weil James dort sein Abendessen eingenommen hatte. Aber davon abgesehen war es sauber. „Jeder sollte sehen können, dass du niemanden brauchst, der sich um dich kümmert wie um ein Baby."

„Sag das meiner Familie. Meine Mutter macht sich immer Sorgen um mich."

Trevor bemühte sich, den spöttischen Kommentar zu unterdrücken, der ihm auf der Zunge lag. „Ich hatte eher den Eindruck, dass sie mehr Bedenken hatte, welchen Eindruck die Szene auf die anderen Leute dort machte, als Sorge um dich."

„Du sprichst aus, was du denkst, das muss man dir lassen." James stellte seinen Becher wieder auf den Couchtisch. „Ich mag das. Weil ich nicht sehen kann, gehen die Leute rund um mich herum manchmal wie auf rohen Eiern. Oder sie bleiben überhaupt auf Distanz. Das passiert mir dauernd." James nahm noch etwas von dem Popcorn. „Als du zu meinem Tisch gekommen bist, wusstest du nicht, dass ich blind bin, nicht wahr?"

„Beim ersten Mal nicht."

„Aber beim zweiten Mal wusstest du es?" James schien überrascht.

„Klar." Trevor wollte nicht darauf eingehen, dass er James unbedingt hatte kennenlernen wollen, weil er der umwerfendste Mann war, den er in Jahren gesehen hatte. Das schien zu oberflächlich und so wollte er auf James nicht wirken. „Ich habe so viele Fragen. Zum Beispiel, warum du keinen Blindenhund hast?"

„Ich hatte einen. Sein Name war Chet und ich habe ihn bekommen, als ich fünfzehn war. Er war ein toller Gefährte, aber ich habe ihn vor vier Monaten verloren. Ich … Ich habe letzten Monat um einen neuen angesucht. Es hat eine Weile gedauert, ehe ich auch nur daran denken konnte, mir einen neuen zu nehmen."

„Das tut mir leid."

„Ich hatte ihn elf Jahre und sehr viel mehr kann man nicht erwarten. Ich vermisse ihn noch immer. Das Komische ist, mir wurde erst bewusst, wie sehr ich mich auf ihn verlassen hatte, als er nicht mehr da war und ich wieder im Dunkeln war. Er hatte für mich gesehen und es fühlte sich an, als wäre ich noch einmal erblindet. Hoffentlich haben sie bald einen für mich. Mir wurde gesagt, dass er in Ausbildung ist und in ein bis zwei Monaten werde ich mit ihm arbeiten können." James hörte sich aufgeregt, aber auch nervös an.

Trevor versuchte zu verstehen, aber es gelang ihm nur begrenzt, sich in James hineinzuversetzen. „Ich bedaure, dass ich ein so heikles Thema angeschnitten habe."

„Ist schon gut." James stand auf und ging ein paar schlurfende Schritte zu dem Stuhl, auf dem Trevor saß. „Alle glauben, weil ich nicht sehen kann, bin ich zerbrechlich wie Glas. Meine Mutter hat mich jahrelang beschützt. Verdammt, es gab so viele Dinge, die ich nicht wusste. Ich hatte keine Ahnung, wie man ein normales Leben führt, weil ich es nie tun musste." James beugte sich zu ihm. „Als ich auszog, musste ich alle möglichen Dinge lernen, die für andere Menschen selbstverständlich sind." Er schüttelte den Kopf. „Es spielt keine Rolle. Worauf es ankommt, ist die Tatsache, dass ich so bin wie jeder andere. Ich will dasselbe wie alle anderen und ich verdiene es auch."

„Ja, natürlich." Trevor zitterte, als James vorsichtig die Hand nach seinem Gesicht ausstreckte und mit den Fingern über seine Haut tastete.

„Andere Leute können einander sehen. Ich kann mir nur ein Bild von dem machen, was ich fühle."

Trevor saß ganz still und schloss die Augen, als James leicht seine Nase und seine Wangen berührte. Er strich mit dem Daumen über Trevors Lippen und sein Kinn, dann über seinen Hals. James kam noch näher und Trevor fühlte, wie James für eine Sekunde seine Lippen berührte.

„Du hast mich letzte Nacht geküsst. War das eine Art Mitleidsnummer?"

„Nein." Trevors Kehle wurde trocken und er konnte kaum sprechen. Er streckte die Arme aus und legte sie James um die Taille. Oh Gott, das fühlte sich so gut und richtig an. „Ich tue niemals irgendwas aus Mitleid."

„Warum hast du es dann getan?"

„Hoffentlich aus demselben Grund, aus dem du mich gerade geküsst hast." Trevor strich James mit einer Hand über den Rücken bis zum Kopf und streichelte sein weiches Haar. Er dirigierte ihn nach vorne, um ihn noch einmal zu küssen, diesmal stärker und inniger. Wenn Trevor erwartet hatte, James würde sich küssen lassen, hatte er sich getäuscht. James nahm Trevors Wangen in seine Hände, vertiefte den Kuss und nahm sich, was er wollte. Seine Zunge spielte über Trevors Lippen. Gewöhnlich ging die Initiative von Trevor aus. Aber James zitterte in seinen Armen und strahlte eine enorme Energie aus, die sich direkt auf Trevor übertrug. Es war buchstäblich heiß in einem Ausmaß, das er nie zuvor erfahren hatte. Er kannte sich mit Sex aus und wusste sogar, wie sich Liebe anfühlte, aber das war völlig neu für ihn.

Trevor verstärkte seinen Griff und saugte die Hitze in sich auf, die James abstrahlte. James war wie ein Feuerwerkskörper - nein, eher wie eine Stange Dynamit. Er wusste, was er wollte und holte es sich. „Oh Mann!" Trevor schnappte nach Luft und schloss für einen Moment die Augen vor Überraschung und Genuss, als James sich zurückzog. „Wer hat dir beigebracht, so zu küssen?"

James lachte. „Ich bin blind. Ich habe eine üppige Fantasie." Das Lächeln, das seine Lippen formte und dabei Grübchen in seinen Mundwinkeln bildete, war bezaubernd.

„Ach ja, ist das so?", neckte Trevor ihn.

James gab sich keineswegs zufrieden. Er nahm die Hände von Trevors Wangen und legte sie auf seine Brust. „Oh ja. Ich habe zum Beispiel versucht, mir vorzustellen, wie der Rest von dir sich anfühlt." Er tastete vorsichtig.

„Ja, stark und sexy." James neigte sich vor, atmete tief ein und begann, an Trevors Hals zu knabbern und zu saugen. „Wow, das ist berauschend, du riechst wundervoll." Er zog Trevors Hemd aus der Hose und ließ eine Hand darunter gleiten.

Trevor hielt die Luft an, bog den Rücken durch und genoss mit geschlossenen Augen, wie James mit seiner heißen Hand seinen Bauch und seine Seiten erkundete.

„Ich wusste es."

„Was?"

„Ich habe mir deine Brust behaart vorgestellt, wahrscheinlich schwarz und …" James zitterte und Trevor stöhnte auf, als James mit einem Finger einen Nippel umkreiste und ihn dann kniff. „Rau, spröde und exquisit." James zog die Hand zurück und strich Trevors Hemd glatt. Dann richtete er sich auf und Trevor öffnete die Augen. James hatte gerötete Wangen, die immer röter wurden. „Es tut mir leid, ich habe mich mitreißen lassen." Er drehte sich um und stieß gegen den Couchtisch.

Trevor sprang auf und hielt ihn, bevor er hinfiel. „Hey."

„Ich war noch nie so zudringlich. Ich habe dich praktisch überfallen." James kam auf die Füße und trat zurück. Er tastete mit den Händen nach seinem Stuhl und setzte sich wieder.

„Hört es sich an, als ob ich mich beschwere?" Trevor versuchte sich zu erinnern, wann er zuletzt nach einer simplen Berührung so atemlos gewesen war und sich nach mehr gesehnt hatte. Das war nur einmal passiert und es war Jahre her. Trevor schob die Erinnerung zur Seite. Die Zeit war zu schmerzhaft, um dort zu verweilen. Er musste dafür sorgen, dass die Mauern rund um diese Erinnerung stark blieben und dazu musste er sie in Ruhe lassen.

„Ja, aber ich hätte fragen müssen. Ich hoffe, dass jemand mich fragen würde, also sollte ich auch fragen."

„Hast du mich keuchen und stöhnen gehört?"

„Ja, aber …"

„Es ist gut."

„Okay, aber mir entgehen solche Dinge. Ich kann die Gesichter der Menschen nicht sehen und ich höre kein Nicken und kein Kopfschütteln. So viel Kommunikation ist wortlos. Ich muss fragen und hoffen, dass ich gefragt und nicht überrascht werde."

Trevor setzte sich auf die Armlehne des Stuhls, um James nahe zu sein. „Ist es okay, wenn ich dich küsse?", fragte er und als James seine Zustimmung flüsterte, erwiderte Trevor den Kuss, den er zuvor bekommen hatte. Er nahm James bei den Händen und hielt sie. „Du kannst mich berühren, wo immer du willst." Er hielt die Hände immer noch fest. „Die meisten Menschen benutzen ihre Augen und ich weiß, dass du deine Hände benutzt, also hast du meine Erlaubnis." Er ließ die Hände los und küsste James sanft. „Du bist ein ganz Süßer, James."

„Ich weiß nicht, was ich dazu sagen soll."

„Nun ... wie ich sagte, es ist wahr und ich frage mich ..." Er brach ab.

„Was?"

Er fragte sich, wie er je gut genug für einen Mann wie James sein könnte. James war freundlich und liebenswürdig. Trevor dagegen war ein Straßenköter. Zumindest war er sich sicher, dass seine Mutter sein Verhalten so beschrieben hätte. „Nichts, ist nicht wichtig." Er nahm sich innerlich vor, sicherzustellen, dass er James mit gebührendem Respekt behandelte.

James legte seine Hände wieder auf Trevors Wangen. „Ich erinnere mich an etwas, als ich noch sehen konnte und im Haus meiner Großmutter war. Sie sagte, ich könnte keinen Keks haben, weil wir bald essen würden. Ich nahm aber trotzdem einen. Sie hat mit ihren Händen genau das getan. Sie sah mir in die Augen und fragte mich, ob ich den Keks genommen hätte. Natürlich habe ich es zugegeben und bin in Tränen ausgebrochen, weil ich sie verletzt hatte. Daran muss ich immer denken. Jetzt sehe ich dir in die Augen und frage dich, wovor drückst du dich?"

„Vor gar nichts. Ich bin nur nicht sicher, ob ich gut genug für dich bin."

James nahm seine Hände weg. „Du glaubst nicht ..." Er klang am Boden zerstört. „Du hast vorhin all diese netten Dinge gesagt, aber du hast es nicht ernst gemeint."

„Doch, natürlich."

„Aber du glaubst nicht, dass ich weiß, was ich will."

Trevor räusperte sich. „Ich zweifle nicht daran, dass du deine Wünsche kennst, aber du kennst mich nicht."

Nun klang James spöttisch. „Du glaubst, ich weiß nicht, dass du ein Aufreißer bist? Lester hat es mir in der ersten Nacht gesagt, nachdem du mich heimgebracht hattest. Er sagte, wie du dich sonst benimmst und ich entgegnete, dass du zu mir sehr nett warst. Also hat Lester recht? Ist Sex alles, wofür du dich interessierst?"

Oh Gott, für jemanden, der nicht sehen konnte, bekam James verdammt viel mit. „Ich weiß nicht, wie man eine Beziehung führt." *Nicht mehr.* Was er zu wissen geglaubt hatte, hatte sich als so falsch herausgestellt.

„Du weißt, dass das Quatsch ist, nicht wahr?" James klang beinahe ärgerlich. „Wenn du mich fragst, klingt das, als ob du Schiss hast."

„Autsch." Trevor legte eine Hand auf sein Herz, ehe ihm einfiel, dass James es nicht sehen konnte.

James zog die Augenbraue hoch. „Eine Beziehung zu haben, ist nicht so schwierig. Du fragst dich einfach, wie du behandelt werden möchtest und dann behandelst du deinen Partner besser als das."

„Du glaubst, es ist so simpel?"

„Es klingt nach einem guten Anfang, findest du nicht?" James hatte ein Talent, Dinge einfach klingen zu lassen, auch wenn Trevor wusste, dass sie es nicht waren.

„Bist du sicher, dass du wirklich versuchen willst, eine Beziehung mit mir zu haben? Wie ich schon sagte – du bist ein liebenswürdiger Mann, ich bin ein Arschloch."

James lachte aus vollem Hals. „Selbsterkenntnis ist der erste Schritt zur Besserung." Er presste eine Hand vor den Mund, lachte aber weiter und nahm seine Hände schließlich runter. „Wenn du dafür eine Therapie willst, habe ich ein bewährtes Heilmittel." Er ließ sich in seinem Stuhl zurückfallen und kicherte ansteckend. Trevor konnte nicht anders, als mitzulachen.

„Du hast einen Knall."

„Vielleicht."

Trevor griff nach seinem Kaffee, nahm einen Schluck und setzte sich wieder auf seinen eigenen Stuhl. „Und wie geht es jetzt weiter?"

„Nun, ich erinnere mich, dass mir jemand so eine Art nicht-Date versprochen hat." James begann wieder zu kichern. „Das klingt ziemlich vielversprechend."

„Okay, ich gebe auf. Hast du nächsten Freitagabend schon was vor? Ich würde dich gerne zum Essen einladen und ich denke mir für nachher irgendwas aus, das Spaß macht. Vielleicht fällt mir etwas ein, das du noch nie getan hast und das deine Mutter ängstigen würde, wenn sie es wüsste."

„Ich werde dich nicht beim Wort nehmen, wenn du nicht wirklich gehen möchtest. Du hast mir gegenüber keinerlei Verpflichtung."

„Nein, ich möchte es." Trevor drehte sich so, dass er James besser sehen konnte. „Ich möchte dir aber nicht wehtun und ich fürchte, das werde ich."

James strich mit der Hand über Trevors Arm und hinterließ eine Spur der Hitze. „Wann hast du das letzte Mal jemandem gesagt, dass du ihn nicht verletzen willst? Wann hast du an jemanden genug Gedanken verschwendet, um dich das überhaupt zu fragen?"

Trevor zuckte mit den Schultern und wusste, dass James es spürte.

„Sei nicht so streng mit dir und erlaube dir zu sehen, wohin es führt."

Trevor nickte. „Okay. Das werde ich, wenn du es auch tust." Er beugte sich vor und küsste James. Oh Gott, er hätte das die ganze Nacht tun können. Als James ihn näher zog und die Arme um seinen Hals legte, um sie beide zu stützen, lehnte Trevor sich über seinen Stuhl und versuchte, James so nahe wie möglich zu kommen.

Er hatte sich nie zurückgehalten, in Jahren nicht. Wenn er etwas wollte, dann holte er es sich für gewöhnlich. Die Jungs waren mehr als willig und er musste sich nie Sorgen machen, dass jemand Nein sagen könnte. James sagte auch nicht Nein. Tatsächlich drückte er sich sogar an ihn. Es war Trevor, der sich löste und keuchend an seinem Kragen zog.

„Ich glaube, ich sollte gehen."

„Warum?" James nahm seine Arme runter und lehnte sich zurück.

„Weil es außer Kontrolle gerät, wenn ich bleibe." Er wusste, wie die Dinge für ihn normalerweise funktionierten oder zumindest, wie sie während der letzten fünf Jahre immer funktioniert hatten. „Mein Dad hat mal gesagt, wenn du ein anderes Ergebnis willst, musst du Dinge anders machen. Das versuche ich. Ich hole dich am Freitag um sieben zum Essen ab." Er gab James einen sanften Kuss, räumte seinen Becher weg und stellte sicher, dass James das Popcorn und seinen Kaffee in Reichweite hatte. Dann nahm er seine Jacke und verließ das Haus mit ungewöhnlich federnden Schritten.

DIE ARBEITSWOCHE war lang. Am Ende gelang es Trevor herauszufinden, wie viel Geld gestohlen worden war. Er sprach mit der Polizei, die zuversichtlich war, dass der ehemalige Angestellte Schadenersatz zahlen würde. Trevor aber war vor allem dankbar, dass das Leck nun dicht war.

Brent war vorbeigekommen und kam bei den Jungs prächtig an, weshalb er am Montag seine Stelle als neuer Manager antreten würde. Die Lage schien sich zu bessern und seine Verabredung war nur noch ein paar Stunden entfernt.

„Hey Dad", rief Trevor, als sein Vater das Büro der Brown Deer Garage betrat.

„Du siehst zufriedener aus als bei unserem letzten Gespräch am Mittwoch."

„Das bin ich auch." Trevor lehnte sich zurück und wippte mit seinem Stuhl. „Brent fängt am Montag an und auch wenn ich vermutlich noch einige Zeit hier verbringen muss, bis er sich eingewöhnt hat, werde ich nicht mehr annähernd so festgebunden sein wie zuletzt."

„Das sind gute Neuigkeiten." Sein Dad kam zu ihm und klopfte ihm auf die Schulter.

„Was machst du eigentlich hier?" Trevor sah auf die Uhr. Die Werkstatt, die sein Vater für ihn leitete, hätte noch geöffnet sein müssen.

„Wir sind für heute fertig und Clint hält die Stellung. Ich wollte mit dir reden." Er zog einen Stuhl heran und setzte sich an die andere Seite des

Schreibtisches. Sein Vater war Anfang sechzig und topfit. „Du weißt, dass ich mit Margret jetzt schon eine Weile zusammen bin und ich möchte ihr einen Antrag machen."

Trevor schluckte und setzte sich wieder aufrecht hin. „Dad."

„Ich weiß, es ist nicht einfach für dich und ich möchte nicht, dass du denkst …" Sein Vater war selten nervös, aber nun war es offensichtlich. „Ich habe deine Mutter geliebt und niemand wird sie je ersetzen können."

„Dad, wenn es das ist, was du möchtest, dann hoffe ich, dass du mit ihr sehr glücklich wirst." Trevor lehnte sich über den Tisch und lächelte. „Es ist nicht so, als ob du meine Erlaubnis brauchst, wenn du wieder heiraten willst."

„Das weiß ich, aber wenn sie einwilligt, dann … Margret hat darüber nachgedacht, nach Florida zu ziehen. Wir würden es nicht gleich tun, aber ich glaube nicht, dass wir für immer hier bleiben."

Trevor nickte. Es hätte ihn nicht überraschen sollen. Sein Dad wurde älter und verdiente es, kürzerzutreten. „Du verdienst es, glücklich zu sein und du weißt, dass ich dir nicht im Weg stehen werde." Seinen Dad als Geschäftspartner zu verlieren, würde wehtun. Ihn nicht mehr in der Nähe zu haben, wäre ein noch viel größerer Verlust. „Du weißt, ich komme zurecht. Aber wir haben so lange zusammengearbeitet …" Verdammt, er und sein Dad hatten so viel zusammen gemacht. „Mit wem soll ich dann über Football oder Hockey streiten?"

Sein Dad kicherte. „Ich bin sicher, du wirst jemanden finden. Allerdings – ein Bears Fan in Milwaukee? Der ganze Staat ist gegen dich!" Er lachte schallend. „Manchmal frage ich mich, ob das Geschäft überleben würde, wenn jemand das rausfindet."

Trevor sah auf die Green Bay Schilder, mit denen er das Büro dekoriert hatte. Er behielt seine Mannschaftsvorlieben weitgehend für sich. „Ich weiß."

„Und es ist ja auch nicht so, als ob ich morgen abreise. Aber ich wollte sicherstellen, dass du weißt, wie die Aktien stehen."

„Das weiß ich zu schätzen."

„Jedenfalls dachten Margret und ich, es wäre nett, dich zum Abendessen einzuladen. Hättest du am Sonntag Zeit? Sie ist eine wunderbare Köchin."

Trevor checkte in Gedanken seinen Kalender. „Ja, habe ich. Hm. Ich bringe vielleicht einen Freund mit, wenn es euch recht ist."

„Wenn du Brent mitbringen willst, wäre das toll. Manche der Jungs reden schon über ihn, als ob wir zusammenarbeiten würden. Ihn wiederzusehen wäre nett." Trevor nickte und sein Dad stand auf. „Ich fahre am Heimweg bei der Garage vorbei und sehe nach, ob sie geschlossen und in Ordnung ist. Wünsch mir Glück." Sein Dad lächelte und Trevor stand auf, ging zu ihm und umarmte ihn. Sie hatten miteinander nie viel über Gefühle geredet und sein

Vater war nicht der Typ, der große Liebeserklärungen machte, aber als Trevor ihn umarmte, drückte er ihn auch. Trevor hatte immer gewusst, dass sein Vater ihn liebte und stolz auf ihn war. Er brauchte keine Worte, denn sein Dad zeigte ihm das auf andere Weise. Zum Beispiel, indem er vorbeikam, um mit ihm von Mann zu Mann ein Gespräch zu führen.

„Geh und bereite dich vor. Ich fahre hier ohnehin gleich weg und kann nach der Werkstatt sehen. Hier sind die Jungs auch gleich fertig und Rudy kann für mich abschließen." Trevor freute sich für seinen Vater. Er war lange genug allein gewesen und verdiente etwas Glück und Zweisamkeit.

„Bist du in Eile?"

„Ich habe heute Abend eine Verabredung."

Sein Dad stoppte und drehte sich am Absatz um. „Eine Verabredung? Wie in ein richtiges Date?"

„Ja", sagte Trevor und war auf die Reaktion seines Vaters gespannt.

„Ist auch allerhöchste Zeit." Sein Vater sah ihn eindringlich an. „Glaub nicht, dass ich nicht einiges von dem mitbekommen habe, was zwischen dir und Chase passiert ist. Seither hast du immer nur rumgespielt."

Trevor hatte keine Ahnung gehabt. Er unterhielt sich mit seinem Vater nicht über sein Sexleben. Vor allem deshalb nicht, weil er ihn nicht in eine unangenehme Situation bringen wollte. „Dad …"

„Nein. Wie gesagt, ich wusste, was du treibst, und habe dich in Ruhe gelassen. Aber es ist Zeit, dass du dich wieder öffnest und ich bin froh, dass du mal mehr machst, als nur durch die Gegend zu vögeln. Bring ihn am Sonntag mit, wenn du möchtest."

„Lieber nicht." Die Worte waren ihm einfach herausgerutscht und Trevor hatte Mühe, eine Erklärung dazu zu liefern. „Es ist unser erstes Date. Für mich überhaupt das erste in Jahren, deshalb …"

Sein Vater lächelte hintergründig. „Das muss ja ein toller Typ sein, wenn Mister Selbstvertrauen ein wenig aufgeregt ist. Den würde ich wirklich gerne kennenlernen."

„Dad …" Trevor wand sich. Er fühlte sich noch nicht bereit.

„Stimmt etwas nicht mit ihm? Schämst du dich für den Typen?" Er warf ihm einen durchdringenden Blick zu, ehe er sich zur Tür wandte. Zum Glück war die geschlossen. Trevor wollte nicht, dass die ganze Werkstatt und in Folge jeder, der für ihn arbeitete, über seine persönlichen Angelegenheiten Bescheid wusste. Er hatte gute Männer in seinem Unternehmen, aber Trevor brachte sein Privatleben niemals bei der Arbeit zur Sprache. Genauer gesagt, er sprach auf der Arbeit niemals über die Typen, die er fickte. Die meisten wollten das ohnehin nicht hören und auch er erwartete eine Arbeitsbeziehung ohne Gespräche über die Frauen, mit denen seine Angestellten zusammen waren.

„Nein, Dad. Ich schäme mich nicht für James."

„Was ist es dann? Ist er minderjährig?"

Trevor schnappte nach Luft. „Oh Gott, nein." Seine Stimme war lauter als beabsichtigt. „Wie zum Teufel kommst du nur manchmal auf solche Sachen? James ist erwachsen. Er ist in meinem Alter. Er ist ein ganz besonderer Mensch und stark genug, mich auszuhalten, glaube ich."

Sein Vater starrte ihn an. „Sind es dann Margret und ich, für die du dich schämst?"

Ach du Scheiße. Was war denn heute nur los mit seinem Vater? Er begann sich zu fragen, ob vielleicht Vollmond war und sein Vater sich in einen Werwolf verwandeln würde oder so etwas in der Art. Denn das war nicht der Dad, an den er gewöhnt war. „Wo kommt das alles denn auf einmal her?"

„Ich werde Margret bitten, mich zu heiraten. Irgendwann werden wir wegziehen und ich möchte dich hier nicht allein zurücklassen. Spielchen spielen ist nett, ich habe das auch eine Weile gemacht. Aber jemanden zu haben, zu dem man nach Hause kommen kann, ist die beste Sache der Welt und das wünsche ich dir auch."

„Okay, also erstens: Ich will nichts über dich und Spielchen wissen." Das würde Bilder heraufbeschwören, die er nur schwer wieder aus dem Kopf bekommen könnte. „Zweitens: Du hast gesagt, du wirst erst irgendwann wegziehen. Und drittens: Ich gehe zu meinem ersten Date mit James. Gib mir eine Chance, herauszufinden, ob es funktionieren kann, bevor ich ihn nach Hause bringe und ihn euch vorstelle."

Sein Vater warf ihm einfach einen weiteren dieser Blicke zu. „Gott, du stellst dich ja schlimmer an als Margret." Er klopfte Trevor auf die Schulter. „Nun …"

„Ich sehe doch, dass du mir etwas verheimlichst. Was hat dieser James nur an sich, dass du so verzaubert bist?" Sein Dad kam zurück, setzte sich wieder und legte die Füße auf den Schreibtisch. „Da ist etwas, das sehe ich."

Trevor ging auf und ab, erst zur Tür, dann zurück zu seinem Vater. „James ist etwas Besonderes. Ich hatte sehr lange keine Verabredungen mehr und er ist einer der schönsten Männer, die mir je begegnet sind."

„Also ist es etwas, das auf seinem Aussehen beruht?"

Trevor kicherte. „Nein, Dad. James ist bezaubernd."

„Du bist ja selbst nicht gerade unattraktiv." Sein Vater lehnte sich zurück. „Also was ist daran so witzig?"

„James ist blind. Er hat mich nie gesehen und wird es auch niemals."

Sein Vater war überwältigt. Anders konnte man es nicht beschreiben. „Du hast ein Date mit einem blinden Mann?"

Trevor nickte und beobachtete seinen Vater immer noch, um zu ergründen, was zum Teufel ihm durch den Kopf ging. Er sah aus, als würde er jeden Moment platzen.

„Das Schicksal weiß schon, wie es uns die richtigen Bälle zuspielt, um uns herauszufordern, nicht wahr?"

„Was meinst du?"

Sein Vater rollte mit den Augen. „Du bist ein sehr gut aussehender Typ. Männer haben sich nach dir umgedreht, seit du zwölf warst. Aber du gehst mit jemand aus, der dich nicht sehen kann. Dein Aussehen entgeht ihm. Das ist so perfekt."

„Du lässt mich oberflächlich erscheinen."

Trevor sah auf die Uhr. Diese Unterhaltung wurde ihm zu viel.

Sein Dad stand auf. „Ein wenig bist du das auch. Vielleicht sind wir das alle. Ich mag hübsche Frauen, aber ich habe Margret gewählt, weil sie wundervoll ist und ein Funke in ihr ist, der einen Raum erhellen kann. Wenn ich sie nach einem anstrengenden Arbeitstag treffe, genügt ein Lächeln, damit ich mich besser fühle. Nur das zählt. Aussehen ist vergänglich und wir werden weiß Gott alle nicht jünger."

„Ich bin nicht oberflächlich, Dad, und ich sehe in James so viel mehr als nur sein Aussehen." Trevor lächelte bei dem Gedanken an ihn. „Er ist schlau. Du solltest ihn sehen. Es gibt Zeiten, da könnte ich schwören, dass er mich sehen kann, obwohl ich weiß, dass er es nicht kann. Er bekommt alles mit."

Das verdammte Grinsen war wieder da. „Na schön. Ich werde nichts mehr über das Essen am Sonntag sagen. Du sollst nur wissen, dass du eingeladen bist, jemanden mitzubringen und dass ich gerne den Mann treffen würde, der dieses Lächeln in dein Gesicht zaubert." Sein Vater ging geradewegs an ihm vorbei und schloss die Tür hinter sich. Er wusste wirklich, wie man einen starken Abgang macht.

Ein Klopfen holte Trevors Aufmerksamkeit zur Arbeit zurück.

„Wir sind gerade mit dem letzten Auftrag fertig geworden und ich habe den Besitzer angerufen." Scott war ein junger Mechaniker. Dürr, aber besonders eifrig und extrem methodisch. Er war schüchtern im Umgang mit Menschen und telefonierte gewöhnlich nur, wenn es sich nicht vermeiden ließ. Meistens arbeitete er hart und redete wenig.

„Gut. Rudy bleibt hier, also stell sicher, dass er den ganzen Papierkram und auch sonst alles hat, was er braucht. Er wird in ein paar Stunden abschließen."

„Okay." Scott bewegte sich nicht.

„Brauchst du sonst etwas?" Da war eine Spannung, die Trevor sich nicht erklären konnte.

Scott biss sich auf die Lippe. „Ist es wahr, dass Brent hier Manager wird?"

„Ja. Er fängt Montag an. Brent ist ein guter Mann und er wird einen guten Job machen." Trevor hatte keine Zweifel, dass Brent seine Leute anständig behandeln würde. „Stimmt etwas nicht? Hast du seinetwegen Bedenken?"

Scott schüttelte den Kopf. „Ich wollte nur fragen, weil Alan mich angeheuert hat und ich weiß, dass er …"

„Du musst dir keine Sorgen machen. Ich werfe dich nicht mit Alan in einen Topf. Du machst deine Arbeit gut und ich bin zufrieden mit dir. Also zerbrich dir nicht den Kopf darüber, was Alan getan hat. Soweit es mich betrifft, wirft es kein schlechtes Licht auf dich."

Scott nickte nervös. „Danke." Er verließ eilig das Büro und Trevor wunderte sich, was es damit wohl auf sich hatte. Er hatte aber gerade nicht die Zeit, der Frage nachzugehen.

Trevor sammelte die paar Dinge ein, die er brauchte, und blieb kurz stehen, um sich mit Rudy zu unterhalten. Dann stieg er auf sein Bike und düste davon.

Seine Hände zitterten. Trevor musste sich darauf konzentrieren, sie zu kontrollieren und zu lenken. Er war nervös und Trevor war nicht gerade der Typ, der leicht nervös wurde. Er hielt bei der Glendale Garage, wie er es seinem Vater versprochen hatte. Sie war ordentlich versperrt, wie es sein sollte. Dann fuhr er weiter nach Hause.

Er hatte in den letzten Tagen der Immobilienkrise in Whitefish Bay ein cremefarbenes Backsteinhaus aus der Kolonialzeit gekauft. Er mochte das Haus und die Gegend. Ein Haus in dieser wohlhabenden Vorstadt bedeutete für ihn ein gewisses Zeichen von Erfolg. Er parkte sein Bike neben dem Mustang, schloss das Garagentor und eilte hinein. Trevors Dekoration war sparsam mit bequemen, dick gepolsterten Möbeln, die er mehr danach ausgewählt hatte, wie sie sich anfühlten und nicht nach ihrem dekorativen Wert. Es war nicht hochwertig oder elegant und an den Wänden hingen Fotos von einigen der Autos, die Trevor im Laufe seiner Karriere wieder zum Leben erweckt hatte. Er hängte seine Jacke über einen Küchenstuhl und ging ins Schlafzimmer. Er musste in fünfzehn Minuten gehen, also zog er sich aus, duschte in Rekordzeit und zog dunkle Jeans und ein weißes Hemd an. Hübsch, aber schlicht. Am Weg hinaus hing er die Lederjacke über seine Schultern und schlenderte zum Auto.

Der Verkehr in der Stadt war ein Albtraum, besonders die Anschlussstelle Downtown, aber er schaffte es beinahe pünktlich. James saß in einem Stuhl auf seiner kleinen Veranda und drückte einen Knopf auf seiner Uhr. Er sah erst auf, als Trevor aus dem Auto stieg und auf das Haus zuging.

„Trevor?" James lächelte.

„Ja. Sorry, ich bin ein bisschen zu spät." Er stieg die Stufen hinauf und gab James einen raschen Kuss. Wären sie drinnen gewesen, hätte er mehr getan. Aber auch so breitete sich die Hitze wie ein Buschfeuer in ihm aus. „Du siehst sehr gut aus." Trevor berührte James am Arm und führte ihn zum Auto.

„Danke."

Trevor öffnete die Tür und wartete, bis James eingestiegen war.

„Wohin fahren wir?", fragte James als Trevor hinter dem Steuer saß.

„Nicht allzu weit von hier gibt es ein indisches Restaurant. Ich dachte, wir könnten dort hingehen. Es ist traditionell und das Essen ist sehr gut."

James saß ganz still. „Ich richte gewöhnlich ein Chaos an. Du hast gesehen, was im Country Club passiert ist."

„Das ist das Schöne daran. Eine Vielzahl an Speisen kann man mit den Fingern essen, du musst dir also keine Sorgen um Besteck machen. Ich liebe Samosas, das sind große, Knödel-ähnliche Taschen. Die isst man auf jeden Fall mit der Hand. Also mach dir bitte keine Gedanken." Er hatte versucht, einen Ort zu finden, an dem James sich nicht unbehaglich fühlen würde.

„Cool." James lächelte und die Temperatur im Wagen stieg um ein paar Grad. „Und nach dem Essen?"

„Go-Karts", sagte Trevor aufgeregt.

„Hm. Du weißt, dass ich nicht fahren kann?" Sein Tonfall verriet Trevor, dass James ihn für verrückt hielt.

„Ein paar Meilen von hier gibt es eine Bahn. Sie ist innen und hat Go-Karts für zwei Personen. Also werde ich lenken und du kannst mitfahren. Dann können wir uns gemeinsam mit den anderen Fahrern ein Rennen liefern."

„Du liebst wirklich alles, was Räder hat, nicht wahr?", fragte James. Aber er schien die Idee nicht abzulehnen.

„Ja, aber ich wollte auch etwas finden, das du noch nie zuvor gemacht hast. Bist du schon mal auf einem Pferd geritten?"

„Ja. Die Schule arbeitet mit einem Stall zusammen. Ich bin sogar ziemlich gut. Wir können das vielleicht einmal machen, wenn du möchtest. Ich mache das gerne und ich kann den Stall anrufen. Die wissen, was ich zum Reiten brauche."

„Das klingt nach Spaß." Trevor hielt vor einem kleinen Restaurant im Gebäude einer Tankstelle aus den Zwanzigerjahren. Das Gebäude war verfallen gewesen, bevor die Familie, der das Restaurant gehörte, es gekauft und renoviert hatte. Jetzt war es ein Geheimtipp für fantastisches Essen. „Warte, ich hole dich." Er ging um das Auto und half James heraus. „Wir sind ungefähr zwanzig Fuß vom Eingang entfernt und dort sind zwei Stufen." Er beschrieb James den Weg in das Restaurant und bis zu einem Tisch.

„Es riecht himmlisch. Bestell einfach etwas, das du magst. Ich habe noch nie indisch gegessen, also ist alles neu."

Für Trevor war es ein Heimspiel. „In Ordnung, ich bin gleich zurück." Er ging zur Theke und bestellte Samosas, Tandoori Hühnchen und Hühnchen biryani sowie einige Beilagen. Er lag falsch, dass man alles mit den Fingern essen konnte, nahm aber extra Teller und brachte das Essen zusammen mit ein paar Erfrischungsgetränken zum Tisch. „Hier ist eine Samosa, die kannst du mit der Hand essen. Für die anderen Sachen wirst du eine Gabel brauchen, aber ich stelle einen Teller für dich zusammen."

„Bist du sicher?"

„Ich habe auch ein Tablett, also iss, genieß es und mach dir keine Sorgen." Er arrangierte das Essen und erklärte im Plauderton: „Das Hühnchen ist auf sechs Uhr, das Tikka auf zwei und das Gemüse auf zehn. Wenn du sie magst, bestelle ich noch Samosas. Dein Getränk ist rechts oben mit Deckel und Strohhalm." Trevor füllte seinen eigenen Teller und begann zu essen. „Wie war die Arbeit?"

„Interessant. Ich arbeite diesmal mit einem Teenager. Er hatte einen Unfall und hat mit sechzehn seine Sehfähigkeit verloren. Entsprechend wütend ist er auf die Welt. Eines der ersten Dinge, die wichtig sind, ist sich zu erlauben, den anderen Sinnen zu vertrauen. Man macht eine Menge spezielle sensorische Übungen und versucht, den Geruchssinn zu verbessern. Er wird wenig eingesetzt, wenn man sehen kann, sagt aber eine Menge über die Welt rund um uns aus. So kann ich zum Beispiel trotz aller Gewürze in der Luft sagen, wenn jemand die Hintertür öffnet, weil ein Hauch vom Geruch der Mülleimer hereinweht."

„Oh."

„Man lernt auch, manche Wahrnehmungen zu ignorieren." James lächelte. „Es ist auch nicht stark, nur ein leichter Hauch. Lee muss solche Dinge lernen, aber er ist zu zornig. Wir versuchen alle, ihm da durchzuhelfen, damit er Fortschritte machen kann. Kleine Erfolge führen zu größeren."

„Das leuchtet mir ein. Was mochte er denn, bevor er blind wurde?", fragte Trevor.

„Er ist sechzehn und war im Begriff, den Führerschein zu machen. Alles, was er wollte, war Auto fahren. Das wird er nun natürlich niemals können. Offensichtlich waren Autos seine Leidenschaft."

„Ich kann verstehen, wie er sich fühlt."

„Ja, das glaube ich. Nur, er ist ein Teenager und alles in ihm rebelliert. Er ist nämlich auch überzeugt, dass kein Mädchen ihn je ansehen wird. Der Unfall hat seine Augen physisch geschädigt und er hatte eine Gesichtsoperation. Ich habe mir sagen lassen, er sieht nicht übel aus. Er hat nur ein paar Narben. Aber er redet sich ein, dass er immer allein sein wird und ewig bei seinen Eltern leben muss. Ich muss mir immer sagen, dass es nur in winzigen Schritten geht und er sich nicht sofort verbessern oder seine Haltung ändern wird." James wandte sich wieder seinem Essen zu, aß die Samosa auf und probierte den Rest. Er gab kleine, wohlige Laute des Entzückens von sich, die verdammt sexy waren.

„Warum fragst du Lee nicht, ob er mal in die Werkstatt in Brown Deer kommen will? Ich habe einen jungen Mechaniker, Scott, mit dem er sich vielleicht gut verstehen würde und mit dem er zusammenarbeiten könnte."

Das Lächeln, das Trevor für diesen Vorschlag erntete, war strahlend genug, um der Sonne Konkurrenz zu machen.

„Ist das dein Ernst?"

„Klar", antwortete Trevor und James verspeiste die letzten Reste vom Safranreis, wobei er ein paar Körner rund um seinen Teller verteilte. „Du warst hungrig."

„Ja, das war ich wohl. Gewöhnlich mache ich mir zu Hause ein Sandwich, wenn ich auswärts esse. Ich habe Angst, zu viel zu essen und zu kleckern."

„Wie wäre es, wenn du dich weniger um die Unordnung sorgen würdest, und mehr darum, was du isst. Jedenfalls wenn du mit mir unterwegs bist." Trevor freute sich, dass James glücklich war, und war ein wenig sauer auf dessen Familie, die für seine Unsicherheit verantwortlich war.

„Hast du noch andere Pläne für dieses Wochenende?", fragte James. „Ich gehe zur Schule, weil Lees Familie uns gebeten hat, ob wir zusätzliche Zeit mit ihm verbringen können. Sie sind ziemlich neben der Spur. Es ist schwer für sie zu wissen, was sie tun sollen und es sind auch eine Menge Schuldgefühle im Spiel. Seine Mutter saß am Steuer und ist offenbar ohne einen Kratzer davongekommen. Ich habe aber gehört, dass sie an dem Unfall nicht schuld war. Trümmerteile sind von einer Autobahnbrücke gestürzt und ein Stück Stahlbeton hat die Windschutzscheibe durchstoßen."

Trevor hörte für einen Moment auf zu essen und versuchte, sich nicht bildlich vorzustellen, was James gerade beschrieben hatte. „Ich arbeite morgen und am Sonntag bin ich bei meinem Vater und – wie ich für ihn hoffe – seiner neuen Verlobten zum Abendessen."

„Richte deinem Vater meine Glückwünsche aus. Das muss aufregend sein."

„Das ist es." Vielleicht hatte das Gespräch mit seinem Vater ihn auf die Idee gebracht. Trevor war nicht sicher, aber sein Mund war schneller als sein Hirn. „Mein Dad meinte, ich könnte jemanden mitbringen. Möchtest du mich begleiten?"

James hielt mitten im Bissen inne und musste sich dann offenbar zwingen, zu schlucken. „Du lädst mich ein, deine Familie kennenzulernen? Deinen Vater und seine neue Verlobte?"

„Ja. Du musst nicht mitkommen, wenn du nicht willst. Ich weiß, es ist sehr kurzfristig und es ist dir vielleicht nicht angenehm. Aber ich werde bei dir sein und mein Vater und Margret sind sehr nett."

„Davon bin ich überzeugt. Aber …"

Trevor griff über den Tisch und strich James über den Handrücken. Er bedauerte, ihn in Verlegenheit gebracht zu haben. „Vergiss einfach, dass ich gefragt habe."

„Nein, ich fühle mich geschmeichelt, dass du gefragt hast. Aber wissen sie … über mich Bescheid?"

„Ich habe meinem Dad gesagt, dass ich mit dir ausgehe und falls du wissen willst, ob ich ihm gesagt habe, dass du sehbehindert bist, das habe ich. Ich schäme mich nicht für dich und ich mache mir auch keine Sorgen, dass ich mit dir gesehen werden könnte."

„Aber ich weiß, dass ich ungeschickt bin und mit sozialen Anlässen nicht gut zurechtkomme. Was, wenn ich etwas Falsches sage?"

„Wenn du mitkommst, sei einfach du selbst. Mehr braucht es nicht. Mein Vater und Margret sind gute Menschen."

„Ich bin sicher, dass sie das sind."

„Also kommst du mit?"

James zögerte. „Ja, das würde ich gerne."

„Gut." Trevor wunderte sich, dass er zunächst so unsicher gewesen war. James verdiente es, freundlich behandelt zu werden. Er beendete seine Mahlzeit, ohne James zu drängen.

„Verdammt, war das gut." James lehnte sich zurück und trank seine Limonade aus und Trevor beseitigte die Überreste. „Können wir gehen?"

„Ja, die Go-Karts warten." Trevor bedankte sich bei der Dame hinter der Theke und machte ihr ein Kompliment über das Essen. Dann half er James ins Auto und sie fuhren zu ihrer nächsten Station.

„Das macht Spaß!", rief James, als sie über die Bahn düsten. „Ich mag das lieber, als in einem Auto zu fahren, weil ich hier fühlen kann, was kommt." James war so aufgeregt, dass es mitreißend war. „Ich liebe diese Kurve!", schrie James, als Trevor mit hohem Tempo in eine Biegung ging, dass die Hinterreifen leicht ins Schleudern kamen. Dann schossen sie wieder vorwärts mit einem neuerlichen Aufschrei von James. „Ich werde mir noch in die Hose machen und es ist mir egal!"

Trevor lachte und überholte den Wagen, der in Führung lag. Am Ende der letzten Runde sauste der Wagen an erster Stelle über die Ziellinie. „Ja! Wir haben gewonnen!" Sie drehten noch eine langsame Runde und fuhren dann in den Einstiegsbereich. „Möchtest du noch mal fahren?"

„Wir sind schon drei Rennen gefahren." James grinste und Trevor gab dem Streckenwart sein letztes Ticket. Schon waren sie auf dem Weg zu ihrem vierten Rennen. James so fröhlich lachen und quietschen zu hören war Ansporn genug für Trevor, das Tempo noch etwas zu steigern. Es lohnte sich.

Sobald das Rennen zu Ende war und sie wieder den Zielraum erreicht hatten, stieg Trevor aus und half James auf die Füße.

„Das war unglaublich."

„Es freut mich, dass du Spaß hattest. Was machst du sonst gerne zu deinem Vergnügen? Es ist noch nicht spät."

„Ich weiß nicht. Ich verbringe eine Menge Zeit mit Hörbüchern. Fernsehen ist Mist, wenn man nicht sehen kann, was passiert und glaub mir, die ganze Zeit Radio zu hören, macht dich verrückt. Ich höre viel Musik und ich arbeite. Ich habe einen sprechenden Computer, den verwende ich für die Arbeit und andere Dinge. Ich habe ein paar Snacks zu Hause. Ich könnte etwas für dich zubereiten."

Trevor nickte zu sich selbst. „Wie wäre es mit etwas gefrorener Crème caramel? Leon's ist nur ein paar Blocks entfernt?"

„Ich habe Eiscreme zu Hause und die ist leichter zu essen."

„Okay." Trevor wollte nicht, dass der Abend zu Ende ging. Er genoss die Zeit, packte James aber trotzdem ins Auto und brachte ihn nach Hause.

James fand leicht den Weg zur Haustür und Trevor folgte ihm. Manchmal war es schwer, sich vorzustellen, dass James wirklich blind war. Er bewegte sich mit so viel Selbstvertrauen und Anmut, dass Trevor den Blick nicht abwenden konnte.

„Setz dich bitte und mach es dir bequem." James ging weiter zur Küche. „Eis ist ein Geschenk des Himmels. Ich habe Vanille, Schokolade, Mint Chip und Pecan Nuss. Ich möchte immer etwas anderes, deshalb bringt Mrs. Ledbetter mir alle möglichen Sorten."

Trevor folgte ihm in die Küche. „Woher weißt du, was welches ist, ohne es zu kosten?"

James öffnete den Kühlschrank. „Vanille ist in einem kleinen runden Behälter, Mint Chip in einem großen. Schokolade ist quadratisch und Pecan rechteckig." Er sah aus, als wäre die Antwort perfekt logisch und selbstverständlich. „Was möchtest du?"

„Schokolade, bitte", antwortete Trevor und James holte die Box heraus. Er bewegte sich mit Leichtigkeit durch seine Küche, holte eine Schale und füllte eine Portion ab. Er musste sie anfassen, um zu wissen, was er tat, aber es störte Trevor nicht. James war ein Wunder. Es war faszinierend, ihn zu beobachten. Er stellte den Behälter wieder genau an seinen Platz, holte einen Löffel für Trevor und überreichte ihm die Schale.

„Ich komme gleich." James richtete für sich etwas Pecan. Trevor setzte sich ins Wohnzimmer und aß langsam, während er auf James wartete. „Ich liebe das, aber ich muss vorsichtig sein. Eis kann eine ganz schöne Sauerei machen." Er hatte außer seiner Schale auch ein Tablett bei sich. Er stellte das Tablett samt der Schale auf seinen Schoß und begann zu essen. „Die Sache ist die, wenn ich zu Hause ein Chaos anrichte, dann muss ich sehen, wie ich es wieder sauber mache. Oder warten, bis jemand kommt, wenn ich es nicht bemerke. Einmal habe ich Milch auf dem Boden verschüttet und dachte, ich hätte sie aufgewischt. Hatte ich aber nicht und bin ausgerutscht, als ich das nächste Mal in der Küche war."

„Ich werde nachsehen, bevor ich gehe, dass dort nichts ist, mit dem du dich später verletzen könntest." Trevor aß sein Eis auf und stellte die Schale zur Seite. Er wartete still, bis James auch gegessen hatte. Trevor kümmerte sich ums Geschirr, stellte die Schalen in die Spüle und füllte sie mit Wasser. Dann kehrte er ins Wohnzimmer zurück. Er setzte sich wieder, sah James an und fragte sich, was er als nächstes tun sollte.

„Nun, was kommt bei einem Date als nächstes?", fragte James.

Trevor kicherte. „Das fragst du mich? Gewöhnlich beginnen und enden meine Nächte im Schlafzimmer und das war es. Ich versuche hier gerade, ein Gentleman zu sein und nichts zu überstürzen. Es ist mein erstes Date in einer langen Zeit."

„Was hast du bei deinem letzten ersten Date gemacht?"

„Chase und ich waren Teenager. Wir hatten eine nette Verabredung und machten auf dem Sofa im Keller seiner Eltern rum, bis wir oben am Ende der Treppe seinen Vater hörten. Es war so aufregend und wir wussten, dass wir uns auf dünnem Eis bewegten, aber wir waren jung und dumm." Er erinnerte sich gerne an jene Zeit. „Ich dachte, ich hätte das Tor zum Himmel gefunden und all meine Fragen, wozu wir hier auf der Erde sind, hätten sich beantwortet."

„Nun, ich hatte einige Dates und größtenteils gingen sie nicht gut aus, bis auf eines. Sein Name war Collin und er war anfangs wirklich nett. Sogar meine Mom mochte ihn, aber es hat nicht funktioniert."

„Was hast du bei diesem ersten Date gemacht?", erkundigte sich Trevor.

James grinste, stand auf, kam zu ihm herüber, beugte sich hinunter und küsste ihn. Trevor umarmte ihn. James zitterte vor Energie, als würde er unter Strom stehen. Trevor stützte ihn, hielt ihn so, dass er nicht umfiel und erwiderte den Kuss, der mit jeder Sekunde intensiver wurde.

„Trevor", keuchte James. „Gehst du mit mir ins Bett?"

Trevor war perplex. „Bist du sicher?"

„Hast du eine Vorstellung, was es bedeutet, Jahre zu verbringen, ohne jemanden zu berühren oder berührt zu werden? Manchmal fühle ich mich wie eine Wüste, nur dass mir nicht das Wasser fehlt, sondern menschliche Berührung." James umarmte ihn, legte den Kopf auf seine Schulter und Trevor hatte Angst, er würde zu weinen anfangen. Er war aber nicht sicher und wollte James nicht seiner Würde berauben, also hielt er ihn fest.

4

JAMES SCHNIEFTE und hätte sich selbst ohrfeigen können, so peinlich war ihm die Szene. Das war der falsche Zeitpunkt, um sich aufzulösen. Er war schließlich kein Teenager. Er hatte unabhängig sein wollen, ihm war nur nicht klar gewesen, dass es einen so hohen Preis haben würde. Abgesehen von der Arbeit war sein Leben ziemlich einsam. Aber seine Emotionen vor Trevor so an die Oberfläche kommen zu lassen, war äußerst erschreckend. Trevor würde ihn für einen Mitleidsfick halten und dann wäre er weg. James blieb, wo er war, und versuchte seine Reaktion zu verbergen, bis er sich wieder unter Kontrolle hatte. Das war doch lächerlich. Er war ein Mann und Trevor schien interessiert, mit ihm ins Bett zu gehen.

„Geh schon mal ins Bad. Ich sehe nach, ob das Haus versperrt ist und alle Lichter aus sind."

James seufzte leise, froh, dass Trevor seine Reaktion nicht zu bemerken schien. Er trat einen Schritt zurück und drehte sich weg, damit Trevor sein Gesicht nicht sehen konnte und ging dann langsam Richtung Bad. Er schloss die Tür hinter sich und wischte sich endlich über die Augen. Die Situation war einfach zu verrückt. Vielleicht war es ihm einfach bestimmt, allein zu sein und einen Freund zu haben, war zu viel verlangt. Vielleicht war es mehr, als er verkraften konnte. James wusch sich das Gesicht und putzte sich die Zähne. Dabei griff er automatisch dorthin, wo alle Dinge zu finden waren. Als er fertig war, verließ er das Bad.

James hörte, wie Trevor im Schlafzimmer ruhig und gleichmäßig atmete. James war dagegen mehr als nervös. Er zog sein Hemd aus und beförderte es in den Wäschekorb. Dann waren die Schuhe dran, die er auf ihren Platz am Boden seines Kleiderschranks stellte. Er warf seine Socken zur Schmutzwäsche und hing den Gürtel an seinen Platz. Seine Hose fiel zu Boden. Er war nicht sicher, ob er ganz nackt sein sollte, also drehte er sich zum Bett, sobald auch die Hose im Wäschekorb war.

„Komm her", sagte Trevor und James ging auf das Bett zu.

Er fand die Decke zurückgeschlagen vor und kaum dass er ins Bett schlüpfte, zog Trevor ihn zu sich. James war erleichtert zu fühlen, dass auch Trevor seine Unterwäsche anbehalten hatte. James drehte sich auf die Seite und Trevor schmiegte sich von hinten an ihn. Verdammt, Trevors Erektion presste sich hart gegen seinen Hintern. „Hm."

„Hey, entspann dich einfach." Trevor strich James mit einer Hand über die Seite und den Bauch. „Außer schlafen müssen wir heute Nacht gar nichts tun." Er streichelte James sanft über die Brust. „Als wir unsere Verabredung zu einem Date erklärt haben, hatte ich nicht die Absicht gehabt, hier zu übernachten."

„Aber normalerweise machst du das, nicht wahr? Du hast es selbst gesagt. Du nimmst Typen mit nach Hause und hast Sex mit ihnen. Deshalb gehst du mit deinen Freunden in den Club. Du gehst dorthin, um Typen zu treffen, die du vögeln kannst."

„Also dachtest du, dass du mich ranlassen musst, damit ich dich mag?" Trevor unterbrach seine sanften Berührungen nicht. „Und jetzt machst du dir Sorgen ... worüber?"

„Ich weiß nicht. Was ist, wenn ich nicht gut bin? Es ist lange her und ..."
Trevor bewegte sich ein Stück. „Wovor hast du wirklich Angst?"

James drehte sich langsam um und Trevor hielt ihn wieder fest, nur dass er diesmal über seinen Rücken streichelte. „Ich hatte kein Date mehr seit diesem einen Kerl vor einer langen Zeit. Ich war neunzehn, als ich ihn im Country Club meiner Eltern kennenlernte. Der, von dem du mich heimgefahren hast. Er war nett."

„War das dieser Collin?", fragte Trevor.

„Ja. Meine Mom mochte ihn und hat uns geradezu gedrängt. Seine Eltern waren mit meinen befreundet, also dachten sie wohl, dass auch wir gut miteinander auskommen würden. Collin war aus einer guten Familie und so."

„Ich glaube, ich kann mir vorstellen, in welche Richtung das ging."

„Ich glaube nicht. Collin und ich hatten ein Date und landeten im Bett. Es hat Spaß gemacht und ich dachte, wir hätten eine gute Zeit. Wir gingen vielleicht sechs Wochen miteinander aus, bis ich von einem gemeinsamen Freund hörte, dass er sich auch mit anderen Männern traf. Ich wollte es nicht glauben. Collin war nett und behandelte mich gut. Deshalb dachte ich, dass es ihm wirklich etwas bedeutete."

„Hast du ihn zur Rede gestellt?"

„Ja. Ich musste es wissen. Lester war dabei, als ich es tat, denn ich wollte nicht allein sein." James schluckte. „Er sagte, er wäre mit mir ausgegangen, um meiner Mutter einen Gefallen zu tun. Dass sie ihn darum gebeten hatte und dass sie für das erste Date bezahlt hatte. Er sagte, danach hätte er sich nur weiterhin mit mir getroffen, weil er nett sein wollte. Dann sagte er, dass er auf keinen Fall je mit mir zusammen sein könnte, weil ich zu viel Arbeit wäre. Niemand würde mit mir zusammen sein und sich den Rest meines Lebens um mich kümmern wollen."

„Ich bringe ihn um", sagte Trevor. „Ist der verdammte kleine Bastard noch immer in dem Country Club?"

„Nein, das war vor Jahren. Er ist inzwischen mit dem Typen weggezogen, mit dem er parallel zu mir geschlafen hatte. Er sagte, der andere wäre viel heißer als ich. Soviel Mühe ich mir auch geben würde, es wäre, wie mit einem toten Fisch im Bett zu sein. Ich wusste, dass er einfach ein totales Arschloch war, aber es tat trotzdem weh. Ich höre seine Stimme manchmal noch immer in meinem Kopf." James atmete tief durch, um seinen rasenden Herzschlag zu beruhigen.

„Wie gesagt, ich bringe ihn um." Trevor zog James näher und schob ein Bein zwischen seine. Die Reibung seiner rauen Härchen fühlte sich gut an. „Du musst wissen, dass ich niemals Dinge tue, die ich nicht will und dass Collin ein Arsch war." Trevor seufzte leise. „Außerdem bin ich sicher, dass Leute bei Trennungen oft hässliche Dinge sagen."

„Aber was, wenn es wahr ist?" James musste die Frage einfach loswerden. Trevor hielt ihn ein wenig fester und zog ihn an seine Brust. Er war so robust und stark. James hatte fast sein ganzes Leben gebraucht, um stark zu werden und für sich einzustehen. Es fühlte sich aber gut an, sich einmal ein wenig anzulehnen. „Ich bezweifle das. Jedes Mal wenn ich dich küsse, habe ich das Gefühl, du platzt vor Energie. Weiter kann man von einem toten Fisch gar nicht entfernt sein."

„Oh." Das hatte noch nie jemand zu James gesagt.

„Ich habe den Eindruck, dass Collin ein verdammter Lügner war."

James rückte noch näher und hielt dann still. „Hast du nicht vor … Ich weiß nicht … irgendwas zu tun?" Er wand sich neben Trevor und versuchte offenbar verführerisch zu sein.

„Süßer, alles was du tun musst, ist dich zu entspannen. Mach dir keine Sorgen und glaub nicht, du müsstest irgendwas tun." Trevor drückte ihn sanft wieder in Seitenlage und hielt ihn fest.

„Aber wollen wir keinen Sex haben?", fragte James. Er war unsicher, wollte aber seine lange Durststrecke beenden.

Trevor gähnte ihm ins Ohr. „Das möchte ich sehr gerne, wie du sicher fühlen kannst."

James konnte es ganz eindeutig.

„Aber wie gesagt, ich versuche, Dinge anders zu machen. Also wenn das okay ist, lass es uns langsam angehen", flüsterte Trevor sanft. „Ich kann nicht glauben, dass ich das sage. Ich habe Männer mit nach Hause genommen, die auch langsam machen wollten. Ich glaube, jetzt verstehe ich, wie sie sich gefühlt haben."

„Aber warum?"

Trevor zögerte. „Weil du jemanden verdienst, der sich Zeit nimmt. Ich habe dir gesagt, was für eine Art Mann ich bin und du verdienst etwas Besseres. Also lasse ich mir Zeit und hoffe, das ist okay. Leg dich einfach hin und entspann dich."

James tat genau das. Er ließ einen Teil seiner Anspannung los. James lächelte. Es war nett, dass Trevor dachte, er wäre das Warten wert. Aber natürlich fragte er sich auch, ob Trevor überhaupt interessiert war und nicht einfach nur nett. James hatte nicht erwartet, dass er über Nacht bleiben und sich wie ein Gentleman verhalten würde. Vielleicht machte aber genau das es so besonders.

„Ich habe keine Menge edler Motive", sagte Trevor, als hätte er hören können, was in James vorging. „Ich bin normalerweise kein komplizierter Typ. Ich mag gutes Essen, ein hartes Spiel, schnelle Autos und Motorräder und Sex."

„Deshalb bin ich überrascht, denn wir sind hier und Sex ist eine Option und doch willst du warten. Ich verstehe es nicht." James lag still und hatte die Augen geschlossen – nicht, dass es einen Unterschied machte.

„Wenn ich es verstehen könnte, würde ich es dir erklären. Aber das ist Neuland für mich. Es ist das, was mein Herz mir sagt und dieser Teil von mir war ziemlich lange still."

„Warum? Hat dich jemand verletzt oder ist es, weil deine Mom gestorben ist? Ich weiß, meine kann manchmal eine ziemliche Nervensäge sein, aber ich glaube nicht, dass ich den Übergang zum Leben als Blinder ohne sie geschafft hätte."

„Aber sie war so ungeduldig."

„Ja, das ist sie jetzt, aber das war nicht immer so. Meine Mom hat mich zum Unterricht gefahren und blieb mit mir dort, um zu verstehen, was ich gerade durchlebte. Sie war wie ein Tiger. Wenn ich etwas brauchte, sorgte sie dafür, dass ich es auch bekam. Aber ich glaube, nach einer Weile wurde ihr klar, dass das etwas war, womit die ganze Familie sich für immer abfinden müsste. Ich weiß, dass das manchmal überwältigend sein kann. Trotzdem hätte ich es nicht ohne sie erleben wollen."

„Ich war sechzehn, als meine Mom starb und ich dachte, ich würde zerbrechen. Larry, mein Dad, war die ganze Zeit über für mich da. Er hat meine Bedürfnisse über seine gestellt. Ich hatte mal in einer dieser Teenager Phasen zu ihm gesagt, er wäre nicht mein richtiger Dad. Nach Moms Tod bewies er, dass er so gut war, wie ein Vater nur sein kann."

„Ist dein Widerstand, wieder jemanden an dich heranzulassen, der Grund, warum du durch die Gegend vögelst, statt dir einen Partner zu suchen?"

„Vielleicht ein Teil davon", wich Trevor aus. „Ich hatte Spaß, also habe ich es so gemacht und tue es noch."

„Aber nicht mit mir", warf James ein und hoffte, das wäre die Antwort.

„Nein, nicht mit dir." Trevor schwieg einige Sekunden und James begann sich unwohl zu fühlen. „Ich habe mal einen Film gesehen, wo eine Figur der anderen rät, er solle vorgeben, nicht voll funktionsfähig zu sein. Er könnte das Mädchen ausführen und nett zu ihr sein, aber keinen Sex mit ihr haben, bevor sie nicht danach fragt. Ich hielt das damals für dämlich und der betroffene Typ in dem Film auch. Aber sie meinte, wenn das Mädchen dann fragen würde, wäre es für beide eine nette Überraschung. Für sie, weil doch alles funktioniert und für ihn, weil er sie dann schon kennen und mögen würde."

„Ist das deine Absicht? Denn ich kann von hier aus schon sagen, dass alles bestens funktioniert." James schob seinen Hintern zurück und Trevor stöhnte leise.

„Ich weiß nicht, warum ich dir das überhaupt erzähle. Aber ich weiß sicher, dass ich dich jetzt schon mag." Er schwieg und James hing seinen Gedanken nach.

Ihm gefiel die Idee, dass Trevor ihn bereits mochte, denn James mochte Trevor auch sehr. Er wusste aber, dass er vorsichtig sein musste. Egal, wie Trevor ihn jetzt behandelte, er war ein Aufreißer gewesen und würde sehr wahrscheinlich eines Tages dazu zurückkehren. Was immer zwischen ihnen passierte machte Spaß und James genoss es. Er machte sich aber keine Illusionen, dass Trevor langfristig bleiben würde, ganz egal, wie sehr er sich das auch wünschte. Er musste nehmen, was er hatte und sich damit abfinden, dass er wahrscheinlich nicht mehr bekommen würde.

JAMES WAR nicht sicher, wann er eingeschlafen war. Er hatte wach bleiben und einfach neben Trevor liegen wollen. Letztlich hatte ihn Trevors gleichmäßiges Atmen doch eingelullt und er war weggedöst. Als er aufwachte, wusste er nicht, wie spät es war und ob es überhaupt schon Morgen war. Das war jahrelang ein Problem gewesen. Oft war er aufgestanden, weil er sich im Moment nicht müde gefühlt hatte, um dann festzustellen, dass es erst vier Uhr war. Er hatte eine Uhr neben dem Bett stehen. Um herauszufinden, wie spät es war, musste er den Knopf drücken, damit die Uhr zu ihm sprach. Davon wäre aber Trevor aufgewacht, der noch schlief. Also blieb James liegen, bis seine Blase ihn nötigte, aufzustehen. „Wie spät ist es?" Trevor stöhnte wie ein Teenager, den man zwingen wollte, aufzustehen und zur Schule zu gehen. Das war niedlich und James lächelte vor sich hin.

Er griff nach der Uhr und drückte den Knopf an der Oberseite. „Sieben Uhr zehn."

„Oh Mist. Ich muss zusehen, dass ich den Hintern aus dem Bett bekomme und zur Arbeit fahre." Trevor setzte sich neben ihm auf, während James aufstand und ins Bad ging.

„Kommst du zu spät?"

Trevor stöhnte noch mal und es klang, als würde er aufstehen. „Ja, ich muss noch nach Hause und ich soll um acht die Werkstatt aufschließen." James hatte nicht erwartet, in den Arm genommen zu werden, aber Trevor zog ihn zu sich. „Ich habe lange nicht mehr so gut geschlafen wie letzte Nacht." Er berührte James sanft am Kinn, was James als den Hauch eines Kusses interpretierte. Er bereitete sich auf etwas Sanftes vor, aber was er bekam, prickelte bis in die Zehenspitzen. James schwebte und landete langsam wieder auf der Erde, als Trevor sich zurückzog.

„Ich werde mich schnell anziehen und morgen hole ich dich um fünf zum Abendessen ab. Bei schönem Wetter komme ich mit dem Bike, wenn das okay ist."

„Ja." James mochte die Aussicht auf eine solche Fahrt. Es war berauschend gewesen. „Dann sehen wir uns morgen. Ich muss mich anziehen und um zehn in der Schule sein."

„Wie kommst du dorthin?"

„Wir haben einen Shuttle Service, der mich abholt und nach Hause bringt. Wir haben einige Mitarbeiter, die sehen können, aber ein guter Teil der Belegschaft ist blind. Das hat den Vorteil, dass der Transport zur und von der Arbeit von der Schule organisiert wird. Ich habe ihn heute für neun bestellt." Das würde ihm genug Zeit geben, sich anzuziehen und zu essen, bevor der Fahrdienst kam.

James ging zu seinem Kleiderschrank, holte einen Bademantel und zog ihn an, denn er fühlte sich ein wenig entblößt. Er zuckte zusammen, beruhigte sich aber gleich wieder, als Trevor hinter ihm auftauchte und die Arme um seine Taille legte.

„Ich wollte dich nicht erschrecken. Aber ich wollte dich wissen lassen, dass ich dich gerne ansehe."

„Wirklich?"

Trevor schnaubte. „Hat dir noch nie jemand gesagt, dass du unglaublich bist?" Er zog am Gürtel des Bademantels. „Deine Haut ist goldbraun, weich und seidig. Ich liebe es, sie zu berühren. Du hast das Gesicht eines Engels und einen Körper, der heiß genug ist, um den Teufel zu verführen. Ich könnte dich stundenlang ansehen. Warum glaubst du, dass ich in jener Nacht zwei Mal den ganzen Club durchquert habe? Weil ich den Blick nicht von dir abwenden konnte. Also versteck dich nicht vor mir. Das hast du nicht nötig." Trevor küsste seine Schulter und löste sich dann. „Ich muss wirklich gehen."

James saß auf der Bettkante, während Trevor um ihn herumsauste. Er fühlte sich wie ein Zuhörer, der nicht Teil des Geschehens war.

„Trevor?"

„Ja." Er berührte James an der Hand und sofort fühlte James sich wieder verbunden. „Tut mir leid, ich muss los."

„Mir auch. Ich freue mich auf morgen." James stand nicht auf, aber Trevor küsste ihn noch einmal, dann entfernten sich seine Schritte. James hörte, wie sich die Vordertür öffnete und wieder schloss und augenblicklich war er wieder allein.

Er fühlte sich so oft von der Welt um sich abgeschnitten. Er verstand voll und ganz, warum es Lee so schwerfiel, sich an seine neue Realität anzupassen. Als sehender Mensch, der er während der ersten Jahre seines Lebens gewesen war, war er völlig auf eine Welt eingestellt, die von Sehenden gestaltet wurde.

So war zum Beispiel das Haus, das James bewohnte, nicht nach Farben dekoriert, sondern nach Oberflächen, die er mochte. Er wusste, dass die Wände seines Schlafzimmers hellgrün waren, denn Marti hatte ihm gesagt, welche Farbe sie ausgewählt hatte. So wie er wusste, dass das Wohnzimmer und das Esszimmer beinahe weiß waren. Sie hatte einen Namen dafür gehabt, aber es war praktisch weiß. Die Küche war blassgelb und das Gästezimmer war so weiß wie das Wohnzimmer. Er wusste all das, aber er war nicht Teil davon. Für ihn wurden die Wände des Esszimmers von dem ausgefüllten Spalt definiert, der die Wand neben der Küche entlanglief, und von den ausgefüllten Vertiefungen, die vor Jahren dekorative Rahmen gewesen waren. Andere bemerkten die Linien nicht, aber für ihn waren sie Markierungen, wenn er ein wenig desorientiert war.

Aber ihm war bewusst, dass Dinge unbeständig waren und er sehr viel weniger Kontrolle über sie hatte, sobald er die sichere Zuflucht seines Hauses verließ. Es war, als wäre er einem konstanten Sturm ausgesetzt, der von allen Richtungen auf ihn eindrang und meistens konnte er nur reagieren. Viele Warnungen entgingen ihm und machten das tägliche Leben oft zu einer Kette unwillkommener Überraschungen.

James stand auf und schob diese Gedanken zur Seite. Es gab Orte, an die er gehen musste und Menschen, die auf ihn zählten. Er musste sich mehr darauf konzentrieren und nicht auf die Dinge, über die er keine Kontrolle hatte.

„HALLO CHARLOTTE", sagte James, als er in die Schule kam und eine der sehenden Mitarbeiterinnen begrüßte, während er am Empfangsschalter vorbeiging. Sie hatte erst eine Woche zuvor dort zu arbeiten begonnen und

James lächelte, als er sie nach Luft schnappen hörte. „Ich bin hier, um mit Lee zu arbeiten."

„Woher wusstest du, dass ich es bin? Ich hätte heute gar nicht arbeiten sollen und ich weiß, dass du mich nicht sehen kannst." Ihre Stimme klang immer fröhlich, auch an diesem Morgen.

James grinste sie an. „Dein Parfum. Es hat einen angenehm blumigen Duft. Ist Lee hier?"

„Ja, Lee und seine Mutter sind vor ein paar Minuten gekommen. Sie warten in Raum acht auf dich." Sie hielt inne. „Lee sah ganz und gar nicht glücklich aus", fügte sie flüsternd hinzu.

„Danke."

Lees Eltern hatte eine Menge Druck gemacht, um für ihn so viel Hilfe wie nur möglich zu bekommen. Doch James hatte den Eindruck, dass sie Lee drängten, ohne auf sein natürliches Lerntempo zu achten. Der Junge brauchte eine Atempause und die Chance, seinen Verlust zu betrauern.

„Könntest du seiner Mutter einen Kaffee bringen und ihr sagen, dass sie hier draußen warten kann?" Er wollte in dieser Sitzung mit Lee allein sein. Vielleicht würden sie Fortschritte machen, wenn sie eine Beziehung aufbauen konnten. So arbeitete James am liebsten, speziell mit jungen Studenten. Er musste ein gewisses Maß an Vertrauen gewinnen und manchmal hörte er sich ihren Frust über ihre Situation, ihre Familien und die Welt an. Das gehörte alles zum Job.

„Natürlich." Sie eilte davon und ihre Absätze klapperten über den Fliesenboden, während James dem vertrauten Korridor folgte, der zu dem Raum führte, in dem er gewöhnlich unterrichtete.

Alles war ruhig, aber als er die Tür öffnete, rollte eine Welle von Spannung über ihn hinweg. Er konnte sich vorstellen, was zwischen den beiden vorging, ignorierte es aber. „Wie geht es dir, Lee?"

„Es geht ihm gut", antwortete Lees Mutter.

„Jane", sagte James und drehte sich in Richtung ihrer Stimme. „Charlotte bringt Ihnen Kaffee und ich möchte Sie bitten, dass Sie bei ihr draußen warten, während ich mit Lee arbeite." Er sagte es in einem freundlichen Ton, aber er erkannte so viel von seiner eigenen Mutter in Jane, dass er das Gefühl hatte, Lee wenigstens kurzzeitig von ihrem Schutz befreien zu müssen. „Lee und ich kommen zurecht."

„Aber ihr könnt beide nicht sehen."

„Das sagt sie dauernd. Sie denkt, ich sei komplett hilflos", warf Lee ziemlich heftig ein.

„Lee und ich werden zurechtkommen." Er lächelte sie an, war aber entschlossen, darauf zu bestehen, wenn es nötig sein sollte. Schließlich war er dazu da, Lee zu helfen.

In diesem Moment kam Charlotte herein, begleitete Lees Mutter hinaus und schloss die Tür.

„Sie lässt mich nie in Ruhe und sie behandelt mich, als wäre ich nicht nur blind, sondern auch blöd."

„Sie ist eine Mutter. Das gehört zu ihrem Job. Ihr wichtigster Instinkt ist, dich zu beschützen. Ich wette, das hat sie auch getan, als du klein warst. Nicht wahr?"

„Ja", brummte Lee, wie es nur Teenager können.

„Das Beste, was du tun kannst, ist möglichst unabhängig zu werden und ihr zu beweisen, dass du nicht so viel Hilfe brauchst, wie sie denkt. Ich hatte mit meiner Mutter dasselbe Problem." James erwähnte nicht, dass es sich in ihrem Fall in Ungeduld und Frustration gewandelt hatte. Lee brauchte nicht noch mehr Druck. „Also erzähl mir, was du in dieser Woche über dich selbst gelernt hast." Er ließ Lee eine Weile reden und nahm ihn dann mit auf das Übungsgelände, wo sie an seiner sensorischen Wahrnehmung arbeiten konnten. Sie arbeiteten ziemlich lange und als Lee ging, wirkte er weniger ängstlich und eher bereit, über einige Bereiche seines Lebens die Kontrolle zu übernehmen. Das würde noch nicht von Dauer sein, aber es war ein Fortschritt und mehr konnte James nicht erwarten.

Sobald Lee und seine Mutter gegangen waren, nahm James wieder den Shuttle Service zurück. Der Fahrer hielt einige Male, um andere Passagiere mitzunehmen oder abzusetzen. James war so müde, dass er beinahe weggedöst wäre. Da hielt der Fahrer aber schon bei ihm. James stieg aus, ging zum Haus, räumte drinnen seine Tasche weg, wählte beruhigende Musik aus und legte sich aufs Sofa.

Das Läuten des Telefons weckte ihn aus seinem Nickerchen. Es war Marti, die meinte, Zack würde gerne etwas Zeit mit seinem Onkel Jimmy verbringen. Sie lud ihn zum Abendessen ein und James nahm dankbar an.

Er war froh über Marti wie schon lange nicht. Er hatte von Trevor geträumt und war unruhig und verschwitzt aufgewacht. Im Traum hatte Trevor ihn mit ins Schlafzimmer genommen und ihn an den Rand des Wahnsinns getrieben, ohne es jemals zu Ende zu bringen. Als James erwachte, brauchte er eine kalte Dusche oder Zeit und Ruhe, seiner Fantasie freien Lauf zu lassen und sich um das Problem zu kümmern.

Er beschloss, sich so schnell wie möglich frischzumachen und zog sich gerade an, als Marti kam, um ihn abzuholen. Sie umarmte ihn und blieb dicht bei ihm, als sie das Haus verließen. Sie führte ihn zum Auto und fuhr zu ihrem und Tims Haus, das etwa zehn Minuten entfernt lag.

„Triffst du dich immer noch mit dem attraktiven Bad Boy aus dem Club?"

„Ja, ich bin morgen Abend bei seinem Vater zum Abendessen eingeladen."

„Oho. Den Eltern vorgestellt werden, ist ein großer Schritt", neckte sie, wie sie es immer getan hatte und ihm dabei das Gefühl von Normalität gegeben hatte, wenn er neben der Spur gewesen war.

„Ich weiß nicht. Er ist ein Aufreißer. Zumindest hat Lester das gesagt und Trevor hat es nicht geleugnet."

Marti kicherte und klopfte ihm auf den Oberschenkel. „Und du denkst, es geht ihm nur um Sex? Meinst du, er hat einen Fetisch und steht auf Sehbehinderte?"

Er konnte ihr Grinsen fast sehen, wie sie ihn ansah, als würde er sich dumm anstellen.

„Ich bezweifle es. Aber ich weiß nicht, was er will. Ich meine ..." Es gab Zeiten, wo er es als Segen empfand, blind zu sein, denn er hätte seine Gedanken niemals ausgesprochen, wenn er Marti hätte sehen können. „Er hat gestern bei mir geschlafen."

„Na du bist mir ja eine Schlampe", sagte sie lachend.

„Es ist aber nichts passiert. Er ist bei mir geblieben, weil ich einsam war. Es ist lange her, seit ... nun ja, seit Collin ... Es war nett, neben jemandem zu schlafen und in dem Bewusstsein aufzuwachen, dass ich nicht allein war. Er ist einfach nur dageblieben und hat mich morgen zum Abendessen eingeladen. Das ist alles ziemlich verwirrend."

„Oder vielleicht ist es so eindeutig, dass du es nicht sehen willst."

„Komm schon, Marti. Du hast ihn gesehen und ich habe ihn gefühlt." Das war wirklich nett gewesen. Seine Wangen wurden heiß. „Er ist etwas Besonderes und die anderen Männer im Club denken alle, dass er scharf ist. Warum sollte er also längerfristig mit mir zusammen sein wollen?"

„Ach du Scheiße", sagte Marti, als sie das Auto parkte. „Du hast dich in den Kerl verliebt, nicht wahr?"

„Nein!", rief James ein wenig zu schnell und ein wenig zu laut, als dass sein Widerspruch nicht nach Bestätigung klang.

„Du bist dabei, dich zu verlieben und du hast Angst."

„Natürlich habe ich Angst. Ich weiß nicht, was passieren wird und nach Collin ... Ich meine, ich weiß nicht, was ich davon halten soll." Sein Inneres fühlte sich so aufgewühlt an wie der Lake Michigan bei einem Sturm. Er erinnerte sich an das Geräusch von Donner und Wellen, als Marti ihn dorthin mitgenommen hatte.

„Versuch es zu genießen. Wenn du das Gefühl hast, dich schützen zu müssen, dann ist das vielleicht keine schlechte Idee, bis du dir sicher bist. Aber schick ihn nicht weg nur wegen seines Rufs. Manchmal ändern sich Menschen und letztlich werden sie irgendwann erwachsen." Die Schlüssel klirrten und die Tür öffnete sich. „Na komm. Ich bin sicher, sobald Zack bemerkt, dass du da bist, wird er sofort angerannt kommen." Sie stieg aus, schloss die Wagentür und half James aus dem Auto.

Für den Rest des Tages hatte James nicht mehr viel Gelegenheit, an Trevor zu denken. Zack hielt ihn beschäftigt. Marti bot ihm an, bei ihnen zu übernachten, aber James wollte nach Hause. Er wusste sehr gut, dass es besser für ihn war, in seinem eigenen Bett und seiner vertrauten Umgebung zu schlafen.

Als er nachts allein im Bett lag, dachte er natürlich an nichts anderes als an Trevor und wie es sich angefühlt hatte, neben ihm zu liegen. Ja, er wünschte, sie hätten mehr getan, als nur zu schlafen. Sobald er einnickte, übernahm seine Fantasie und Trevor liebte ihn tatsächlich immer und immer wieder. Leider erwachte James jedes Mal keuchend, kurz bevor die Dinge ihren Höhepunkt erreichten und er sehnte sich nach Erlösung. Am Morgen war er denkbar frustriert. Er stand früh auf, duschte und fand unter dem warmen Wasser endlich Erleichterung.

Der Tag verlief ruhig und er verbrachte den Großteil damit, sich Audiobücher anzuhören und in Hinblick auf den bevorstehenden Abend nicht allzu nervös zu sein. Einerseits freute er sich darauf, dass er Zeit mit Trevor verbringen würde, andererseits würde er seinen Vater und dessen Verlobte kennenlernen. Was, wenn sie ihn nicht mochten? Nach Trevors Erzählungen schien sein Vater ein ziemlich cooler Typ zu sein. James hatte auch durchaus gelernt, mit vielen Menschen zurechtzukommen. Seine Bedenken waren also ein wenig übertrieben.

Er wusste, dass er damit aufhören musste, sich Sorgen zu machen, wie andere ihn sahen. Er tat, was er konnte. Trotzdem wollte er vor Trevor gut dastehen. Das war der eigentliche Punkt. Er wollte, dass Trevor ihn mochte. Denn James war tatsächlich dabei, sich zu verlieben. Wenn er nur gut genug wäre, würde Trevor ihn ebenfalls mögen.

Oh Gott, das hörte sich erbärmlich an, sogar für ihn. Er schob den Gedanken zur Seite, setzte sein Audiobuch fort und unternahm für ein paar Stunden eine Reise ins All. Er liebte solche Geschichten, denn sie waren für ihn wie für jeden anderen auch. Jeder musste bei solchen Beschreibungen seine Fantasie bemühen, um sich die Welten auszumalen, statt einfach visuelle Referenzen zu verwenden.

Am Nachmittag rief er seine Mutter an, einfach um zu plaudern und zu sehen, wie es ihr ging. Er wusste, wenn er es nicht tat, würde er einen jener Anrufe bekommen, in denen sie sich beschwerte, dass er sich nie meldete. Dann zog er sich an, setzte sich in seinen Stuhl und wartete auf Trevor.

Seine Uhr sagte ihm, dass es ein paar Minuten nach fünf war, als Trevor klopfte. James bat ihn herein und Trevors Duft umhüllte ihn wie eine Decke. Alle Nervosität und aller Zweifel, die in den letzten Stunden in seinem Kopf gekreist waren, lösten sich auf, als Trevor ihm über die Wange streichelte und ihn an seine Brust zog. Es wurde ziemlich warm im Raum und sein Herz schlug schneller vor Erwartung. Trevors berauschender, männlicher Duft wurde stärker und James schloss die Augen. Nicht, dass es einen Unterschied machte, aber das tat es trotzdem. Trevors Griff verstärkte sich und sein Atem kitzelte James an der Wange. Er wollte geküsst werden und noch so viel mehr.

Als es passierte, war James überwältigt, obwohl er vorbereitet war. Die Energie hinter dem Kuss war beinahe mehr, als er fassen konnte. Er konnte nur noch denken, dass Trevor ihn ebenso sehr wollte, wie er Trevor wollte. James wusste, dass er die Berührung sofort vermissen würde, sobald Trevor ihn losließ.

Trevor vertiefte den Kuss und alle Gedanken an dessen Ende verflüchtigten sich. James schlang die Arme um Trevors Hals, zog ihn noch näher und erwiderte den Kuss. Er fragte sich, wie er Trevor davon überzeugen könnte, alle Pläne für den Abend zu vergessen. Das Schlafzimmer war in Reichweite und es rief nach ihm.

Das Läuten eines Telefons unterbrach sie und James ging auf Distanz, als Trevor brummte. Mit einem Arm hielt er James noch immer fest, als er den Anruf annahm. „Was ist denn los, Dean? … Nein, eher nicht. Ich bin zum Abendessen bei meinem Vater und ich bringe James mit. … Nein, ich komme nicht in den Club, nachdem ich James abgesetzt habe." Er klang genervt. „Ruf doch Brent an. … Nun, es tut mir leid, ich habe für heute Abend schon Pläne. Ich melde mich bei dir." Trevor legte auf und James fühlte, dass er ein wenig angespannt war, als er das Handy einsteckte.

James war nicht sicher, was er von dem Hinweis auf Trevors übliches Verhalten denken sollte. Ja, er hatte andere Pläne für die Nacht abgesagt, um mit James zusammen zu sein. War es wirklich seinetwegen oder lag es daran, dass sie zu Trevors Dad gingen? James zweifelte an allem.

„Es tut mir leid, Darling. Wir müssen gehen", flüsterte Trevor und James nickte. Er versuchte immer noch Luft zu bekommen und seinen Verstand zum Laufen zu bringen.

Als sich herausstellte, dass Trevor wirklich mit dem Bike gekommen war, vergaß er seine Nervosität ziemlich schnell. Die Aussicht auf die

Geschwindigkeit und die körperliche Nähe zu Trevor während der Fahrt, brachten sein Herz aus ganz anderen Gründen zum Rasen. Die Maschine vibrierte und verstärkte die Energie, die sie wie eine Blase einhüllte, als sie über die Autobahn durch die Stadt düsten.

„Wir sind in Shorewood", sagte Trevor, als er anhielt. „Es ist etwa drei Blocks vom See entfernt. Mom und Dad haben das Haus ein paar Jahre vor Moms Tod gekauft. Da ist eine Stufe zum Randstein und dann drei Stufen zum Eingang mit einer leichten Biegung auf dem Weg."

„Trevor." James bewegte sich nicht und hielt Trevor um die Taille, als ob sie noch fahren würden. Er atmete die Mischung aus Trevors Duft und dem Geruch des Leders ein und fragte sich für einen Moment, ob er halbwegs vorzeigbar war. Das ganze Erlebnis war nicht ohne Wirkung auf seinen Unterleib geblieben.

„Verstehe. Weißt du noch? Ich kann dich fühlen."

„Oh Mann." James hatte so viele Fragen, kam sich aber dumm vor, sie zu stellen.

„James, ich habe noch nie jemanden mit nach Hause gebracht, um ihn meinem Dad vorzustellen. Jedenfalls nicht seit Chase, aber das war vor langer Zeit und es fühlt sich an, als wäre ich ein anderer Mensch gewesen." Trevor rutschte nach vorne und James ließ ihn los. „Ich mag dich, James. Ich möchte, dass du das weißt." Trevor fasste James unter das Kinn und löste den Helm. Seine Finger berührten die Haut, dann nahm er den Helm ab und streichelte James über die Wange. James lehnte sich in die Berührung, ohne sich sonst zu bewegen. Es war, als hätte die Welt sich aufgelöst und sie wären nicht am Straßenrand, sondern zu zweit in einem stillen Wald. Die Wirkung hielt natürlich nur ein paar Sekunden, bis die Berührung sich verlor und Trevor James am Arm nahm.

James stieg von dem Bike und Trevor führte ihn zum Haus. Mehrere überlappende Stimmen erklangen gleichzeitig aus der nun offenen Tür.

„Trevor", rief eine warme Stimme.

„Hey Dad. Das ist James." Trevor klang glücklich und James lächelte über die Freude in seiner Stimme.

„Schön, Sie kennenzulernen. Trevor soll Sie mal nach drinnen begleiten, ehe ich Sie richtig begrüße." Er war still und James lauschte Trevors leisen Anweisungen, als er über die Stufen und in das klimatisierte Haus ging.

„Der Eingangsbereich ist klein, also geh zwei Schritte vor und dann geht es rechts ins Wohnzimmer." Trevor legte ihm sanft eine Hand in den Rücken, um ihm Sicherheit zu geben. Er übte keinen Druck aus und wollte ihm nur versichern, dass alles gut sein würde – was es auch war.

Die Unterhaltungen im Raum verstummten und es wurde still, bis James sich gesetzt hatte, dann sprachen alle weiter. Es war als hätten alle den Atem angehalten, um zu sehen, ob der blinde Typ es schaffen würde. „Brauchst du etwas?", fragte Trevor.

„Es geht mir gut, danke." James hielt Trevors Arm länger als nötig, aber er mochte den Kontakt und die Gewissheit, dass Trevor neben ihm war.

„Ich bin Larry, Trevors Dad. Kann ich Ihnen was zu trinken bringen? Wir haben eine gut gefüllte Bar." Sein voller Bariton klang wirklich nett.

„Ein Flaschenbier, wenn es möglich ist." Es war für ihn leichter zu trinken und wenn er es umwarf, machte es weniger Sauerei.

„Natürlich, ich bringe Ihnen eines." Larry ging und war schnell zurück. Er drückte James das Bier in die Hand. „Ich möchte Ihnen meine Verlobte Margret vorstellen."

„Hallo James", sagte Margret eher leise und schüttelte ihm sanft die Hand, als er sie ihr hinstreckte. „Ich bin so froh, dass Sie kommen konnten."

„Danke für die Einladung". Er lächelte und fühlte sich ein wenig allein, bis Trevor sich neben ihn auf die Armlehne seines Stuhls setzte.

„Das andere Paar im Raum sind mein Sohn Marshall und meine Schwiegertochter Rachel", erklärte Margret. Die beiden sagten Hallo und James versuchte, sich ihre Stimmen einzuprägen. Dann würde er später unterscheiden können, wer mit ihm sprach. Partys, besonders solche, wo er nur wenige Leute kannte, konnten anstrengend sein. James bemühte sich immer, Namen mit den Stimmen zu verbinden. „Es ist so nett von Ihnen, dass ich dabei sein darf." James lehnte sich leicht gegen Trevor, als wäre er seine Stütze. „Herzlichen Glückwunsch zur bevorstehenden Hochzeit."

„Danke." Margret war offensichtlich ein wenig überwältigt und sehr glücklich und aufgeregt.

„Ich weiß, dass Larry und Mom zusammen sehr glücklich sein werden", sagte Marshall. Da war etwas Gezwungenes in seinem Tonfall und James machte eine mentale Notiz, Trevor später danach zu fragen.

„Wie lange gehen du und Trevor schon aus?", fragte Rachel.

Trevor legte James den Arm um die Schultern und lehnte sich näher zu ihm. Die Wärme, die von ihm ausging, hüllte ihn sanft ein. „Ich habe James vor etwas mehr als einer Woche kennengelernt. Es ist also ganz neu für uns beide und wir tasten uns langsam vorwärts."

„Neue Beziehungen sind so aufregend, nicht wahr?", fragte sie.

„Ja, das sind sie." James nahm vorsichtig einen Schluck von seinem Bier. Der Geruch von gebratenem Rindfleisch kam, wie er annahm, aus der Küche und ließ seinen Magen ein wenig knurren.

„Ich möchte nicht unhöflich erscheinen und entschuldige mich, falls es so ist, aber mit jemandem auszugehen, muss für dich schwieriger sein."

„Rachel", mahnte Marshall sofort.

„Es ist nicht ausdrücklich einfach", sagte James emotionslos. Ihm waren über die Jahre schon sehr viele Fragen zu seiner Blindheit gestellt worden und er hatte beschlossen, ehrlich und direkt zu sein. Die Menschen waren neugierig und die meisten wollten verstehen. „Ich dachte lange Zeit nicht, dass ich jemals jemanden finden würde, der bereit wäre, die Belastung in Kauf zu nehmen, die es bedeuten kann, mit einem blinden Menschen zusammen zu sein."

„Du bist keine Belastung", flüsterte Trevor und James strich über seinen Arm. „Mit James auszugehen bedeutet einfach, Dinge ein wenig anders zu tun, aber das ist er wert." Trevor drückte seine Hand und James lächelte unwillkürlich, als sich ein warmes, zufriedenes Gefühl in ihm ausbreitete. Er wollte so gerne glauben, dass es die Wahrheit war.

Die Unterhaltung wandte sich der Frage zu, womit jeder seinen Lebensunterhalt verdiente und Rachel stellte eine Menge Fragen über seinen Job. Sie war Grundschullehrerin in Shorewood und so unterhielten sie sich ausgiebig über Unterrichtsphilosophien und Lehrmethoden. Sie war sehr an der Arbeit interessiert, die James machte und verhalf ihm damit zu einer soliden Konversationsgrundlage. „Brauchst du noch etwas zu trinken?", fragte Trevor, der sich mit Larry und Margret unterhalten hatte, in einer Pause.

„Ich bin okay." Er lächelte, um zu zeigen, dass er sich wohlfühlte.

„Wurden Sie blind geboren?", erkundigte sich Margret, die vermutlich einen Teil seines Gesprächs mit Rachel und Marshall verfolgt hatte.

„Nein, ich habe mit etwa zehn begonnen, meine Sehfähigkeit zu verlieren. Mit zwölf war ich ganz blind. Dadurch habe ich gelernt, damit recht gut umzugehen. Meine Mutter war viele Jahre lang eine große Hilfe für mich."

„Lebst du noch bei deiner Familie?", fragte Rachel.

„Nein, ich habe ein eigenes Haus. Ich habe eine Nachbarin, die meine Haushälterin ist und mir hilft. Sie kauft für mich ein und macht bei mir sauber, solche Dinge. Wenn man blind ist, muss alles immer am selben Platz sein und manche Gegenstände müssen beschriftet sein. Ich habe einen Etikettendrucker für Blindenschrift, den sie benutzt, um mir zu sagen, was in verschiedenen Behältern ist."

„Das muss ein sehr hohes Maß an Organisation erfordern."

„Es bedeutet nur, dass alles seinen Platz hat, den ich kenne und an den ich alles wieder zurückstelle. Wenn ich das nicht mache, finde ich nichts mehr." James nahm noch einen Schluck Bier. „Blind zu sein, kann eine ziemliche Einschränkung sein, weil man in einer Umgebung bleiben muss, die einem vertraut ist. Zumindest, wenn man allein ist. Trevor hat mir geholfen, ein wenig aus meiner Komfortzone zu kommen."

„Wie mit ihm Motorrad zu fahren?", fragte Margret und fügte leise hinzu: „Ich habe Käse und Cracker vor Ihnen auf den Couchtisch gestellt. Wenn Sie etwas möchten, lassen Sie es uns bitte wissen."

James nickte und ein paar Sekunden später drückte ihm Trevor etwas in die Hand, das sich wie ein Cracker-Sandwich anfühlte.

„Ich habe Käse und Salami zwischen die Cracker getan."

„Danke." James nahm einen Bissen und schluckte. Das entwickelte sich zu einem tollen Erlebnis. „Ich liebe das Motorrad. Ich werde niemals in der Lage sein, zu fahren, aber mit Trevor unterwegs zu sein, bewirkt, dass ich mich irgendwie frei fühle. Es ist, als könnte ich fliegen." Er erwähnte nicht den Nervenkitzel, eng an Trevor gepresst zu sein und ihn gelegentlich zu begrapschen. Er hat mich am Freitag zum Go-Karts Fahren mitgenommen und es hat viel Spaß gemacht."

„Er ist ein Geschwindigkeits-Junkie", erklärte Trevor und alle lachten.

„Das bin ich wohl."

„Niemand versteht das besser als Trevor. Sie wissen, dass ich sein Stiefvater bin?"

„Ja. Er sagte auch, Sie wären sein Dad." James meinte zu hören, dass Larry sich fast verschluckte und seine Stimme war rau, als er fortfuhr.

„Als ich Trevor das erste Mal traf, war er vier. Er lief auf mich zu und fragte, ob ich ihn schwingen würde. Ich dachte, er meinte die Schaukel im Hinterhof. Nein, er wollte, dass ich mich mit ihm im Kreis drehte und lachte dabei die ganze Zeit. Alles, was er sagte, war ‚schneller, schneller'."

„Dad."

„So war es. Ich erinnere mich, als du deine ersten Fahrstunden hattest. Du bist wie ein Verrückter gefahren und hattest Glück, nicht einen Haufen Strafzettel zu kassieren oder einen Unfall zu bauen. Ich habe mir öfter Sorgen gemacht, als ich zählen kann."

„Trevor ist ein guter Fahrer", warf James ein.

„Woher wissen Sie das?", erkundigte sich Margret. „Nicht, dass es nicht stimmt, aber es ist eine interessante Beobachtung."

„Er fährt gleichmäßig und vorausschauend. Deshalb bremst er sanft und nicht ruckartig, zumindest wenn ich im Auto bin. Er beschleunigt auch so. Ich fühle mich wohl, wenn ich mit ihm unterwegs bin. Bei meiner Mutter wird mir dagegen manchmal schlecht, weil sie ungeduldig ist und ich hin und her geworfen werde. Bei Trevor muss ich mir darum keine Sorgen machen." James stoppte und registrierte ein leises Geräusch. „Hast du deinem Vater gerade die Zunge rausgestreckt?", wollte James wissen.

„Woher weißt du das?

James lächelte und lehnte sich zurück. „Das sind meine übernatürlichen Kräfte." Es war natürlich das Geräusch gewesen, aber das sagte er Trevor nicht.

„Das Essen ist in etwa zehn Minuten fertig", sagte Margret und James hörte, wie sie den Raum verließ.

„Ich helfe dir." Rachel folgte ihr und auch Marshall schloss sich an.

„Sie sind alle wunderbar", sagte James und versuchte sich zu erinnern, ob Larry noch im Zimmer war. Ihm wurde klar, dass er noch da war. Manchmal war es schwer für ihn, alles ständig zu erfassen.

„Ja, das sind sie", sagte Larry.

„Wie lange sind Sie mit Margret schon zusammen?"

„Seit zwei Jahren. Wir wollten es langsam angehen. Sie hat ihren Mann fünf Jahre später verloren als ich Shirley. Wir waren also beide ein wenig vorsichtig, aber dann doch zur selben Zeit bereit." Das Glück, das Larry verströmte, erfüllte das ganze Haus. Das war es, was James wollte und er drehte sich zu Trevor, der sich etwas näher zu ihm neigte, sodass ihre Köpfe sich berührten. „Ich hoffe, dass Trevor auch sesshaft wird, aber …"

James konnte die Blicke, die die beiden Männer tauschten, beinahe fühlen.

„Nachdem Trevor Chase verloren hatte, wollte er keine Partnerschaft mehr eingehen."

James wusste, wer Chase war, aber die Formulierung, die Larry benutzte, war seltsam. War Chase gestorben? Vielleicht war das der Grund, warum Trevor so war. Er hatte offenbar seine Mutter und seinen Liebsten verloren. James strich Trevor über den Arm und speicherte die Information für später.

Irgendwo im Haus klingelte das Telefon und wurde sofort abgenommen. Er hörte Margret leise sprechen, versuchte aber nicht zu lauschen, was sie sagte.

„Sie macht so einen Aufstand, weil sie auch unseren Nachbarn Peter und seinen Freund zum Essen eingeladen hat." Larry entschuldigte sich und James war ziemlich sicher, dass er mit Trevor allein war.

Der Stuhl bewegte sich leicht, als Trevor wieder auf der Armlehne herumrutschte. „Bist du okay?"

„Ja, ich finde es toll. Deine Familie und zukünftige Familie ist wirklich nett."

„Es ist schön, dass mein Dad so glücklich ist."

In Trevors Stimme schwang ein Hauch von Verlust mit.

„Warum klingst du dann nicht so?", erkundigte sich James. „Du weißt, dass dein Dad immer dein Dad sein wird." Er streichelte langsam über Trevors Arm.

„Er hat mir schon gesagt, dass er und Margret in ein paar Jahren nach Florida ziehen wollen." Jemand kam ins Zimmer und Trevor schwieg, aber James konnte seine Anspannung noch fühlen.

„Es kommen noch zwei mehr zum Essen. Sie werden in ein paar Minuten hier sein, dann können wir beginnen." Margret klang aufgeregt und glücklich und das Essen roch verlockend genug, dass James sich daran erinnerte, wie winzig sein Mittagsimbiss gewesen war. Sein Magen rumorte so laut, dass er es hören konnte.

Es läutete an der Tür und Margret beeilte sich, sie zu öffnen. „Peter, ich freue mich so, dass du kommen konntest."

„Lass mich den Ring sehen." Das musste Peter sein. „Er ist wunderschön." Er konnte sich vorstellen, wie die beiden sich umarmten. „Und das ist mein neuer Freund, Collin."

„Sehr erfreut, Sie kennenzulernen."

James erstarrte. Er kannte diese Stimme. Er wollte in seinem Stuhl versinken und sich verstecken. Sein Ex. Er hatte den Mistkerl Jahre nicht gesehen und jetzt tauchte er einfach so auf? Gerade als James sich wohlfühlte und eine gute Zeit hatte, erschien der größte aller Idioten aus dem Nichts.

„Trevor." James umklammerte Trevors Arm fester, um seine Aufmerksamkeit zu bekommen. Aber Trevor bewegte sich bereits, wahrscheinlich, um die neuen Gäste zu begrüßen. James saß steif in seinem Stuhl und wünschte, er hätte seinen Stock mitgebracht. Dann könnte er sich an etwas festhalten und seine Anspannung ableiten. Er hörte, wie sich alle vorstellten und stand auf. Er wollte sich umdrehen, hatte aber offenbar zu viel Druck auf den Stuhl ausgeübt und verlor das Gleichgewicht.

5

TREVOR BEGRÜßTE die Neuankömmlinge und schüttelte Peter und Collin die Hand. Als er einen Knall hörte, eilte er zurück ins Wohnzimmer, wo James auf dem Boden saß und dabei war, nach der Glasplatte des Couchtisches zu angeln, um wieder hochzukommen. „Schon gut, ich helfe dir." Er nahm James am Arm und half ihm vorsichtig auf. „Bist du okay? Hast du dir wehgetan?" Verdammt, er hatte das Bedürfnis, James auszuziehen, nur um ihn von Kopf bis Fuß zu untersuchen und sicherzustellen, dass er unversehrt war.

„Es geht mir gut."

Das Wort ‚unbeholfen' drang an Trevors Ohr. Er wollte sich umdrehen und feststellen, woher es gekommen war. „Bist du sicher? Das war ein heftiger Sturz." Er wollte James nicht für eine Sekunde loslassen, als er ihn sanft zu Peter und Collin führte. „James, das ist Peter, Margrets Nachbar, und sein Freund Collin." Trevor wartete, als James Peter die Hand schüttelte und dann zögerte.

„Collin und ich kennen einander." James ließ die Hand sinken und Trevor ging ein Licht auf.

„Ist das …?", fragte er und James nickte. Trevor hätte den Mann am liebsten augenblicklich aus dem Haus geworfen. Wie konnte der Typ es wagen, James aus irgendeinem Grund so zu behandeln? Gerade hatte Trevor gehört, dass er ihn unbeholfen genannt hatte. Trevors Hand ballte sich an seiner Seite zur Faust, als Margret angelaufen kam. „Jungs, das Essen ist fertig. Kommt bitte an den Tisch. Sie nahm Peter am Arm, führte ihn hinein und unterhielt sich angeregt mit ihm. Trevor ließ Collin folgen und blieb mit James zurück.

„Möchtest du gehen? Ich erfinde eine Ausrede für Dad, dass ich Migräne habe und gehen muss." Er hatte als Kind darunter gelitten und obwohl er schon eine ganze Weile frei davon war, würde sein Dad keine Zweifel haben.

„Nein, ich bin kein Baby. Es ist einfach ein Schock, das ist alles. Ich hätte nie gedacht, dass ich seine Stimme je wieder hören würde." James zitterte. „Er hat dafür gesorgt, dass ich mich ziemlich minderwertig gefühlt habe und …"

„Da ist mehr als das, was du mir erzählt hast, nicht wahr?" Trevor hätte James den Schmerz ansehen können, auch wenn er nichts davon gewusst hätte. Es erinnerte ihn daran, wie sein Spiegelbild manchmal aussah.

„Ja." James hielt seinen Arm fest und ging einen Schritt in Richtung Esszimmer. „Lass uns deiner Familie zuliebe essen und den Abend gut über die Runden bringen. Ich möchte nur nicht neben ihm sitzen, okay?"

„Natürlich." Trevor führte James ins Nebenzimmer und setzte sich neben Collin mit James an seiner anderen Seite. Trevor spürte Zorn in sich aufsteigen, wie überheblich dieses hellblonde Arschloch aussah, als er sich zu James drehte. Peter unterhielt sich mit Margret und bekam nichts mit, sein Dad war in eine Unterhaltung mit Rachel vertieft.

Bevor das Essen begann, stand sein Vater auf und klopfte an sein Glas. „Wie ihr alle wisst, hat Margret zugestimmt, meine Frau zu werden und wir haben noch mehr gute Neuigkeiten." Er wandte sich an Rachel, die strahlend nickte. „Es sieht so aus, als würden wir Großeltern."

Trevor gratulierte Rachel und half James, sein Glas zu finden. Alle hoben ihre Gläser und tranken, wobei Rachel mit Wasser anstieß. Trevor warf einen Seitenblick auf James, der ihr zuprostete wie alle anderen, aber das Lachen und die Fröhlichkeit, die er zuvor ausgestrahlt hatte, schienen weit weg zu sein.

„Wie lange bist du schon mit Collin zusammen?", fragte Margret.

„Wir haben uns vor drei Wochen kennengelernt. Ich war mit Freunden im Mequon Country Club und nach dem Abendessen gab es eine Liveband. Collin forderte mich zum Tanzen auf und seither sind wir unzertrennlich", sagte Peter und klang dabei sehr glücklich.

„Wie nett", sagte Margret und reichte mit Larry das Essen herum.

„Wie viel von dem Braten möchtest du?", fragte Trevor James, der den Kopf schüttelte.

„Man muss es ihm schneiden wie einem Kind", sagte Collin neben Trevor.

Trevor nahm zwei Scheiben, legte sie beide auf seinen Teller und reichte die Platte weiter. Dann schnitt er die Hälfte in mundgerechte Stücke und arrangierte sie für James zusammen mit etwas Meerrettichsauce. Er fügte Kartoffel und Bohnen hinzu und erklärte James dann, wo sich was befand. „Genieß das Essen und lass mich wissen, wenn du etwas brauchst." Ihm wurde dabei klar, wie wichtig es ihm war, dass es James gut ging. Trevor aß und beobachtete James, der jeden Bissen qualvoll langsam zu sich nahm. Trevor versuchte normal zu essen, aber seine Aufmerksamkeit wanderte immer wieder zu James und dann zu Peter und Collin, die miteinander flüsterten. Niemand schien es zu bemerken, aber mit jedem Flüstern wuchs Trevors Ärger. Das war der Mann, der James verletzt und mit so viel Selbstzweifel zurückgelassen hatte. Nun war er gezwungen, mit dem Kerl an einem Tisch zu sitzen und Trevor hatte ihn in diese Situation gebracht.

„Der Braten ist köstlich, Margret. Das ganze Essen ist hervorragend. Sie sind eine sehr talentierte Köchin."

„Danke. Kochen Sie auch?"

„Ich wärme vor allem auf. Die Mikrowelle ist ein guter Freund." James versuchte freundlich zu sein und Trevor rechnete ihm das hoch an.

Rachel räusperte sich. „Darf ich etwas fragen? Wie lange hast du gebraucht, um die Blindenschrift lesen zu können und deine anderen Sinne so zu entwickeln? Ich finde es faszinierend, wie viel sie kompensieren."

„Ich habe die Schule besucht, an der ich jetzt unterrichte und es hat nicht lange gedauert, die Buchstaben wiederzuerkennen. Aber wie bei jeder anderen Methode des Lernens war es das Verständnis dessen, was ich las, das Zeit gebraucht hat. Heute benutze ich sie natürlich jeden Tag, ohne darüber nachzudenken."

„Wie liest du einen normalen Text?", erkundigte sich Marshall.

„Ich habe ein Scan- und Lesegerät. Ich füttere ihm die Seiten und es liest sie mir vor." James nahm noch einen Bissen und schien sich ein wenig zu entspannen.

Die anderen schienen die Spannung bemerkt zu haben. Margret unterhielt sich mit Peter und Collin, während sein Dad, Rachel und Marshall mit James sprachen.

„Was machst du so?", fragte Collin Trevor. „Ich habe das Motorrad draußen gesehen und nehme an, es ist deines." Collin trug die Nase so hoch, dass es aussah, als würde er ertrinken, wenn es regnete.

„Ich besitze Auto- und Motorradwerkstätten."

„Dann gehört die Harley also dir?", insistierte Collin. „Ich wollte immer schon wissen, wie es sich anfühlt, eines dieser Babys zu fahren. Lässt du mich bei Gelegenheit mal mitfahren?"

James knurrte neben ihm.

„Eher nicht. Der Sitz hinter mir ist für James reserviert." Trevor hoffte, dass die Idee damit vom Tisch war.

Er versuchte, für den Rest des Essens gute Miene zum bösen Spiel zu machen. Die Speisen waren wirklich köstlich und er hatte ein Auge auf James, um sicher zu sein, dass es ihm gut ging. Ein paar Stückchen Fleisch und ein paar Bohnen landeten neben dem Teller, aber Trevor sammelte sie auf und versteckte sie so gut er konnte in seiner Serviette.

Sobald das Essen zu Ende war, stand er auf, berührte James sanft an der Schulter, räumte das Geschirr ab und machte seinen Platz sauber. Niemand sagte etwas, aber Collins Gesicht sprach Bände. Trevor wollte dem überheblichen Bastard am liebsten einen Teller an den Kopf knallen. Innerhalb einer halben Stunde hatte sich diese Einladung von Freude in Unbehagen verwandelt. Was

Trevor daran erstaunte, war der Grund. Er war schon bei vielen Abendessen gewesen, vor allem geschäftlich. Unbehagen ignorierte er gewöhnlich zugunsten des Jobs. Aber an diesem Abend war ihm James wichtig. Was zählte, war sein Wohlbefinden und seine Gefühle.

Nachdem Chase ihm einen Teil seiner Seele entrissen hatte, wollte Trevor sich nie wieder erlauben, so für jemanden zu empfinden. Jahre voller Spaß und Unabhängigkeit hatten zu seinem Schutz alles schön leicht und unverbindlich gehalten. Nun war die Mauer, die er um sich errichtet hatte, eingerissen worden und er wusste nicht, was er damit anfangen sollte.

„Danke für die Hilfe", sagte Margret, als er in die Küche kam. Trevor stand an der Spüle, wischte sich über die Augen und drehte sich nicht zu ihr um. Er brauchte einen Augenblick, um sich wieder zu sammeln. „Gern geschehen."

Margret kam näher und legte eine Hand auf seine Schulter. „Eine Krise in Herzensangelegenheiten?", fragte sie.

Ich habe keine Ahnung, was zum Teufel es ist.

„Das passiert uns allen hin und wieder. Ich habe Marshalls Vater sehr geliebt und ihn zu verlieren, war das Schlimmste, was ich je erlebt habe. Larry hat mir ein wenig von dem erzählt, was dir passiert ist."

Trevor war sich nicht sicher, wie es ihm damit ging. Aber er nahm an, dass sie und sein Vater keine Geheimnisse voreinander hatten.

„Dir wieder Gefühle zu erlauben, ist absolut in Ordnung."

Margret war eine freundliche Lady und Trevor wusste, dass sie sich bemühte, zu helfen. Aber er wollte das alles nicht. Er wollte verstehen, warum der Aufruhr in seinem Inneren nicht aufhörte. Er hatte immer geschafft, es tief in sich zu vergraben und wegzusperren und das musste er wieder tun. Um mehr ging es nicht.

„Danke. Das wird wieder." Er blinzelte und hatte wieder alles unter Kontrolle. Trevor drehte sich um, schenkte ihr ein strahlendes Lächeln, von dem er hoffte, dass es sie beruhigen würde und ging wieder ins Esszimmer. Ein einziger Blick auf James genügte und der Aufruhr war wieder da.

James saß beim Tisch und biss sich nervös auf die Unterlippe. Rund um ihn waren verschiedene Gespräche im Gange. Seine schönen blauen Augen waren leer und unstet. Rachel, Marshall, Peter und Collin waren alle in eine rasante Diskussion vertieft. Sein Vater räumte das restliche Geschirr ab und James saß allein. Er war noch immer der umwerfend schöne Mann, den er im Club auf der anderen Seite der Tanzfläche erblickt hatte, aber nun war James mehr als sein Äußeres. Er war das Lächeln, das sein Gesicht erleuchtete, wenn er glücklich war und die Freude in seiner Stimme, wenn er aufgeregt war. James war auch die Begeisterung, die alte Dinge wieder neu erscheinen ließ, besonders wenn sie zusammen auf dem Bike fuhren.

„Ich glaube, Margret bereitet das Dessert vor", sagte Trevor und setzte sich neben James.

„Bleibt sitzen, Jungs. Ich helfe ihr." Larry trug das restliche Geschirr hinaus und Trevor hatte den Verdacht, dass er in Wahrheit ein paar Minuten mit seiner zukünftigen Frau allein sein wollte. Nicht, dass er ihm das übel nehmen konnte. Er wollte selbst auch etwas Zeit allein mit James. Er überlegte, ob er sich entschuldigen und James nach Hause bringen sollte.

„Worüber habt ihr euch unterhalten?"

„Die neue Georgia O'Keefe Ausstellung im Museum", antwortete Collin und sah zu Peter. „Er hilft, sie zu kuratieren. Das wird absolut unglaublich."

Trevor verstand sehr gut, warum James sich gelangweilt und ausgeschlossen gefühlt hatte. Er beugte sich hinüber und flüsterte: „Sobald wir das Dessert gegessen haben, können wir gehen."

„Ich möchte nicht, dass du meinetwegen die Zeit mit deiner Familie verkürzt. Ich komme zurecht." James lächelte, aber Trevor wusste, dass es gezwungen war, da Collin endlos weiter über Peters Arbeit schwafelte.

„Wann soll das Baby kommen, Rachel?", fragte Trevor, um das Thema zu wechseln.

„Mitte Jänner und ich bin so aufgeregt. Wir wollten Margret und Larry erst nach den ersten drei Monaten sagen, dass ich schwanger bin, aber ich konnte es nicht länger für mich behalten." Das vorherige Thema schien sofort vergessen, als sie fortfuhr: „Marshall und ich haben schon eine Weile versucht, eine Familie zu gründen und es sah nicht so aus, als würden wir Erfolg haben."

„Der Arzt hat ihr geraten, sich zu entspannen. Dann würde es passieren, wenn wir am wenigsten damit rechnen, und so war es." Marshall nahm Rachels Hand und sah sie voller Zärtlichkeit und Bewunderung an. „Und ich habe es sehr genossen, für den großen Tag zu üben."

„Marshall", mahnte Rachel mit einem zufriedenen Lächeln und errötete leicht.

„Ich habe Schokoladekuchen gebacken", sagte Margret und brachte Dessertteller ins Zimmer. Sie legte jedem ein Stück Kuchen auf seinen Platz. Trevor erklärte James, wo er was vor sich finden konnte.

„DANKE FÜR alles", sagte Trevor, als der Kuchen gegessen und der Tisch abgeräumt war. Er stand auf, nahm Margrets Hand und küsste sie auf die Wange. „Ich weiß, dass du und Dad miteinander glücklich sein werdet." Er verabschiedete sich auch von seinem Dad und James bedankte sich bei beiden für das wunderbare Abendessen. Dann führte Trevor James aus dem Haus und zum Bike.

„Ich hatte keine Ahnung, dass sie außer der Familie noch jemanden eingeladen hatten."

„Es ist okay", sagte James, ohne einen Funken seiner sonstigen Energie.

„Sehen wir, dass du nach Hause kommst." Trevor konnte sehen, wie schwierig der Abend für James gewesen sein musste, denn er war immer noch spürbar angespannt. Er half James, den Helm aufzusetzen und auf das Bike zu steigen. Als Trevor den Motor startete, war nichts von der üblichen Energie zwischen ihnen. Es war nett, James so nahe zu haben, aber die Aufregung fehlte völlig und Trevor wusste nur zu gut, warum.

Er fuhr durch die Stadt und über die Straße am Seeufer bis zu dem kleinen Haus. Er liebte diesen Ort. Jedes Mal, wenn er parkte, erschien ihm das Haus als einladende Reflexion von James. Trevor half ihm abzusteigen und nahm ihm den Helm ab.

„Ist es okay, wenn wir es für heute gut sein lassen?", fragte James und beugte sich vor, um ihn zu küssen. Es war sanft und schnell. Dann drehte sich James um und ging ein paar Schritte auf den Vordereingang zu. „Danke, Trevor", sagte er und hielt an. „Dein Dad und Margret waren sehr nett und ich mag Rachel und Marshall wirklich gern. Es war sehr nett von dir, mich mitzunehmen." Er ging weiter. Diesmal hielt er nicht an, ging hinein und schloss die Tür hinter sich.

Trevor saß auf seinem Bike und fragte sich, was geschehen war. Er hatte es offensichtlich versaut und diese ganze Einladung war eine blöde Idee gewesen. Er hatte unmöglich wissen können, dass James auf seinen Ex treffen würde. Das Erlebnis hatte offenbar bewirkt, dass bei James ziemlich die Luft raus war. Dass Problem war, dass er nicht wusste, wie er das wieder hinbiegen konnte. James wollte eindeutig allein sei und Trevor hatte kein Recht, zu verlangen, dass er mit ihm sprach oder ihn ins Haus ließ.

Sein Handy klingelte und er zog es aus der Tasche. Das Display zeigte Dean.

„Wie war das Abendessen?", schrie Dean über die Musik im Hintergrund.

„Schwierig." Er konnte nach all dem eindeutig einen Drink brauchen. „Wo bist du?"

„Im Carousel. Komm doch auch her." Die Verbindung brach ab und James steckte sein Telefon wieder ein. Er warf einen Blick auf das dunkle Haus, ließ den Motor aufheulen und brauste davon.

TREVORS GEDANKEN wirbelten durcheinander. Er hoffte, dass ein vertrauter Ort mit vertrauten Aktivitäten ihn beruhigen würde. Er hielt vor dem Club und fand einen Parkplatz. Männer standen Schlange vor dem Eingang. Trevor nahm den Helm ab, sperrte das Bike ab und ging geradewegs auf den Eingang zu. Er nickte dem Türsteher zu und ging direkt hinein. Er fand Dean, der an der Bar lehnte und die Menge überblickte.

„Na also, das ist der Trevor, den ich kenne. Ich wusste, dass du es noch schaffen würdest." Dean grinste und drückte Trevor einen Drink in die Hand. „Die Jungs sind heute gut in Form." Er sah sich erwartungsvoll um. Trevor folgte seinem Blick zu einem goldblonden Muskeljungen, der in ihre Richtung starrte. Der Kleine sah verdammt lecker aus und ihre Blicke trafen sich für eine Sekunde, ehe Trevor sich wieder der Bar zuwandte.

„Was ist mit dir? Der war wirklich interessiert." Dean klang entrüstet. Trevor ignorierte ihn und stellte sein Glas auf die Theke.

„Nichts. Er sah gut aus. Warum findest du nicht raus, ob er an dir interessiert ist?" Trevor seufzte. Als ein Barhocker frei wurde, setzte er sich und drehte sich von der Bar weg, um alles zu beobachten. Die Musik hämmerte, wie sie es an solchen Orten immer tat. Normalerweise ließ sie sein Herz schneller schlagen. Diesmal nicht. Stattdessen klang es abgedroschen und die Jungs sahen alle gleich aus. Alle tanzten und amüsierten sich. Er wusste, dass er aufstehen und sich in die wogende Menge stürzen könnte. Er würde wahrscheinlich ganz schnell jemanden finden, der interessiert war.

Dean warf sich ins Getümmel, während Trevor sich an seinem Glas festhielt und vor sich hinstarrte.

„Möchtest du tanzen?", fragte eine eher schüchterne Stimme neben ihm. Trevor drehte sich um und sah in die Augen eines Jungen mit langen Wimpern, der nur knapp alt genug sein konnte, um Zutritt zum Club zu haben. Er war bezaubernd. Der Kleine stand zwischen ihm und dem Typen neben Trevor.

„Ich bin vielleicht ein bisschen zu alt für dich."

„Nein, ich mag reifere Männer. Die wissen, was sie tun und ich suche jemanden, der mir zeigt, wo es langgeht, weißt du."

Trevor hatte kein Interesse, jemandes Daddy zu sein. Jetzt nicht und wahrscheinlich nie. „Ich geb dir mal einen Rat. Geh aus und hab etwas Spaß und dann such dir wen, der dir wirklich wichtig ist." Was zur Hölle redete er denn da? Er sollte dem Kleinen raten, sich auszutoben, solange er jung war. Das hatte er jahrelang getan.

Der Junge schüttelte den Kopf. „Alte Leute." Er drehte sich um und schloss sich der Gruppe von Männern an, die die Bar bevölkerten und sich die nötigen Hilfsmittel besorgten, um ihre Hemmungen loszuwerden.

Trevor trank sein Glas leer. Er hatte für heute genug davon.

„Gehst du?", fragte Dean, als Trevor von seinem Hocker rutschte.

„Ja. Ich bin nicht wirklich in Stimmung für das hier."

„Warum nicht?" Dean winkte dem Barkeeper und bestellte noch einen Drink. „Was ist los mit dir, Mann? Mit dir konnte man immer Spaß haben und jetzt gehst du nach einer knappen Stunde? Wie kommt das?"

„Ich bin nicht in Stimmung. Bleib hier und amüsier dich, aber …"

Dean packte ihn an der Schulter. „Was wurde aus dem Trevor, der jeden Mann im Club haben konnte und auch alle genommen hat? Du warst immer mein Idol. Ich wollte wie du sein …"

„Was willst du von mir, Dean? Ich halte dich nicht davon ab, auszugehen und dich zu amüsieren. Du bist frei zu tun, was immer du willst. Aber ich habe kein Interesse." Trevor schüttelte Deans Hand ab, aber Dean legte sie wieder auf seine Schulter, diesmal mit mehr Nachdruck. „Dean." Trevor trat einen Schritt zurück und Dean folgte ihm. „Was zum Teufel soll das?" Hatte der Typ was genommen. Trevor hoffte sehr, dass es nicht so war.

Der Barkeeper stellte ein Glas vor Dean auf die Theke und Dean schob ihm etwas Geld hin, ehe er seinen Whiskey in einem Zug hinunterstürzte. „Warum war ich nie gut genug für dich?"

„Komm schon, Dean."

„Komm schon wohin? Ich war immer da und du warst nie interessiert. Ich habe dir zugesehen, wie du in jedem Club, in den wir gingen, die Wahl hattest. Du hast dich durch die halbe Stadt gevögelt und als ich dachte, dass du mich endlich bemerkst, verguckst du dich in einen Typen und er kann nicht mal sehen, verdammt noch mal." Dean schwankte ein wenig und schien sich wieder zu fangen.

„Wir sind Freunde."

„Ja, ich weiß. Du warst mein Freund, aber du hast mich nie wirklich angesehen. Warum glaubst du, dass ich mich ursprünglich mit Dumpfbacke eingelassen habe? Ich hatte gehofft, dass ich dich eifersüchtig machen könnte und du eingreifen würdest. Aber nein, du hast dich rausgehalten und mich den größten Fehler meines Lebens machen lassen." Dean strauchelte wieder und Trevor winkte dem Barkeeper und fragte, ob er Dean ein Taxi rufen könnte. Er musste eine ganze Weile heftig getrunken haben. Dean war einfach sternhagelvoll.

„Komm, Kumpel. Wir bringen dich mal an die frische Luft." Trevor legte den Arm um Deans Taille und führte ihn zum Ausgang.

Dean legte einen Arm um ihn und fasste ihm an den Hintern. „Verdammt, ich wusste es."

Trevor stöhnte und zog Dean aus dem Club. Als ein Taxi hielt, half er ihm hinein und gab dem Fahrer Deans Adresse. Dann bezahlte er den Mann und schickte Dean nach Hause. Trevor stand auf dem Gehsteig, drehte sich zurück zum Club und seufzte. Er wurde langsam zu alt für diesen Scheiß. Schließlich ging er zu seinem Bike und beschloss, nach Hause zu fahren.

Eigentlich wollte er lieber zu James fahren und nachsehen, ob er okay war. Vielleicht auch mit ihm reden und herausfinden, warum er so am Boden zerstört war. Stattdessen fuhr er heim und ging geradewegs ins Bett, fand aber keinen Schlaf.

6

„WIE LÄUFT deine Woche?", fragte Marti, als sie am Mittwochabend anrief.

„Besser als erwartet." Die Mikrowelle klingelte hinter ihm, aber James ließ sein Abendessen, wo es war. Er war ohnehin nicht wirklich hungrig. „Auf der Arbeit läuft es ziemlich gut." Nachdem er und Lee begonnen hatten, eine Beziehung aufzubauen, war Lee viel ansprechbarer. Er hatte die ersten Schritte unternommen, mehr über sich zu lernen und seine Blindheit zu akzeptieren.

„Wie war das Abendessen am Sonntag? Du hast mich nicht angerufen. Bedeutet das, dass es außergewöhnlich gut geendet hat?"

„Nein. Es bedeutet, dass es ein völliges Desaster war."

„Oh, das tut mir leid."

„Am Anfang war alles bestens. Sein Dad und Margret sind sehr nett. Margrets Sohn und ihre Schwiegertochter erwarten ein Baby. Es hätte sehr unterhaltsam sein können. Aber Margret hatte ihren Nachbarn und dessen Freund eingeladen, weil sie hoffte, dass wir uns gut mit ihnen unterhalten würden. Aber der Freund war Collin."

Marti schnappte nach Luft. „Das darf doch nicht wahr sein."

„Ja, er hat Peter im Country Club von Mom und Dad getroffen und ich wette, er nützt ihn ebenso aus, wie er versucht hat, mich auszunützen."

„Hast du es Trevor gesagt?"

„Es kommt noch schlimmer. Ich habe sie reinkommen hören und als ich aufstehen wollte, verrutschte der Stuhl und ich landete auf meinem Hintern. Für den Rest des Abends war Trevor ständig an meiner Seite, als sei ich ein Kind, das jederzeit wieder hinfallen könnte. Margret hatte einen Braten gemacht und er hat ihn für mich geschnitten, damit ich nicht kleckere. Ich habe ganz vorsichtig gegessen. Dann saß ich hinterher beim Couchtisch und alle haben sich unterhalten. Trevor ging hinaus und ich weiß nicht, warum. Aber ich war allein mit Collin, der erzählte, dass sein Freund Kurator einer Ausstellung im Museum ist. Nach dem Dessert konnte Trevor nicht schnell genug von dort abhauen und brachte mich nach Hause." James seufzte. Er hatte eine Menge Zeit gehabt, über alles nachzudenken. „Ich mag ihn, Marti. Und ich dachte, er mag mich auch. Aber ich habe ein Flüstern gehört, wahrscheinlich von Collin, dass ich unbeholfen und nutzlos bin. Trevor hat kein Wort gesagt. Er ließ es einfach laufen und sobald er gehen konnte, wollte er möglichst rasch von dort weg."

Vielleicht hatte Collin ja recht gehabt und er war völlig nutzlos und eine Last für jeden, mit dem er zusammen war.

„Es tut mir so leid, dass es sich so entwickelt hat. Ich weiß, dass du ihn mochtest und dachtest, er könnte etwas Besonderes sein."

„Nun ja, mein Urteilsvermögen war noch nie besonders gut, was Männer betrifft. Ich werde mich wohl auf Menschen konzentrieren, denen ich helfen kann. Die brauchen mich wenigstens. Und zum Teufel mit dem Rest." James hätte wissen müssen, dass es so enden würde. So war es schon einmal gelaufen und Wiederholungen waren vorprogrammiert. „Ich meine, welcher Mensch bei Verstand ..."

„Nun mach mal halblang, Freundchen. Erzähl mir nicht diesen ‚Ich bin blind, deshalb bin ich für niemanden gut genug'-Mist. Du hast das als Entschuldigung benutzt, seit dir dieses Arschloch von Collin das Herz rausgerissen hat. Ich weiß, dass dich der Wichser verletzt hat. Aber du kannst nicht zulassen, dass Collin, Trevor oder irgendwer dir einredet, du wärst nicht gut genug, einen Partner zu finden."

„Marti ... Du weißt, dass Collin mich nicht einfach fallengelassen hat. Es war viel schlimmer als das."

„Ja, das weiß ich. Trotzdem. Ein Grund mehr, nicht zu glauben, was dieser miese Lügner dir erzählt hat. Er war es damals nicht wert, auf ihn zu hören und du solltest auch jetzt nichts darauf geben, was er dachte." Marti hielt für einen Moment inne. „Außerdem hörst du dich ein wenig jämmerlich an."

„Ach, wie schrecklich." James fühlte tatsächlich, wie ein Kichern sich seinen Weg bahnte.

„Genau. Also ich kann dir ein paar Taschentücher schicken oder du kannst einfach weitermachen."

„Klar, weil es ja so viele Plätze gibt, wo wir Blinden hingehen können, um Leute kennenzulernen." Sarkasmus funktionierte manchmal erstaunlich gut.

„Klugscheißer. Entspann dich und lass es geschehen. Du bist ein toller Mann mit einer besonderen Persönlichkeit und viel Herz, also verkauf dich nicht unter deinem Wert."

„Okay." Es war einfacher für James, ihr zuzustimmen, als sich mit ihr zu streiten. Wenn Marti in Form war, konnte sie einem Maultier Nachhilfe in Sturheit geben. „Ich muss mein Essen aus der Mikrowelle holen und dann habe ich einen tollen Abend geplant."

„Lass mich raten. Du hörst dir ein Buch an und gehst dann ins Bett." Marti stellte es dar, als wäre er der langweiligste Mensch der Welt.

„Ja, Geschichten sind wichtig", erklärte ihr James. „Es gibt viele Orte, an die ich nicht gehen kann, aber einem Buch ist es egal, ob ich blind bin. Ich kann trotzdem hin. Ich melde mich bald bei dir." James beendete das Gespräch, holte seine Pasta aus der Mikrowelle und ließ sie beinahe fallen, als er sich die Finger verbrannte. Er holte einen Teller und stellte die Schale drauf. Er trug ihn zu seinem Platz im Esszimmer.

Bevor Marti angerufen hatte, hatte er ein Glas Wasser bereitgestellt. Er setzte sich vorsichtig, aß langsam und tastete nach Resten. Mrs. Ledbetter war da gewesen und zum Glück würde sie auch morgen nach dem Rechten sehen und für ihn einkaufen. Als James mit dem Essen fertig war, hörte er Schritte auf seiner Veranda. Er hatte schon früher Probleme mit Leuten gehabt, die meinten, sein Haus wäre leichte Beute, weil er blind war. James stand auf und fand den Lichtschalter, kippte ihn und tastete dann nach den anderen. Das Haus war jetzt wahrscheinlich wie verrückt beleuchtet, aber er hoffte, wer auch immer da gewesen war, wäre gegangen. James wusste, dass die Türen versperrt waren, aber er verdiente es, sich in seinem eigenen Haus sicher zu fühlen.

Er griff nach dem Telefon und gab die Anweisung, Mrs. Ledbetter anzurufen.

„Hallo, Darling", sagte sie fröhlich.

„Ich habe gehört, wie sich vor dem Haus etwas bewegt hat. Könnten Sie aus dem Fenster sehen, ob jemand da ist?" Er fing an, sich Sorgen zu machen und wusste, dass seine adleräugige Nachbarin das spüren würde.

„Ich sehe niemanden. Mach draußen das Licht für mich an."

James ging zum vorderen Teil des Hauses und legte den Schalter um.

„Da ist niemand, aber es sieht aus, als ob etwas auf deinem Rasen liegt. Wie ein Schild oder ein Stück Abfall. Gib mir mal eine Minute."

Er hielt das Telefon, während sie hinausging.

„Morgen wird der Müll abgeholt und es ist windig. Es hat den Abfall von irgendwem herum geweht." Sie ging weiter. „Es ist schon okay. Ich habe es."

„Danke fürs Nachsehen", sagte James und fühlte sich wieder besser.

„Es sieht aus, als ob etwas von dem Abfall auf deine Veranda geweht wurde." Das Windgeräusch im Hintergrund verstummte und James nahm an, dass sie wieder im Haus war.

„Danke, dass Sie extra rausgegangen sind."

„Jederzeit, Darling. Du weißt, dass ich morgen einkaufen gehe. Möchtest du etwas Bestimmtes?" Sie fragte immer, aber etwas außer der Reihe bedeutete, dass er kochen müsste. Das wiederum bedeutete extra Überlegungen und die Chance, dass er bei dem Versuch eine Menge Unordnung machte. Er verließ seine Komfortzone deshalb nur selten.

„Nicht, dass ich wüsste. Danke für alles." Er legte auf und räumte das Geschirr ab, trug es in die Küche, spülte es ab und stellte es zum Trocknen in den Abtropfständer. Als das erledigt war, wählte er ein Buch aus und hörte es auf seinem Handy. Aber er war unruhig und trotz der Klimaanlage war das Haus stickig. Er brauchte frische Luft und beschloss, sich auf seine kleine Veranda zu setzen.

James war immer vorsichtig, aber er wusste, wo sein Stuhl war, also öffnete er die Vordertür, trat hinaus und tastete sich hinüber. Er schaffte es, setzte sich und hörte zu, wie der Abendwind durch die Blätter der Bäume strich, die die Straße säumten. Er liebte es, dort draußen zu sein.

Eine Familie ging die Straße entlang. Die Kinder lachten und die Eltern unterhielten sich. „Er hat nicht gewinkt, Mommy", sagte eines der Kinder und James winkte sofort. Autos fuhren die Straße entlang, gefolgt von einem Motorrad. Sein Herzschlag beschleunigte sich bei dem Geräusch, aber er wusste sofort, dass es nicht Trevors Bike war. Der Motor klang anders, nicht tief genug. Er legte den Kopf zurück und genoss die warme Brise. Es war so nett, draußen zu sein. Es wäre aber noch viel netter gewesen, das mit jemandem teilen zu können.

James nickte ein und zuckte zusammen, als er erwachte und sich erinnerte, wo er war. In der Nachbarschaft war es still geworden, er hörte nur mehr den Wind und das Brummen der Autos auf der Kinnickinnic Avenue. James stand auf und ging auf die Vordertür zu, die nur ein paar Schritte entfernt war. Zwei Schritte waren in Ordnung, beim dritten rutschte sein Fuß unter ihm weg und er fiel hin. James hatte gelernt, gar nicht erst zu versuchen, sich zu fangen. Das würde nur zu schlimmeren Verletzungen führen. Außerdem war er nicht sicher, wie nahe er dem Rand der Veranda war. Er schlug auf und Schmerz schoss durch seinen Knöchel. James war ziemlich sicher, dass er verstaucht war. Er setzte sich auf, hatte aber Angst aufzustehen, denn er war nicht sicher, wo genau er war. Er betastete sein Bein, ob es blutete und war froh, nichts Feuchtes zu spüren. James streckte die Arme aus und machte nur ein Stück Pappe aus. Er warf es zur Seite und versuchte aufzustehen. Der Schmerz in seinem Knöchel tobte, sodass er sich wieder setzte und versuchte, sein Bein nicht zu bewegen. Er griff in die Tasche und war dankbar, dass er sein Handy bei sich hatte. Es schien nicht kaputt zu sein.

„Marti anrufen", instruierte James das Telefon und wartete, dass eine Verbindung hergestellt wurde. Er landete auf der Sprachbox. Er versuchte es bei Lester mit demselben Ergebnis. „Mrs. Ledbetter anrufen …" Diesmal läutete und läutete das Telefon ohne Antwort. Er war ziemlich am Arsch.

James schaffte es, sich auf den Bauch zu drehen und zur Tür zu robben. Es gelang ihm, sie zu öffnen. Drinnen versuchte er bis zu einem Stuhl zu kommen, blieb aber auf dem Boden liegen und bemühte sich stillzuhalten. Er brauchte Hilfe und wollte schon den Notruf wählen, als er hörte, dass sein Telefon eine Verbindung herstellte. Das verdammte Ding aktivierte gelegentlich die

Tastenwahl. Es machte James verrückt. Nun wusste er nicht, wen er angerufen hatte und hatte Angst aufzulegen, falls jemand antworten sollte.

„James?"

„Trevor?", knirschte James.

„Was ist passiert? Wo bist du?" Trevor bombardierte ihn mit Fragen. „Ich kann hören, dass etwas nicht in Ordnung ist."

„Ich bin auf der Veranda gestürzt und habe mir den Knöchel verletzt. Ich habe versucht, andere Leute anzurufen, aber niemand ist zu Hause."

„Wie schlimm ist es?"

„Schlimm. Ich weiß nicht, ob er gebrochen ist, aber ich kann überhaupt nicht gehen. Ich bin ins Haus zurückgekrochen." Der Schmerz wurde immer schlimmer und war nun so intensiv, dass er mit den Tränen kämpfte.

„Bleib, wo du bist. Ich bin auf dem Weg. Beweg dich nicht. Ich komme, so schnell ich kann." Trevor war bereits in Bewegung und James hörte Türen zufallen. „Bleib dran, wenn du möchtest. Ich schalte auf die Freisprechanlage um, sobald ich im Auto bin."

Eine weitere Tür schlug zu und James atmete gegen den Schmerz an, während er wartete.

„Ich bin im Auto." Der Motor sprang an und einige Sekunden später gab es eine kurze Unterbrechung.

„Kannst du mich hören?", fragte James.

„Ja. Ich fahre gerade aus der Garage. Ich werde etwa fünfzehn Minuten brauchen, wenn der Verkehr nicht zu dicht ist. Entspann dich so gut wie möglich, ich bin unterwegs."

„Okay." James versuchte, auf dem Holzboden eine halbwegs bequeme Position zu finden. Sein Knöchel schmerzte mit jedem rasenden Herzschlag, doch er versuchte sich zu beruhigen. „Trevor?" Die Verbindung schien unterbrochen, aber das war in Ordnung. Er konnte noch etwas warten.

Die Zeit kroch dahin, bis er draußen Schritte hörte und die Tür aufging. „James."

„Trevor, ich bin hier drüben."

Die Schritte kamen näher, bis Trevor neben ihm stand. „Was ist passiert?"

„Der Wind hat Abfall auf meine Veranda geweht und ich bin darauf ausgerutscht." Er fühlte sich wie ein Idiot. „Ich habe mir den Knöchel wirklich schlimm verrenkt. Ich weiß nicht, ob er gebrochen ist, aber er tut verdammt weh." Er zuckte zusammen, als Trevor sein Hosenbein ein wenig hochschob.

„Zumindest ist da kein Blut, aber der Knöchel ist stark angeschwollen." Trevor strich ihm sanft über die Wange. „Alles wird gut. Ich werde dich jetzt hochheben, damit ich dich zur Notaufnahme bringen kann, okay? Du musst das untersuchen lassen." Er schob James einen Arm unter den Rücken, den anderen unter seine Knie und hob ihn vom Boden auf.

„Ich bin nicht völlig hilflos."

„Darling, dein Knöchel ist ziemlich schwer verletzt und ich möchte nicht, dass noch mehr passiert." Trevor hielt ihn an seine Brust gedrückt und James legte die Arme um ihn und sog seinen vertrauten Duft ein, der ihn beruhigte.

„Ich möchte nur nicht, dass du mich für nutzlos hältst oder so was." James schloss die Augen und Trevor balancierte ihn aus dem Haus und über die Auffahrt.

„Warum sollte ich das denken? Du bist verletzt und ich möchte dir helfen."

James murmelte etwas und kam zu dem Schluss, dass nicht der richtige Zeitpunkt war, um das zu vertiefen. Trevor musste die Beifahrertür offengelassen haben, denn er schob ihn direkt auf den Sitz und James stellte seinen Fuß vorsichtig ab. Dann versuchte er, eine möglichst angenehme Position zu finden. Trevor schloss die Tür, umrundete das Auto und stieg auch ein.

„Ist das Haus verschlossen?"

„Ja, und ich habe innen ein Licht angelassen."

Trevor startete den Motor und lenkte den Wagen auf die Straße.

„Danke." James lehnte sich zurück und ließ sich von Trevors Geruch, der das Auto erfüllte, einhüllen. Er schüttelte den Kopf, denn solche Gedanken waren fehl am Platz. „Es tut mir leid, was … nun ja, was bei deinen Eltern passiert ist." James nahm an, es wäre besser, es auszusprechen, damit die Situation nicht unangenehm wurde.

„Wofür entschuldigst du dich? Mir tut es leid, dass Margret diesen Idioten Collin eingeladen und der dich nervös gemacht hat. Wir hatten es so nett, bevor er aufgetaucht ist. Margret tut es auch leid."

Trevor tastete nach James, strich über seinen Arm und drückte seine Hand. „Ich habe dich in den letzten Tagen vermisst."

James stöhnte auf, als sie über ein Schlagloch fuhren und sein Knöchel gerüttelt wurde. „Wieso? Du hast dich die ganze Zeit über verhalten, als wäre ich dir peinlich. Ich meine, ich weiß, dass ich ein wenig unbeholfen bin, aber ich kann nun mal nicht sehen." Er drehte sich zu Trevor. „Ich möchte weder für dich noch für sonst jemanden eine Last sein."

„Nein, das habe ich nicht und du warst mir auch nicht peinlich. Ich wusste, dass Collin der Grund für deine Anspannung war, also wollte ich aufmerksam sein." Trevor hielt an und klang aufgebracht.

„Aber du bist mir den ganzen Abend nicht von der Seite gewichen."

„Weil ich dich wissen lassen wollte, dass ich da bin, um dich zu unterstützen."

„Du hast mein Essen vorgeschnitten."

„Ich wollte es leichter für dich machen, weil du Angst hast zu kleckern, was du nicht getan hast."

„Ich habe gehört, wie mich jemand ungeschickt genannt hat." Das war das Schlimmste für James.

„Als ich es gehört habe, hätte ich Collin am liebsten aus dem Haus geworfen."

Sie fuhren wieder los. „Du warst mir noch nie peinlich. Du kannst nicht sehen, also wollte ich es leichter für dich machen. Ich mag dich wirklich, James."

„Aber warum?"

„Ich weiß es nicht."

Zumindest hatte James eine ehrliche Antwort bekommen.

„Nachdem wir am Sonntag gegangen waren, war ich verwirrt über das, was passiert war. Dann rief Dean an und so …"

„Ich verstehe." James konnte sich sehr gut vorstellen, was geschehen war und es verstärkte seine Annahmen. Das Auto fuhr über ein weiteres Schlagloch und versetzte seinem Knöchel einen Stich.

„Wir sind fast da." Trevor beschleunigte leicht. „Und ich glaube nicht, dass du verstehst. Ich bin zwar mit Dean ausgegangen, aber es ging mir wirklich mies. Ich musste nämlich an einen gewissen anderen Mann denken und wie es ihm wohl in dem Moment ging. Ich bin nach einer Stunde gegangen, aber ich dachte nicht, dass du mich sehen wolltest, also bin ich nach Hause gefahren." Sie bogen ein und hielten an. „Ich gehe rein und organisiere einen Rollstuhl. Dann komme ich her und helfe dir. Entspann dich."

„Ich versuche es." James atmete tief durch und seufzte. Er machte sich Vorwürfe. Hatte er alles falsch gedeutet? Hatte Trevor nur versucht, nett zu sein? Er kam sich so dumm vor. Aber was in aller Welt konnte ein Mann wie Trevor in ihm sehen? Er war also einfach freundlich und unterstützend gewesen und er hatte es komplett missinterpretiert.

Die Tür neben ihm wurde geöffnet. „Okay, ich habe den Rollstuhl. Öffne deinen Sicherheitsgurt, dann ziehe ich dich rüber."

Trevor wartete, dass er den Anweisungen folgte und zog ihn dann hoch. James lehnte sich gegen seine Brust und wollte nicht loslassen. „Darling, ich muss dich absetzen."

„Es tut mir leid", flüsterte James.

„Lass uns reingehen, damit sie dich zusammenflicken. Ich habe den Eindruck, dass eine Menge Wartezeit auf uns zukommt." Sie konnten immer noch reden, wenn James drinnen war.

„Ich möchte nur nicht wie ein Mühlstein um deinen Hals hängen."

Trevor hielt ihn noch einen Moment länger. „Hast du je daran gedacht, dass es umgekehrt sein könnte? Dass du vielleicht genau das bist, was ich brauche?" Trevor drehte James, setzte ihn in den Stuhl und fuhr ihn hinein.

„Kann ich Ihnen helfen?", fragte eine Frau.

„Ja, ich bin gestürzt und habe mich am Knöchel verletzt. Sie müssen wissen, dass ich blind bin. Wenn Sie keine Formulare in Blindenschrift haben, müssten Sie sie für mich ausfüllen." Er nahm vorsichtig seine Brieftasche heraus und gab ihr seinen Ausweis und seine Versicherungskarte. „Die Adresse auf dem Ausweis ist korrekt."

„In Ordnung, geben Sie mir eine Minute." Eine Tastatur klapperte, als sie schnell tippte. „Kann ich bitte Ihre Telefonnummer haben?"

James nannte sie. „Und Trevor, der mich hergebracht hat, hat die Erlaubnis, Einblick in meine medizinischen Unterlagen zu bekommen."

„Ich nehme an, Sie sind mit dem Prozedere vertraut?"

„Ja, obwohl ich schon lange nicht mehr hier war." Er versuchte zu lächeln und hoffte, dass er nicht komisch aussah. Hinter ihr war das leise Surren eines Druckers zu hören.

„Okay, ich brauche ein paar Unterschriften von Ihnen." Sie erklärte jedes Formular und las die wichtigen Informationen vor. Sie platzierte seine Hand an den richtigen Stellen und James unterschrieb. Als sie fertig waren, schob Trevor ihn in den Wartebereich.

„Was macht die Arbeit?", erkundigte sich James.

„Es war eine schwierige Woche. Ich hatte gedacht, ich hätte alles gefunden, was mein Manager entwendet hatte, aber weit gefehlt. Er hat mich über einen langen Zeitraum bestohlen."

„Das tut mir leid." James wusste nicht, was er sonst noch sagen konnte. „Hast du ihn angezeigt?"

„Ja, und er ist vorläufig in Haft. Aber das Geld ist weg und ich glaube nicht, dass ich eine Chance habe, es wiederzubekommen. Also muss ich jetzt alle Konten überprüfen und sicherstellen, dass ich die Ressourcen habe, um all meinen Verpflichtungen nachzukommen." Sein Tonfall machte James deutlich, wie besorgt Trevor war. „Wenn das noch länger so weitergegangen wäre, wäre ich pleite."

„Oh Gott, ich wusste nicht, dass es so schlimm ist." James tastete nach Trevors Hand und nahm sie in seine.

„Das wusste niemand von uns, bis mein Buchhalter die Gelegenheit hatte, sich tief genug durch die Bücher zu ackern. Er fand gefälschte Zahlungen und tausende von Dollar an fehlendem Inventar. Jetzt muss ich alles, von dem ich dachte, ich hätte es, noch mal anschaffen und habe dadurch noch mehr

Unkosten. Ich habe meine Ersparnisse eingesetzt, um den Verlust auszugleichen, aber es wird verdammt knapp."

„Ist es wirklich so schlimm?", fragte James.

„Ja, ich werde unter Umständen mein Haus verkaufen müssen, um die Differenz auszugleichen. Das Geschäft selbst erwirtschaftet Gewinne, aber es hat all mein flüssiges Kapital verschlungen und mehr als das. Es ist, als würde ich noch einmal ganz von vorne beginnen." Trevor machte eine Pause. „Aber wir müssen nicht darüber reden. Wir sind deinetwegen hier und kümmern uns jetzt erst mal um dich."

James wurde für einige Momente ganz still. „Ist es, weil du denkst, dass ich damit nicht umgehen kann?", fragte er schließlich leise und fürchtete sich vor der Antwort.

„Gütiger Himmel, nein. Aber du bist verletzt und musst dir nicht auch noch meine Probleme anhören. Mit denen muss ich fertigwerden."

James wurde aufgerufen und Trevor schob ihn durch den stillen Raum in ein kleineres Zimmer und eine Tür schloss sich hinter ihnen. Eine Frau sprach sanft mit ihm, überprüfte seinen Blutdruck und befragte ihn zum Unfallhergang. Als sie fertig waren, wurde er zurückgebracht und Trevor hob ihn aus dem Stuhl auf eine Art Liege. „Eine Krankenschwester wird in Kürze bei Ihnen sein und sich ansehen, was passiert ist."

„Ist sie weg?", fragte James. „Hier kommen und gehen so viele Leute. Es ist schwer, den Überblick zu behalten."

„Ja."

Jemand kam herein. „Ich habe eine Eispackung für Sie." Das war eine andere Frau. Sie klang sehr sanft. „Ich werde sie neben Ihren Knöchel legen, damit kein Druck entsteht. Dann bringen wir Sie zum Röntgen. Ihr Freund kann hier auf Sie warten."

„Okay." James bewegte sich nicht. „Du musst nicht hier warten, Trevor. Wenn die hier mit mir fertig sind, kann ich ein Taxi rufen."

Trevor drückte seine Hand. „Ich gehe nirgendwo hin. Entspann dich und lass dir helfen. Ich werde hier sein, wenn du zurückkommst. Soll ich jemanden für dich anrufen?"

„Das kann ich machen, wenn ich zurückkomme. Wir werden wahrscheinlich viel Zeit haben."

Mehr Leute kamen herein und die Liege unter ihm klickte, als die Bremsen gelöst wurden und es sich langsam zu bewegen begann. Trevor ließ seine Hand nicht los.

„Ich komme mit." Trevor ging neben ihm und blieb an seiner Seite. James konzentrierte sich auf seine Berührung und ließ sich von dem Schmerz ablenken. „Ich werde die ganze Zeit da sein."

„Es ist ja nicht so, als ob ich zu einer Operation fahre."

Sie hielten an und Trevor beugte sich zu ihm. James konnte seinen Atem im Gesicht fühlen. „Nein. Aber du kannst nicht sehen und dieser Ort ist fremd für dich. Ich wollte etwas Vertrautes für dich sein. Sie werden dich jetzt zum Röntgen bringen und ich werde genau hier vor der Tür sein, wenn du fertig bist."

„Danke." Die Liege bewegte sich wieder und er hörte, wie eine Tür hinter ihm geschlossen wurde.

„Ich muss ein paar Aufnahmen von Ihrem Fuß machen. Können Sie allein auf den Röntgentisch oder brauchen Sie Hilfe?", fragte eine männliche Stimme.

„Ich weiß nicht, wo der Röntgentisch ist. Ich bin sehbehindert, Sie werden mir also helfen müssen." James setzte sich auf und der Techniker führte ihn hinüber, positionierte vorsichtig seinen Fuß und schoss die Bilder. Dann half er James zurück, damit er sich wieder hinlegen konnte. Als er aus dem Raum gefahren wurde, war Trevor sofort da, hielt wieder seine Hand und ging die ganze Zeit neben ihm her, bis James anhielt. „Danke."

„Gern geschehen." Der Mann verließ den Raum. James seufzte und versuchte, den Schmerz zu verdrängen.

„Ich muss dich etwas fragen", sagte Trevor, sobald sie allein waren. „Es ist etwas, von dem ich nicht wirklich dachte, dass ich es je wieder jemanden fragen würde."

James hielt inne und Spannung baute sich in ihm auf. „Was ist denn los?"

„Nichts. Ich habe mich nur gefragt, ob du mit mir zusammen sein willst?" Trevors Stimme zitterte.

„Warte mal. Du willst, dass ich dein Freund werde? Du hast mich am Sonntag zurückgelassen, um zu einem Club zu fahren und dir dort einen Typen zu suchen."

„Nein. Ich meine, ja. Aber ich habe mir niemanden gesucht. Verstehst du, ich wollte nicht. Ich habe mich mies gefühlt, denn als die Jungs auf mich zugekommen sind, habe ich sie mir angesehen und sie mit dir verglichen. Mir war nicht klar, wie du die Vorfälle bei meiner Familie aufgenommen hattest und dachte, Collin hätte dich aufgeregt und du würdest ein wenig allein sein wollen. Dann hast du dich aber drei Tage nicht gemeldet." Trevor stöhnte. „Ich bin nicht gut mit Beziehungen. Ich hatte nur eine und das war mit Chase und …" Trevor brach ab. „Ich kann im Moment nicht über ihn sprechen. Ich kann einfach nicht. Aber glaub mir, ich war in dieser Bar und mir wurde klar, was ich will – dich."

„Aber wie kannst du das? Wir kennen uns gerade mal seit zwei Wochen." James setzte sich auf und entfernte den Eisbeutel, damit sein Knöchel sich wieder etwas aufwärmen konnte. „Ich bin nicht wie ein Welpe, den du spazieren führen kannst."

„Ist das auch eine von Collins Weisheiten? Ich würde dem Kerl nämlich wirklich gern eine reinhauen."

„Du hast aber beim Abendessen nichts zu ihm gesagt, als er gelästert hat."

„Nur weil ich das Thema nicht auch noch hervorheben wollte. Ich hatte gehofft, du hättest ihn nicht gehört, aber ich hätte es bei deinem herausragenden Gehör besser wissen müssen. Ich wollte einfach, dass du einen netten Abend hast und ich wollte in deiner Nähe sein, um dir zu zeigen, dass ich da bin und dich unterstütze. Ich wusste, wie schwierig es für dich war." Trevor streichelte über seinen Handrücken und James mochte die Zärtlichkeit, die in dieser Berührung lag. „Was deine Blindheit betrifft: Na und? Wir finden schon raus, wie wir klarkommen."

„Und wenn es dir zu viel wird?"

„Ist es das, was mit Collin passiert ist?"

James seufzte. „Das war es, was er sagte, als er mich verließ. Ich wäre eine zu große Belastung. Aber ich glaube, er wollte etwas. Als er es nicht bekam, holte er aus und machte sich vom Acker. Mein Vater ist ein erfolgreicher Firmenchef. Ich glaube, dass er sich auf den Plan meiner Mutter eingelassen und sich bei mir eingeschmeichelt hat, weil er hoffte, in seiner Gunst zu steigen. Er wollte immer wieder, dass ich mit meinem Vater spreche wegen eines Jobs für ihn. Als ich ihm sagte, dass das nicht richtig wäre, sagte er, es wäre okay. Er tat so, als wäre alles in Ordnung. Aber als wir das nächste Mal im Club waren, sorgte er dafür, dass ich alles Mögliche verschüttete. Er sagte mir, wo mein Glas wäre und stellte sicher, dass es ein wenig anders stand, damit ich es umwerfen würde. Er drehte sogar meinen Teller während des Essens. Mom wurde ungeduldig und er schlug sich auf ihre Seite. Er entschied, dass es zu viel Arbeit wäre, mit mir zusammen zu sein."

„War dir damals klar, was er tat?"

„Nein. Marti erzählte mir von der Sache mit dem Teller. Sie dachte sich nichts dabei, als sie es beobachtete. Aber als wir darüber sprachen und unsere Beobachtungen verglichen, wurde mir klar, was er getan hatte. Und das Schlimmste daran ist, dass meine Mom ihn immer noch mag."

„Kennt sie die Wahrheit?"

„Soll das ein Scherz sein? Wahrheit ist das, was sie dafür hält, nichts anderes. Ich habe jahrelang geschafft, ihm aus dem Weg zu gehen. Und ausgerechnet da taucht er auf. Und ruiniert obendrein noch einen reizenden Abend mit deinem Dad und Margret, die wunderbare Menschen sind. Und Rachel ist überhaupt ein Schatz."

„Falls es für dich eine Rolle spielt, sie mögen dich sehr. Dad sagte, dass Margret gefragt hatte, warum wir so früh nach Hause wollten. Sie hatte gehofft, du hättest dich wohlgefühlt. Ich habe die Sache mit Collin erklärt und sie sagte – ich zitiere: ‚Dieser liebenswürdige junge Mann ist in meinem Haus jederzeit willkommen. Du kannst ihm sagen, dass das für Collin definitiv nicht gilt.' Sie hatte die beiden ohnehin nur eingeladen, damit wir jemanden hätten, mit dem wir uns unterhalten könnten."

Schritte näherten sich und jemand räusperte sich.

„Ich bin Dr. Hanson und habe mir Ihre Röntgenaufnahmen angesehen. Es scheint kein Knochen gebrochen zu sein, aber die Verstauchung ist eine der schlimmsten, die ich je gesehen habe. Wir werden ihnen eine Schiene anlegen, die wie ein Druckverband wirkt. Sie wird Ihnen erlauben zu gehen. Es wäre aber gut, wenn Sie ein paar Tage zu Hause bleiben. Tragen Sie die Schiene und legen Sie in den nächsten vierundzwanzig Stunden immer wieder Eis auf. Haben Sie jemanden, der bei Ihnen bleiben kann?"

„Warum?" James fühlte, wie sich seine Nackenhaare sträubten. „Ich kann sehr gut auf mich selbst aufpassen."

„Ich habe nichts Gegenteiliges behauptet, Mr. Stewart. Ich weiß das sehr wohl, Richie Hanson ist mein Sohn."

Der Ärger schmolz augenblicklich, als James sich an den Schüler erinnerte, den er vor Jahren gehabt hatte.

„Sie haben ihm enorm geholfen und er ist so unabhängig, wie Sie es offenbar auch sind. Aber die nächsten Tage werden schwierig. Sie werden Mühe haben, mit den Schmerzen im Knöchel zu schlafen. Selbst das Gewicht einer Decke wird unangenehm sein. Wenn Sie also jemanden haben, der Ihnen helfen kann …"

„Ich werde wahrscheinlich meine Schwester anrufen."

„Schon gut, Doktor. Ich kümmere mich darum, dass James gut versorgt ist." Trevor drückte seine Hand. „Gute Partner machen das so."

James konnte beinahe fühlen, wie Trevor ihn angrinste.

„Dann machen wir alles fertig und sehen, dass Sie nach Hause kommen." Dr. Hanson machte eine kurze Pause. „Und ich möchte Ihnen noch einmal dafür danken, was Sie für Richie getan haben. Es geht ihm gut, er geht im Herbst mit einem Vollstipendium aufs College und zu einem Teil verdankt er das Ihnen."

„Das ist großartig, grüßen Sie ihn von mir." James streckte die Hand aus und Dr. Hanson schüttelte sie.

„Nehmen Sie morgen mit Ihrem Hausarzt Kontakt auf. Wir schicken ihm einen Bericht. Jemand sollte ein Auge darauf haben, wie es Ihnen geht."

„Das werde ich."

Dr. Hanson ging und James wartete, bis die Krankenschwester kam und ihm half, die Schiene anzulegen. Sie erklärte alles und gab James Zeit, die Schiene zu betasten, damit er sie selbst anlegen und abnehmen konnte. Dann half Trevor ihm auf die Füße und James verlagerte bewusst Gewicht auf seinen Knöchel. Es tat weh, aber weniger als zuvor. Trevor stützte ihn auf dem Weg zum Empfangsschalter, wo er einige Unterschriften leistete und dirigierte ihn dann durch den Ausgang.

„Bleib hier, ich hole den Wagen." Trevor legte seine Hand auf eine Säule, damit James sich abstützen konnte und eilte davon. James stand einbeinig, bis er das sanfte Schnurren des Motors von Trevors Auto hörte, das neben ihm anhielt. Er folgte dem Geräusch und schaffte es, die Tür zu öffnen und einzusteigen. Es dauerte eine Weile, bis er eine bequeme Position für seinen Fuß fand, aber als er die Tür geschlossen hatte und sich zurücklehnte, ließ seine Anspannung der letzten Stunden nach.

Als Trevor losfuhr, klingelte sein Handy.

„James, ist alles in Ordnung? Ich habe deine Sprachnachricht bekommen. Ich weiß nicht, was los war, aber dein Anruf kam nicht durch und dann hörte ich deine Nachricht. Was ist passiert?"

„Ich bin auf der Veranda auf einem Stück Pappe ausgerutscht und habe mir den Knöchel verstaucht."

„Hast du Mom angerufen?", fragte Marti und redete immer noch wie ein Maschinengewehr.

„Nein, ich habe Trevor angerufen und er hat mich ins Krankenhaus gefahren, wo ich untersucht wurde und eine Schiene für den Knöchel bekommen habe. Es tut verdammt weh, aber sie haben mir etwas gegen die Schmerzen gegeben und zumindest ist er für den Moment gestützt."

„Ach, Trevor? Wie kam es denn dazu?"

„Die glücklichste zufällige Tastenwahl", erklärte James ehrlich. „Er kam sofort und wir haben uns ausgesprochen."

„Ich dachte, er wäre ein Idiot", erinnerte ihn Marti.

„Nun, einige Dinge waren offenbar anders als ich dachte." Er wollte dieses Gespräch nicht im Auto neben Trevor führen. „Jetzt geht es mir gut und Trevor bringt mich nach Hause."

„Soll ich rüberkommen?"

„Nein, es ist spät. Ich werde heimfahren, meinen Fuß hochlegen und versuchen, mich so gut wie möglich zu entspannen. Ich fürchte, es wird eine lange Nacht. Ich rufe dich morgen an."

„Okay, soll ich Mom anrufen?"

James liebte sie alleine für diese Frage. „Nein, das muss ich selbst machen." James graute vor diesem Anruf, aber es musste sein. Zumindest war er auf dem Heimweg und alles war in Ordnung.

Er beendete den Anruf und wählte die Nummer seiner Mutter, die mindestens fünf Minuten lang die Dramaqueen spielte.

„Es geht mir gut und ich bin fast zu Hause."

„Wer fährt dich?"

„Trevor ist mir zu Hilfe gekommen."

Sie schnaubte. „Warum kannst du nicht einen netten Mann finden, der nicht wie ein Rowdy aussieht?"

„Du meinst jemanden wie Collin?"

„Er war nett", entgegnete sie sofort.

„Nein, Collin ist ein Idiot und dein Geschmack bei Männern lässt zu wünschen übrig." Vielleicht hatte er ihr keinen Gefallen getan, indem er ihr nicht alles erzählt hatte, was mit Collin vorgefallen war. Schließlich tat es auch ihm nicht gut. „Ich mag Trevor, Mom. Er behandelt mich gut und er sorgt sich wirklich um mich."

Trevor legte ihm eine Hand auf den Oberschenkel.

„Ich glaube, wir müssen uns mal über einige deiner Entscheidungen unterhalten." Nun ging sie ihm wirklich auf die Nerven. James hatte Schmerzen und sie machte Druck, was er gerade überhaupt nicht brauchen konnte.

„Nein, müssen wir nicht. Ich bin sehr gut in der Lage, meine eigenen Entscheidungen zu treffen."

Trevor hielt an und schaltete den Motor aus.

„Wir sind gerade angekommen. Ich muss reingehen und meinen Fuß hochlegen. Es geht mit gut. Es ist nur eine Verstauchung, die ich ruhigstellen muss. Nichts Lebensbedrohliches." Er spielte es bewusst herunter, denn nur so würde seine Mutter es auf sich beruhen lassen. Er wusste, dass sie sich Sorgen machte, aber überzureagieren und Drama zu veranstalten, half ihm nicht. „Ich liebe dich, Mom. Ich melde mich morgen."

Sie atmete tief durch. „Ich liebe dich auch und ich bin froh, dass nicht mehr passiert ist." Er wusste, dass ihre Mutterinstinkte manchmal Amok liefen. „Ich will doch nur, dass du glücklich bist."

„Das weiß ich. Aber dafür muss ich selbst sorgen." Er verabschiedete sich und beendete das Gespräch. James saß reglos, als ihm eine Erkenntnis dämmerte. Er hatte immer alle anderen bestimmen lassen, was er tat, um glücklich zu sein. Aber was er seiner Mutter gerade gesagt hatte, stimmte. Es musste von ihm kommen. Es war etwas Inneres und nichts was von jemand anderem kommen konnte.

„Bist du bereit", fragte Trevor.

„Es tut mir leid. Jetzt habe ich die ganze Zeit telefoniert." Er wollte nicht, dass Trevor dachte, er würde ihn ignorieren. James öffnete die Tür und Trevor kam herüber und half ihm, zum Haus zu humpeln. Er gab Trevor seine Schlüssel und der führte ihn hinein und zum Sofa, das den Stühlen gegenüberstand, die er normalerweise benutzte. James setzte sich und Trevor half ihm, sich zurückzulegen und den Fuß hochzulagern.

„Hast du extra Kissen?"

„Ja, da ist ein Schrank im Flur vor meinem Schlafzimmer", sagte James. Nachdem kein Druck mehr auf seinem Fuß war, ließ auch der Schmerz nach.

Trevor kam mit Kissen für seinen Kopf und sein Bein zurück und ging wieder hinaus. Eiswürfel klirrten in der Küche und bald legte sich ein Eisbeutel sanft um seinen Knöchel. „Brauchst du etwas zu trinken?"

„Ja, einen Schluck Wodka", scherzte James. „Danke, ich bin im Moment wunschlos." Er machte es sich bequem und versuchte, sich zu entspannen. „Du musst nicht bleiben."

Trevor widersprach nicht. Stattdessen wurde sein Geruch intensiver und er küsste James. „Mir geht es gut. Du sollst dich entspannen und ausruhen." Er küsste ihn wieder. James schlang die Arme um Trevors Hals und zog ihn näher. Hitze breitete sich von seinen Lippen und durch seine Wirbelsäule bis zu seinen Lenden aus. Im Gegenzug ließ der Schmerz in seinem Fuß nach. „Du bist ein schöner Mann – ich hoffe, du weißt das."

James brummte. „Du weißt, dass Aussehen für mich sehr wenig Bedeutung hat. Ich kann mich daran erinnern, wie einige Dinge aussehen. Aber es ist mehr als mein halbes Leben her, seit ich zuletzt gesehen habe."

„Ich weiß."

„Wenn du mir sagst, dass ich schön bin, habe ich keinen Bezugsrahmen. Ich kann nicht in den Spiegel sehen und ich kann dich nicht sehen. Ich weiß, dass du umwerfend gut aussiehst. Meine Schwester hat es gesagt und meine Mutter hat deinetwegen Anfälle. Das sagt viel aus. Lester hat außerdem gesagt, dass du verdammt heiß bist. Aber was bedeutet das?" James ließ Trevor los und setzte sich auf. „Für mich zählt nur, was hier ist." Er tastete nach Trevors Herz und legte die Hand darauf. „Ich richte mich nur danach, wie du mich behandelst und ob ich dir wichtig bin. Alles andere zählt nicht."

„Aber ich möchte, dass du dich selbst richtig einschätzt und dich gut fühlst."

Dieser Satz sagte für James eine Menge über Trevor aus, auch wenn er nicht genau wusste, was er damit anfangen sollte. „Was ich brauche, um mich gut zu fühlen, ist das Wissen, dass es nichts ausmacht, dass ich nicht sehen kann. Ich weiß nicht, wie ich es beschreiben soll, damit du es verstehen kannst." James überlegte kurz, wie er es den Eltern eines Schülers erklären würde. „Meine Wahrnehmung der Welt ist anders, weil ich keinen Blick darauf habe. Oft kämpfe ich damit zu verstehen, wie Menschen sich fühlen, weil so viele Hinweise visuell sind. Also versuche ich das auszugleichen, indem ich genau hinhöre und meine anderen Sinne benutze. Weißt du, dass du anders riechst, wenn du verärgert bist? Dann kommt eine leichte Knoblauchnote zum Vorschein. Wenn du glücklich oder aufgeregt bist, kann ich das auch riechen und es riecht köstlich. Wenn du möchtest, dass ich mich gut fühle, dann mach dich selbst glücklich, dann machst du auch mich glücklich, denn es macht meine Welt besser."

Trevor rührte sich nicht. „Ich rieche anders?"

„Ja. Manchmal, wenn du ein starkes Duftwasser benutzt, so wie in dem Club, als wir uns kennengelernt haben, dann ist das wie eine Duftmauer, die gar nichts bedeutet. Aber darum geht es nicht. Wenn du möchtest, dass ich mich gut fühle, dann behandle mich so, wie du behandelt werden möchtest. Meistens tust du das ohnehin. Niemand sonst würde mich auf einem Motorrad mitnehmen, weil mir niemand zutrauen würde, dass ich das kann. Wem sonst wäre eingefallen, mit einem Blinden Go-Karts fahren zu gehen? Aber du hast es getan. Und vielleicht können wir irgendwann mal Minigolf spielen gehen." James fühlte die Verwunderung, die Trevor ausstrahlte.

„Wie soll das funktionieren?"

„Steck etwas, das piept, auf ein Stäbchen und stell es in ein Loch. Wusstest du, dass blinde Leute Baseball spielen können? Das würde ich auch gerne versuchen. Ich möchte mein Leben so glücklich und erfüllt leben wie möglich. Ich habe das zuletzt nicht getan, aber ich möchte es. Wenn du also möchtest, dass ich mich gut fühle, dann gib mir etwas, bei dem ich mich gut fühlen kann." James blinzelte, weil seine Augen feucht wurden. „Habe ich hier gerade einen Vortrag gehalten?"

„So was in der Art, aber er war gut. Jetzt werde ich deine Lippen für eine Weile mit etwas Besserem beschäftigen." Trevor küsste ihn noch einmal, zog ihn gegen seine Brust und dirigierte ihn dann wieder zurück. Die Kissen unter ihm wurden von Trevors Gewicht zusammengedrückt. Angenehme, sichere Wärme hüllte James ein, als Trevor ihn festhielt und an sich drückte. Es war leicht, sich vorzustellen, dass Trevor für ihn da war und ihn beschützte. James gab die letzte Zurückhaltung der vergangenen Tage auf und gab sich ganz dem Kuss hin. Sein Fuß hätte sich ebenso gut in Luft auflösen können, denn nichts durchdrang die Wolke der Lust, die seine Wahrnehmung ausfüllte, als Trevor ihn in Besitz nahm.

Trevor presste die Zunge sanft gegen seine Lippen und James öffnete sie für ihn. Der letzte Rest an Kontrolle schmolz dahin und er erlaubte Trevor, sich zu nehmen, was er wollte. Das Aufregende daran war, dass das, was Trevor wollte, ganz genau das war, was James brauchte. Er stöhnte, als Trevor sanft an seiner Oberlippe knabberte.

„Du schmeckst so gut."

„Du auch." James wollte Trevor nicht loslassen und zog ihn in einen weiteren Kuss, denn das sollte keinesfalls aufhören. Er drückte sogar seine Hüften nach oben und rieb sich an Trevor, weil er so scharf war. James versuchte sich zu erinnern, wann er sich das letzte Mal so lebendig gefühlt hatte. Er konnte es nicht. Selbst mit Collin war er nie so auf Touren gekommen.

James knöpfte Trevors Hemd ein Stück auf und schob seine Hände darunter. Er musste ihn fühlen. Trevor zog sich zurück und James fragte sich, ob er zu weit gegangen war. Er ließ seine Hände sinken. Aber Sekunden später hielt Trevor ihn wieder, diesmal mit nacktem Oberkörper.

„Ich mag es, wenn du mich berührst."

„Gut, denn ich mag es, dich zu berühren." James nahm das als Aufforderung und erforschte mit seinen Händen die kräftigen, ausgeprägten Muskeln. Als Trevor noch näher kann, presste James seine Wange an Trevors Brust und saugte seinen Duft ein, der eine leichte Moschusnote hatte und immer stärker wurde. Trevor war erregt, daran bestand kein Zweifel. Von der gespannten Körperhaltung bis zu dem intensiven Duft, der Bände sprach.

„Was macht dein Fuß?"

„Welcher Fuß?", fragte James, der seine Nase in Trevors Brusthaaren vergraben hatte und vor Erregung bebte. Seine Finger ertasteten einen Nippel und er umkreiste die harte Knospe. Das Geräusch, das er Trevor entlockte, war reine musikalische Magie. Er zupfte spielerisch und fühlte, wie der große, starke Mann, der ihn festhielt, zitterte wie ein Blatt im Wind. Es war ein großartiges Gefühl, auf jemanden diese Wirkung zu haben. James ersetzte seine Finger durch seine Zunge, leckte erst an Trevors Nippel, saugte dann und genoss den beinahe erdigen Geschmack seiner Haut.

„James", rief Trevor mit einem Unterton, der vor Verlangen triefte.

James schlang die Arme um Trevors Taille. Diesmal würde er ihn nicht gehen lassen. James wusste nettes und sogar ritterliches Verhalten zu schätzen. Beides hatte er schon öfter im Leben erfahren und gewöhnlich verbarg sich dahinter etwas. Heute wollte er es rau und intensiv und er schämte sich nicht, Trevor zu reizen, um es zu bekommen.

„Was ist mit deinem Fuß?"

James drückte sich weg und wünschte, er hätte Trevor in die Augen sehen können. Er wusste im Allgemeinen, wie Menschen aussahen, aber nur ein einziges Mal, und sei es für eine Minute, wollte er wissen, wie Trevor aussah, besonders in diesem Moment. „Was soll damit sein?"

„Du solltest es langsam angehen."

James seufzte. „Also willst du es doch nicht." Er hätte wissen müssen, dass all das Gerede nur leere Worte gewesen waren.

„Nein." Trevor nahm James bei der Hand und legte sie auf seine Jeans. Es dauerte einen Moment, bis James realisierte, was er da fühlte. Er rieb beeindruckt über die beachtliche Länge.

„Ich möchte, dass du weißt, was du mit mir anstellst. Aber du bist gerade erst nach Hause gekommen und ich will dir nicht wehtun."

„Das wirst du nicht. Ich möchte, dass du den Schmerz vertreibst und ihn ersetzt. Ich möchte wissen, dass alles, was du gesagt hast, nicht bloß Worte waren." James unterdrückte ein Zittern, so frustriert war er. „Weißt du noch? Ich kann nicht sehen …"

Trevor beugte sich vor und drückte James sanft wieder in die Kissen. „Ich glaube, du versuchst diese Blinden-Nummer zu deinem Vorteil auszunutzen", neckte er. „Wenn du es möchtest, werde ich dir genau zeigen, was du mir bedeutest." Trevor griff nach dem Saum des T-Shirts und zog es James über den Kopf. Trevors heißer Atem kitzelte auf seiner Haut. James zuckte kurz zusammen, als Trevor Küsse auf seiner Brust und seinem Bauch verteilte. James fuhr mit den Händen durch Trevors seidiges Haar und streichelte darüber, während Trevor tiefer wanderte. James stockte der Atem, als Trevor über den Streifen Haut direkt oberhalb seines Gürtels strich. Er hielt still und betete, dass Trevor weitermachen würde.

Trevor tat es, öffnete seinen Gürtel, zog ihn heraus und ließ ihn klirrend auf den Boden fallen. „Bist du dir sicher?"

„Ja." Es war James völlig egal, dass seine Stimme zitterte. Er wollte unbedingt von Trevor berührt werden, dass der Transport von Sauerstoff in seine Lungen im Moment absolut zweitrangig war. Trevor zog an der Schnalle seiner Jeans, öffnete sie und James fühlte, wie der Druck um seine Taille nachließ. James drückte seine Hüften nach oben, als Trevor den Stoff auseinanderzog und das Gesicht gegen seinen baumwollbedeckten Unterleib drückte. „Spiel nicht mit mir."

„Das tue ich nie, ich halte, was ich verspreche." Trevor zog stöhnend am Bund der Unterhose. James wimmerte, als Trevor ihn daraus befreite. „Verdammt." Feuchte Hitze umgab James. Er nahm die Finger aus Trevors Haar und fasste an seinen eigenen Kopf, der zu explodieren drohte, als Trevor ihn tief aufnahm.

„Ich hatte nicht erwartet, dass du …"

Trevor gab ein summendes Geräusch von sich, bewegte den Kopf auf und ab und jede Bewegung drohte, James um den Verstand zu bringen. Nie hätte er das zu träumen gewagt. Er hatte ernsthaft geglaubt, es würde ihn niemals wieder jemand so berühren.

„Du schmeckst wirklich gut", schnurrte Trevor, als er eine Pause machte.

James saugte Luft in seine Lungen, um gleich darauf wieder atemlos zu sein.

Trevors Mund und seine Zunge stellten erstaunliche Dinge mit ihm an. James schwebte so hoch und so schnell, dass er nicht hätte sagen können, was für Dinge es waren. Er wusste nur, dass Trevor seinen Körper besser zu kennen schien als er selbst. James umklammerte die Seiten der Couch und zerknautschte die Polster in dem Versuch, sich zu stabilisieren und das Zittern zu unterdrücken, das seinen Körper erfasste. Es war wie ein Rausch.

„Ich kann mich nicht mehr beherrschen."

„Liebling." Trevor umfasste ihn fest und streichelte gerade langsam genug, um James verrückt zu machen. „Ich möchte nicht, dass du dich zurückhältst. Ich möchte, dass du abhebst. Also lehne dich zurück, entspann dich und lass es geschehen." Trevor nahm ihn wieder in den Mund und der Druck baute sich so rasch auf, dass James hörte, wie das Blut in seinen Ohren rauschte, als die Welle des Höhepunkts ihn erfasste und mitriss.

James lag ganz still, atmete und wagte nicht, sich zu bewegen. All der Schmerz war verschwunden. Er fühlte, wie Trevor sich löste und dann eine Hand auf seine Brust legte, um die Verbindung zwischen ihnen aufrecht zu halten. James wollte, dass es für immer so blieb.

„Du bist so schön. Ich weiß, du kannst es nicht sehen, aber du, in den Qualen der Leidenschaft … bist ein unvergesslicher Anblick."

„Warum?"

Trevor kicherte. „Das ist deine Lieblingsfrage. Vielleicht ist es Zeit für eine andere. Wenn jemand dir ein Kompliment macht und dir sagt, dass du an der Schwelle eines Höhepunkts ein unglaublicher Anblick bist, dann ist die angemessene Antwort nicht ‚warum', sondern ‚danke'. Oder so etwas wie ‚Trevor, du warst der Gott, der mir dieses Gefühl verschafft hat'."

James kicherte. „Gott, ach ja?"

„Ich akzeptiere auch Halbgott, wenn du darauf bestehst." Trevor streichelte über seine Brust. „Nicht alles im Leben hat einen Grund. Manche Dinge sind einfach. Und wenn das passiert, ist es gut, einfach dankbar zu sein. Früher oder später kommen ohnehin wieder schlechte Dinge daher." Trevor beugte sich über ihn und die Kissen neigten sich unter seinem Gewicht. „Du bist schön und ich wollte, dass du weißt, dass ich noch nie jemanden wie dich gesehen habe."

„Ich schätze, dann sind wir quitt, denn ich habe auch noch nie jemanden wie dich gesehen." James hoffte, dass es ihm gelang, zu schmunzeln.

„Witzig." Trevor küsste ihn sanft und zog seine Unterwäsche wieder hoch.

James brachte seine Hände dazu, wieder zu funktionieren und machte seine Hose zu. „Was ist mit dir?", fragte er schwach. Der gewaltige Höhepunkt und die Schmerzen hatten ihn so geschafft, dass er sich schläfrig fühlte.

„Mir geht es gut." Trevor stöhnte verhalten, als er aufstand. Seine Schritte entfernten sich und kamen zurück. Eine dünne Decke legte sich über ihn und James fühlte sich augenblicklich wohl. Trevor platzierte den Eisbeutel wieder auf seinem Knöchel, während James bereits am Einschlafen war.

Es musste spät sein, wirklich spät und er hätte im Bett sein sollen, aber James lag bequem und aufzustehen, würde schmerzhaft sein, also blieb er still liegen. Die Luft im Raum war kühl geworden und er vergrub sich unter der Decke, die Trevor ihm gebracht hatte, und schlief wieder ein.

Er wachte mitten in der Nacht wieder auf und sein Fuß schmerzte. James schlug die Decke zurück, biss die Zähne zusammen und setzte sich langsam auf. Er hatte keine Ahnung, ob er allein im Haus war oder nicht. Er horchte nach Geräuschen, aber da war nichts. Er hatte insgeheim gehofft, Trevor würde bleiben.

James humpelte ins Bad, nahm Tylenol gegen die Schmerzen, humpelte dann weiter ins Schlafzimmer, um sich aufs Bett zu legen und auf die Wirkung der Tablette zu warten.

Ein starker Arm zog ihn näher und Trevor murmelte leise, dass James noch seine Jeans anhatte. Er setzte sich auf und zog James bis auf die Schiene an seinem Knöchel aus und legte sich wieder hin. James stöhnte, als Trevors warmer Körper sich an ihn schmiegte. Trevor schlief innerhalb von Minuten wieder ein, obwohl ein Teil von ihm definitiv wach war, aber auch der beruhigte sich wieder. Als schließlich die Wirkung des Medikaments einsetzte, konnte auch James weiterschlafen.

„Wirst du dich krank melden, oder versuchst du zur Arbeit zu gehen?", fragte Trevor, als er James einige Stunden später weckte. Er hatte keine Ahnung, wie spät es war und griff nach seiner Uhr, die ihm sagte, dass es kurz nach acht war. „Ich habe dir dein Telefon gebracht." Trevor drückte es in seine Hand und James informierte die Schule über seinen Unfall und dass er morgen wiederkommen würde.

„Was ist mit dir?"

„Ich habe in einer Stunde ein weiteres Treffen mit meinem Buchhalter und muss bald gehen." Trevor saß auf der Bettkante. „Ich möchte, dass du dich ausruhst. Ich rufe dich später an, um sicher zu sein, dass du nichts brauchst."

James wusste, dass es so besser war. „Ich will nicht den ganzen Tag allein hier rumsitzen." Dazusitzen und zu erleben, wie die Stunden dahinkrochen, war wirklich das Letzte, was er wollte. James hasste es, krank zu sein. Aber liegen zu müssen, war noch schlimmer. Es bedeutete, den ganzen Tag allein zu sein und sich zu langweilen.

„Ich weiß und ich würde dich mitnehmen, wenn ich könnte. Aber ich habe keinen Platz, wo du den Fuß hochlegen kannst und der braucht Ruhe. Ich komme nach der Arbeit wieder."

„Okay, nimm einen Schlüssel mit, damit du wieder herein kannst. Aber ich wüsste gerne, wo du arbeitest."

„Dann nehme ich dich am Samstag mit." Trevor klang amüsiert. „Ich wette, da gibt es jede Menge neue Geräusche und Gerüche für dich."

„Warum habe ich das Gefühl, dass du dich über mich lustig machst?"

„Mache ich nicht. Wenn du eine neue Erfahrung machen willst, eignet sich die Werkstatt sicher gut. Jetzt leg dich wieder hin, ich komme zurück, sobald ich fertig bin."

James hatte keine Wahl, als zuzustimmen. „Ich hoffe, es läuft gut." Er hatte das Gefühl, dass es nicht eines der Treffen sein würde, bei dem gute Neuigkeiten ausgetauscht würden. Trevor hatte ihm bereits gesagt, dass die Lage wegen des Diebstahls kritisch war. Er hoffte, Trevor würde seine Probleme lösen können, ohne dabei alles zu verlieren.

7

„Ist es wirklich so schlimm?" Trevor sah entsetzt auf die Zahlen.

„Ich fürchte schon. Alan hat eine Menge Geld an verschiedenen Stellen abgezweigt, um den Diebstahl zu tarnen. Er hatte zu vielen Quellen Zugang und benutzte sie, um über einen ziemlich langen Zeitraum kleine Summen zu entwenden. Die gute Nachricht ist, dass ich einen Teil des Geldes gefunden habe und veranlassen konnte, dass es rückgebucht wird. Wir konnten beweisen, dass es sich um nicht autorisierte Überweisungen handelte. Aber da bleibt immer noch eine Lücke von rund fünfzig Riesen. Du hast Glück, dass das Konto für die Löhne und einige andere Dinge bis jetzt noch nicht überzogen ist. Du bist aber verdammt nahe dran", erklärte Ricky, sein Buchhalter, mit dem er seit der neunten Klasse befreundet war.

„Schön, was können wir tun?"

„Ich würde sagen, spar Personal ein, aber die Werkstätten sind für sich genommen alle profitabel. Sie bringen Geld. Das Problem ist nur, dass du bestohlen wurdest."

„Ich habe einige Ersparnisse …"

„Und wir werden jeden Cent davon brauchen, um die Löhne dieser Woche auszubezahlen. Wir können versuchen, das Geld einzutreiben, das die Leute dir schulden. Du schleppst einige offene Rechnungen schon viel zu lange mit. Wenn sie bezahlen würden, wäre das eine große Erleichterung. Aber das bedeutet, Mahnungen auszuschicken und ein paar Anrufe zu machen."

Trevor nickte. Er hatte schon so viel am Hals, dass er kaum zum Atmen kam, aber er würde es tun müssen. Es ging darum, das Geschäft zu retten und er würde tun, was immer nötig wäre. Vielleicht würden einige der Schecks ja schnell kommen. Trevor gingen die Optionen aus. Die Banken würden ihm kein Darlehen geben. Er könnte seine Kreditkarten benutzen, um die Lücke zu füllen, aber das würde nur ein anderes Loch aufreißen, aus dem er auch irgendwann wieder heraus müsste. „Okay. Ich lasse mir etwas einfallen, wie ich das anstelle."

„Dein größtes unmittelbares Problem ist Bargeld. Kauf nichts, was du nicht unbedingt brauchst und wir werden alle Zahlungen genau beobachten müssen. Auf uns kommt die Steuer für das Quartal zu und das wird knapp." Ricky sah auf seine Tabellen. „Da sind deine Ersparnisse schon mit eingerechnet. Ich kann es nicht genug betonen: Du brauchst dringend Bargeld. Also keine Jungs zum Essen ausführen."

„Ach komm schon, das sind höchstens ein paar hundert pro Monat."

„Und wenn du die Steuerzahlung um ein paar hundert Dollar nicht schaffst?" Rickys Ausdruck war hart und ernst. „Sobald wir diesen Ausfall ausgeglichen haben, kannst du zu deinen Gewohnheiten zurückkehren. Ich bezahle die Rechnungen und führe die Bücher für dich, aber ich kann nicht kontrollieren, was du ausgibst. Das kannst nur du."

Ricky begann seine Papiere zu schlichten. „Mehr Umsatz bringt dich natürlich auch schneller aus diesem Schlamassel."

„Was du nicht sagst. Aber Werbung kostet Geld."

„Mundpropaganda nicht, also sieh zu, dass du welche bekommst. Erinnere deine Angestellten, das Geschäft anzupreisen, rede mit zufriedenen Kunden. Wenn sie es weitersagen, hilft das auch. Du musst alles versuchen. Entweder das oder du treibst rasch irgendwo Bargeld auf."

„In Ordnung." Mehr konnte Trevor nicht sagen. Ricky hatte klargestellt, was er tun musste. Nun brauchte er einen Plan, wie er das schaffen konnte.

Er bedankte sich bei Ricky und als er weg war, ließ er sich auf seinen Bürostuhl fallen und versuchte herauszufinden, was er als nächstes tun sollte. Trevor wusste, dass die offenen Rechnungen ihm Geld bringen würden, aber keine großen Summen. Bei den Ausgaben vorsichtig zu sein, würde ihn auch nur begrenzt weiterbringen.

Brent steckte den Kopf durch die Tür und Trevor winkte ihn herein. „Wie ist es gelaufen?"

„Nicht gut, aber wir werden es schaffen. Wir müssen eine Weile auf die Ausgaben achten. Leg mir alle Einkäufe vor, ehe du sie tätigst, ausgenommen Ersatzteile für Kunden. Mit allem anderen müssen wir vorsichtig sein. Wir können auch keinen Zahlungsaufschub mehr gewähren, also stell ein entsprechendes Schild zur Kasse." Er hasste es, solche Maßnahmen ergreifen zu müssen, aber er hatte keine Wahl. „Für den Rest brauche ich einen Plan." Trevor schnappte die Liste der Außenstände und Kopien der anderen Informationen, die Ricky zurückgelassen hatte. „Ich mache noch ein paar Anrufe und verschwinde dann."

„Ich halte die Stellung und arbeite bei den Jungs mit. Es ist viel zu tun, also helfe ich, wo ich kann."

„So machen gute Manager das." Trevor klopfte Brent auf die Schulter und verließ das Büro. Er rief seinen Vater an und erklärte ihm, was los war. Sein Dad hörte sich die Pläne an und sagte schließlich: „Du tust das Richtige. Ich werde die Jungs zusammenrufen und ihnen erklären, was zu tun ist." Davor hatte er natürlich erst mal geflucht, über Alan geschimpft und mit allen möglichen Dingen gedroht, sollte er den Dieb zu fassen kriegen. „Wir werden alle tun, was wir können."

„Danke, Dad. Es wird alles gut." Sein Dad würde ihm wahrscheinlich etwas von dem Geld anbieten, das er gespart hatte, aber Trevor hatte nicht die Absicht, es anzunehmen. Falls er unterging, wollte er niemanden mitnehmen. „Ich habe einiges zu erledigen, ich melde mich später wieder." Er beendete das Gespräch und packte seine Sachen. Er brauchte Ruhe, um einen Plan auszuarbeiten, nicht das Quietschen einer Hebebühne und das ständige Geschnatter der Männer bei der Arbeit.

Trevor stieg in sein Auto, von dem er nun wünschte, er hätte es nicht gekauft. Er liebte es, aber es war eine weitere Quelle der Sorge und die Freude, die er daran gehabt hatte, es zu fahren, war verflogen. Trevor hatte die Absicht, nach Hause zu fahren, rief stattdessen aber James an. „Ich muss ein paar Dinge überdenken und habe Arbeit dabei. Möchtest du Gesellschaft?"

„Ja, unbedingt." James klang aufgeregt und Trevor fuhr auf die Autobahn Richtung Süden und durchquerte die Stadt. Er parkte vor dem Haus und ging hinein.

James lag auf dem Sofa, den Fuß auf der Armlehne und ein Kissen im Nacken. „Wie ist es mit deinem Buchhalter gelaufen?"

„Schlecht. Alan hat eine Menge mehr gestohlen, als ich dachte und jetzt habe ich nicht genug Bargeld, um meinen Verpflichtungen nachzukommen. Ich habe Ersparnisse, die werde ich ins Geschäft stecken müssen."

„Was kann ich tun, um zu helfen?", fragte James. „Ich weiß, dass ich mir deine Firmenbücher nicht ansehen kann, aber es muss doch etwas geben."

„Ich bin nicht sicher. Ich werde einige Zeit damit verbringen, Rechnungen zu ordnen, damit ich sie an die Leute schicken kann, die mir Geld schulden. Ich hasse es, so etwas tun zu müssen." Er legte seine Papiere auf den Tisch und setzte sich auf den Rand des Sofas. „Es gibt einige Dinge, die ich tun muss, um Bargeld für das Geschäft aufzutreiben. Ich wollte nicht meine Sorgen hierherbringen und sie bei dir abladen. Das ist nicht fair." Das war sein Problem und er musste es lösen. „Was macht der Knöchel? Brauchst du Eis dafür?"

„Er tut noch weh, aber nicht mehr so schlimm wie gestern. Heute befolge ich die Anweisungen des Arztes. Ich habe hier rumgelegen, mir ein Buch angehört und bin so gelangweilt, dass ich schreien könnte. Das Buch ist gut, aber ich bin unruhig und nervös." James stöhnte und rückte zur Seite, um Trevor mehr Platz zu machen. „Du solltest anfangen. Breite dich ruhig über den ganzen Tisch aus und erstell deinen Plan." Er setzte sich auf und gab Trevor einen Kuss.

„Ich kann auch nach Hause fahren, wenn du möchtest. Es ist nicht so, als ob ich angenehme Gesellschaft sein werde."

„Weil ich ja gerade so unterhaltsam bin. Tu, was immer du tun musst, ich bin hier."

Dankbar, nicht allein zu sein, nahm Trevor James' Hand und drückte sie. Dann stand er auf, ging zu dem Eichentisch, breitete seine Papiere aus und öffnete seinen Laptop. Er brauchte eine Weile, um das Programm einzurichten und die Rechnungen vorzubereiten, aber er erledigte es. Nun musste er sie nur noch drucken, in Umschläge stecken und wegschicken. Da war eine unangenehme Arbeit, aber hoffentlich würden Schecks eintrudeln, was dringend nötig war. Dennoch würde es, selbst nach seinen Berechnungen, nicht reichen. Er konnte sein Haus verkaufen, aber das würde Zeit erfordern, die er nicht hatte.

„Kommst du voran?", fragte James.

„Ja und nein. Ich habe die Rechnungen versandfertig und Dad hat getextet, dass alle Manager informiert sind und verstehen, was Sache ist. Sie werden bei den Einkäufen vorsichtig sein." Er wusste, dass er sich darauf verlassen konnte. Der Lebensunterhalt ganzer Familien hing von seinem Geschäft ab und er würde sie nicht im Stich lassen.

James stand auf und humpelte langsam herüber. Er fuhr mit den Händen den Tisch entlang, bis er einen Stuhl fand. „Wie viel brauchst du?"

„An diesem Punkt insgesamt rund dreißigtausend Dollar. Die Werkstätten werden weiterhin von selbst Geld erwirtschaften, aber wir glauben, dass mehr möglich ist, als wir derzeit erwarten. Zusätzlicher Umsatz, bezahlte Schulden und gekürzte Ausgaben ... das sind alles Schritte in die richtige Richtung, aber es wird nicht ausreichen." Er wusste das. Er musste sich nach einer anderen Geldquelle umsehen. „Ich kann einen guten Teil des Geldes auftreiben, wenn ich die Harley verkaufe."

„Trevor!" James klang schockiert.

„Sie ist abbezahlt und eine Menge wert. Ich kann ein gutes Stück dessen, was mir fehlt, herausholen und mir die Geier vom Hals halten, bis ich wieder auf die Beine komme. Ich kann das Auto nicht abstoßen, weil ich es gerade erst gekauft habe. Ich habe ein paar andere Dinge, die ich verkaufen könnte, aber die bringen nicht die Menge an Bargeld auf einmal." So klein, wie sein Spielraum bereits war, konnte er nur hoffen, dass keine unerwarteten Ausgaben auf ihn zukommen würden.

„Lass uns hoffen, dass es nicht dazu kommt."

James stand auf, hinkte durchs Haus und kam mit seinem Scan- und Lesegerät zurück. Er stellte es auf den Tisch und drehte sich dann erwartungsvoll zu Trevor. „Was kann ich tun, um zu helfen?"

Trevor wusste beim besten Willen nichts. „Mein Plan ist für den Moment, zur Post zu fahren, die auszudrucken und sie zu verschicken. Dann kann ich nur hoffen, dass die Leute antworten und ihre offenen Rechnungen begleichen." In diesem Plan waren so viele Unbekannte, dass er ernsthaft daran dachte, seine Kreditkarten doch zu benutzen, um da durchzukommen und sich mit diesen Schulden dann nach und nach auseinanderzusetzen.

„Wo ist die Liste der Rechnungen?", wollte James wissen und hielt die Hand auf. Trevor gab ihm eine der Seiten und James fütterte sie in die Maschine. Sie las die Seite mit einer mechanischen Stimme langsam vor. „Okay, du schickst die Rechnungen raus und sobald sie weg sind, werde ich die Leute anrufen und sie freundlich erinnern, dass du dein Geld bekommen musst."

„Ich möchte niemanden unter Druck setzen."

James lachte und selbst Trevor musste die Lächerlichkeit dieser Aussage einsehen. Er gab sich gerne als harter Typ, aber es war ihm wirklich wichtig, was die Leute dachten. Er wollte keine Kunden verlieren, auch wenn er es nicht gerne zugab.

„Lass die Liste bei mir. Ich verspreche, dass du sie zurückbekommst und ich werde niemanden unter Druck setzen."

Trevor übergab ihm zögernd die Seiten und James strich mit den Fingern darüber, ehe er sie sauber stapelte. „Wie machst du das?"

„Es ist schon ein älterer Drucker, der leichte Abdrücke hinterlässt. So kann ich fühlen, welche Seite bedruckt ist. Ich kann es nicht lesen, aber es genügt mir, um die Seiten zu ordnen." James legte den Stoß an den Rand des Tisches und klopfte drauf. „Ich berichte in ein paar Tagen."

„Ich bin nicht sicher, was das bringen wird." Trevor war sich im Moment bei gar nichts sicher und er hasste es, sich so zu fühlen. Er hatte sein Leben gern unter Kontrolle. Er führte ein Geschäft, das erfolgreich sein sollte und er hatte alles getan, um sein Leben halbwegs zu ordnen. Nun ging alles den Bach runter.

James stand auf und fuhr wieder die Tischkante entlang, bis er Trevor fand. Er strich über seinen Arm bis zur Schulter und knetete sanft die verspannten Muskeln.

„Du solltest nicht stehen …" Seine Worte gingen in einem Stöhnen unter, als James mit geschickten Fingern einen besonders verhärteten Bereich bearbeitete, was sich verdammt gut anfühlte.

„Ein paar Minuten schaffe ich das schon und du brauchst das. Dein Geschäft wird es schaffen, denn du bist fähig und engagiert."

Wenn er so fähig war, wie hatte Alan ihm dann so viel stehlen können? Er hatte seinen Leuten vertraut, er tat es noch … und deshalb tat es so weh. Er hatte Alan ausgebildet, sich um ihn gekümmert und der hatte ihn hintergangen.

James hörte auf zu massieren, beugte sich über ihn und schlang von hinten die Arme um ihn. „Ich weiß, du denkst, dass du immer stark sein musst, aber das geht nicht. Manchmal musst du den Menschen, denen du wichtig bist, erlauben, dir zu helfen. Das gehört auch dazu, mit jemandem zusammen zu sein."

„Es fällt mir schwer." Tatsächlich war es sogar verdammt beängstigend.

„Nein." James trat zurück und Trevor drehte sich, um ihn anzusehen. James streckte die Hand aus. „Alles, was du brauchst, ist ein wenig Vertrauen. Du kannst nicht durchs Leben gehen, ohne jemandem zu erlauben, dir nahe genug zu kommen, dass du lernen kannst, ihm zu vertrauen. Ich weiß, dass diese Sache mit Alan dazu noch beiträgt, aber das darfst du nicht zulassen."

„Ich denke immer, wenn ich nur genauer hingesehen hätte ... oder zugehört hätte, hätte ich ihm helfen können." Alan war sein Freund gewesen. Dass er sich so gegen ihn gestellt hatte, war ein schwerer Schlag. Trevor hätte es erkennen müssen, lange bevor Alan sein gesamtes Geschäft und sein Leben aufs Spiel setzte.

„Das konntest du aber nicht. Er hat dich bestohlen. Du hast ja das Geld nicht offen liegen lassen mit einem Schild, das sagte: Bedien dich. Er hat hinter deinem Rücken Geld aus dem Geschäft abgezweigt, das ihn und seine Familie versorgt hat. Dieser Alan ist ein mieses Arschloch. Du darfst dir das nicht so zu Herzen nehmen. Was passiert ist, ist nicht deine Schuld und ich bin sicher, dass du Vorkehrungen treffen wirst, die sicherstellen, dass so etwas nicht mehr passieren kann."

„Ja. Ricky, mein Buchhalter, und ich arbeiten bereits daran."

„Dann vertraue weiter, aber kontrolliere." James kehrte langsam zu seinem Stuhl zurück. „Ich weiß, dass dir das nicht bewusst ist, aber erinnerst du dich, wie du mich bei unserer ersten Begegnung nachts vom Club nach Hause gebracht hast? Dazu war Vertrauen nötig."

Trevor sah von den Papieren auf, die er durchgegangen war und legte sie zurück auf den Tisch. „Das stimmt. Ich habe nie darüber nachgedacht, aber du hast mir in dieser Nacht erlaubt, dich nach Hause zu fahren und am nächsten Tag vom Country Club gleich wieder – noch dazu auf einem Motorrad."

Er betrachtete James und ihm wurde bewusst, dass der ihm praktisch von ihrer ersten Begegnung an vertraut hatte. Sein ganzes Leben beruhte darauf, Menschen zu vertrauen. Er ließ sich von ihnen zu Eingängen, über neue Wege und durch unbekannte Gebäude führen. Vertrauen war eine Grundlage seines täglichen Lebens. Er war Experte darin. Für Trevor war es dagegen etwas, an dem er mit der Zeit immer mehr gezweifelt hatte. Er musste eine Entscheidung treffen.

„Okay", sagte er, stand auf und nahm James bei der Hand.

„Gut." Auch James stand langsam auf und humpelte zurück zum Sofa, wo er sich wieder hinlegte und den Fuß hochlagerte.

„Brauchst du Eis?", fragte Trevor.

„Nein, es ist okay. Ich muss mich nur ausruhen." Er legte sich zurecht und Trevor fragte sich, womit er einen Menschen wie James verdient hatte. Er war relativ unkompliziert, voller Vertrauen, liebevoll und obendrein auch noch heiß. Er betrachtete sein T-Shirt, das genau die richtigen Stellen betonte.

Es fiel Trevor schwer, seine Aufmerksamkeit von James zu lösen. Er musste sich darauf konzentrieren, was jetzt zu tun war, um das Geld aufzubringen, das er brauchte. Wenn er James betrachtete, lenkte das seine Gedanken in eine andere Richtung. Vielleicht war es keine so gute Idee gewesen, herzukommen. Es fiel ihm zunehmend schwerer, sich zu konzentrieren.

„Was ist?", fragte James vom Sofa. „Ich kann deine Anspannung bis hierher fühlen."

„Du wärst auch angespannt, wenn alles, was du dir ein Leben lang aufgebaut hast, vor deinen Augen auseinanderfällt", erwiderte Trevor schroffer, als er beabsichtigt hatte. Er konnte versuchen, von der Bank ein Darlehen zu bekommen. Aber so, wie sich die Banken in letzter Zeit verhielten, war er nicht sicher, dass er eines bekommen würde.

„Ich weiß, dass du dir die Schuld gibst", sagte James ruhig. „Aber das ist es nicht und du musst dieses Gefühl loslassen. Erzähl mir, wie dein Plan bisher aussieht."

„Nun, wenn ein guter Teil der Leute die offenen Rechnungen bezahlt, ich die Einkäufe für eine Weile kürze, mein Motorrad verkaufe, das Geschäft gut läuft und ich meine Ersparnisse opfere, dann komme ich vielleicht durch die nächsten zwei Monate und es wird leichter. Ich kann nur beten, dass es so ist." Trevor legte die Papiere zur Seite. Die Grafiken und Tabellen, die Ricky ihm gegeben hatte, würden ihm nicht zur Erleuchtung verhelfen. „Ich muss die Werkstätten auf dieser Seite der Stadt besuchen." Trevor musste raus, sonst würde er noch anfangen auf und ab zu laufen und sich wie verrückt Sorgen zu machen.

James rappelte sich hoch. „Okay. Lass uns gehen."

„Du willst mitkommen?"

„Ja. Ich möchte sehen, wie dein Geschäft aussieht, sozusagen." James lächelte.

„Ich zeige es dir, versprochen. Aber heute musst du liegen bleiben. Ich fahre da nur schnell vorbei und sehe nach dem Rechten." Trevor seufzte, als James die Stirn runzelte. „Ich bin in ein paar Stunden zurück." Er dirigierte James zurück aufs Sofa. „Entlaste deinen Fuß und ich komme so schnell zurück, wie ich kann." Er brauchte dringend ein wenig Zeit für sich. Er fühlte sich wie ein geprügelter Hund und brauchte etwas Zeit, um seine Wunden zu lecken.

„Okay." James war eindeutig nicht begeistert, aber er legte sich wieder hin. Trevor versicherte sich, dass er alles hatte, was er brauchte und sein Telefon in Reichweite war.

„Ich weiß, dass du genervt bist, weil du hier festsitzt, aber gib der Verstauchung eine Chance zu heilen und ich denke mir etwas Interessantes aus, das wir am Wochenende zusammen unternehmen können. Okay?" Etwas, das nicht eine Menge Geld kostete, das er plötzlich nicht mehr hatte.

„Ich möchte für dich da sein. Ich weiß, dass ich nicht tun kann, was andere Partner können, aber ich möchte nicht, dass du allein bist." Der schwermütige Tonfall berührte Trevors Herz. Er konnte sich daran gewöhnen, so umsorgt zu sein.

„Ich werde nicht lange weg sein, aber ich muss das erledigen."

„Aber du kommst zurück, nicht wahr?"

Trevor nickte, was James natürlich nicht sehen konnte. „Ja." Das war der Lichtblick in diesem furchtbaren Tag. „Dann habe ich etwas, worauf ich mich freuen kann."

TREVOR BESUCHTE drei seiner Werkstätten, in denen bereits die wildesten Gerüchte die Runde machten. Er versicherte seinen Männern, dass es eine vorübergehende Krise war, dass er alles unter Kontrolle hatte und niemand seinen Job verlieren würde. Das war vorrangig für ihn – er musste seine Teams zusammenhalten.

„Du warst immer anständig zu uns", sagte John, der Chefmechaniker der Bay View Garage. „Was können wir tun, um zu helfen?"

„Passt auf, was ihr ausgebt und kauft nichts, das ihr nicht braucht. Wir müssen vorsichtig sein. Ich arbeite an anderen Bereichen des Geschäfts und am Ende werden wir aus dieser Sache gestärkt hervorgehen." Trevor wusste, dass er ein wenig den Cheerleader spielte, aber das war im Moment nötig. Seine Männer mussten ihm vertrauen, sonst würden sie gehen und dann hätte er wirklich Probleme. Ihm war klar, dass eine der Stärken des Geschäfts die hervorragenden Leute waren, die für ihn arbeiteten. „Ich bitte euch außerdem, das Geschäft bei euren Freunden zu bewerben. Rührt die Werbetrommel, denn zusätzliche Kunden helfen uns auch."

„Du kannst auf uns zählen", sagte John. Die anderen nickten und machten sich wieder an die Arbeit.

Trevor konnte nur hoffen, dass es das Richtige war, das mit den Jungs offen und direkt zu besprechen.

„Danke." Trevor behandelte Menschen aus Überzeugung fair und hoffte immer, im Gegenzug auch so behandelt zu werden. Nachdem er Alans Betrug herausgefunden hatte, waren ihm Zweifel gekommen, aber die anderen Männer hatten sie wieder zerstreut. Trevor brauchte sie ebenso wie sie ihn.

Er blieb bis zur Sperrstunde und arbeitete mit einem der neueren Angestellten an einer Bremse. Es tat gut, sich mal wieder die Hände schmutzig zu machen. Am Ende verabschiedete er sich von jedem Einzelnen, stieg ins Auto und fuhr zurück zu James.

James lag noch immer auf der Couch, das Telefon auf seiner Brust. „Wie ist es gelaufen?"

„Ziemlich gut. Die Männer haben einiges von dem Vorfall mitbekommen und sind nervös. Ich hoffe, es ist mir gelungen, sie zu beruhigen." Er hängte seine Jacke auf den Stuhl neben der Tür und setzte sich auf den Rand des Sofas. „Ich frage mich immer noch, was ich mache, wenn ich das nicht hinbekomme."

„Du kannst es nur versuchen. Kannst du nicht um eine Fristverlängerung bitten, wenn du sie brauchst?", erkundigte sich James.

„Wahrscheinlich. Aber das schiebt das Problem nur hinaus und macht das nächste Quartal schwieriger. Der Punkt ist, wir müssen da durchkommen, ohne unsere Zukunft zu gefährden." Trevor hätte Alan den Hals umdrehen können, für das, was er ihnen da angetan hatte. Aber alles, was er nun tun konnte, war das Chaos aufzuräumen.

James setzte sich auf, umarmte ihn und lehnte den Kopf an seine Schulter. „Es wird alles gut."

Trevor hoffte, es wäre die Wahrheit.

8

JAMES VERBRACHTE Stunden damit, einen Anruf nach dem anderen zu machen. Er entwickelte ein System, das dafür sorgte, dass er niemanden übersah und niemanden zweimal belästigte. Die meisten Leute waren höflich und James achtete darauf, freundlich und verständnisvoll zu sein. Er hatte aber keine Ahnung, ob ihm das gelang oder nicht.

Er seufzte, als er sein letztes Gespräch beendet hatte. Er war müde, obwohl er eigentlich nicht viel getan hatte. Sein Knöchel schmerzte immer noch, aber nicht mehr so schlimm. Trotzdem belastete er den Fuß so wenig wie möglich.

Am Freitag ging James zur Arbeit, weil er Zeit mit Lee verbringen wollte, egal wie sein Knöchel sich anfühlte. Es war unangenehm gewesen, aber er hatte es durch den Tag geschafft. Als er nach Hause gekommen war, hatte er erwartet, allein einen ruhigen Abend zu verbringen. Aber Marti hatte angerufen und James hatte seinen Abend bei ihr verbracht. Er hatte mit ihr und Zack zu Abend gegessen und Zack dann eines der Bücher vorgelesen, die er ihm zum Geburtstag geschenkt hatte. Er liebte die Zeiten mit seinem Neffen auf dem Schoß, der oft beim Lesen den Kopf an seine Brust lehnte. Nachdem die Geschichte zu Ende war, hatte Marti Zack ins Bett gebracht, der darauf bestanden hatte, seinen Onkel zu umarmen und ihm einen Kuss auf die Wange zu geben.

„Er ist erstaunlich, Marti", sagte James, als sie im Wohnzimmer saßen und Tee tranken. Tim hatte ein Geschäftsessen, also waren sie zu zweit.

„Er hat mich neulich gefragt, ob du dir eine Freundin suchen wirst. Ich habe ihm gesagt, dass es vielleicht ein Freund sein wird. Er wollte wissen, ob Onkel Jimmys Freund auch mit den Fingern sehen würde, wie du es tust. Er fragte nicht, ob er auch blind sein würde, sondern ob er mit seinen Fingern sehen könnte. Ich glaube wirklich, er denkt, du hast Augen in den Fingern."

James kicherte. „Ich bin froh, dass er nicht vor mir zurückschreckt. Ich hatte Angst, dass er denken könnte, ich sei seltsam oder dass er sich vor mir fürchten würde."

„Nein, er liebt dich." Sie nippten beide an ihrem Tee und unterhielten sich, bis Tim kam und James nach Hause brachte.

„Sieht aus, als hättest du Besuch", sagte Tim, als er anhielt.

James bedankte sich und stieg aus. Er hörte, wie Tim wegfuhr und roch Trevor, noch ehe der ein Wort sagte. „Wie lange hast du auf mich gewartet?"

„Nicht sehr lange." Trevor klang anders, seine Worte verwaschen.

„Hast du getrunken?", fragte James.

„Ja, ich habe gefeiert, aber erst, als ich hierhergekommen bin. Ich bin nüchtern gefahren." Trevor umarmte James und küsste ihn. Er roch leicht nach Bier. „Den ganzen Tag über sind Leute vorbeigekommen und haben ihre Rechnungen bezahlt. Sie sagten, ein äußerst liebenswürdiger Mann hätte sie angerufen und es wäre eine Schande, dass jemand uns bestohlen hätte."

„Ich dachte, wenn die Leute wüssten, warum ich sie anrufe und dass du ihre Hilfe brauchen könntest, würden sie eher reagieren."

„Das haben sie. Mindestens zwanzig Personen waren da und sie haben in Summe tausende von Dollar bezahlt. Es kamen auch ständig Anrufe von Kunden, die versprachen, nächste Woche vorbeizukommen oder einen Scheck zu schicken."

„Wird es genug sein?", fragte James.

„Es ist ein Anfang." Trevor führte ihn über die Auffahrt. „Ich weiß, dass es möglicherweise trotzdem verpufft, aber immerhin reagieren die Leute. Ich meine, es ist nur eine Autowerkstatt und doch wollen sie helfen."

„Sie wollen fair sein." James mochte es nicht, Trevor so zu sehen. „Darf ich dich etwas fragen? Erinnerst du dich an den Typen, der vor ein paar Wochen in dem Club auf mich zu stolziert ist?"

„Woher weißt du, dass ich stolziert bin?"

„Ich habe es mir vorgestellt, okay? Ich habe eine sehr lebhafte Fantasie. Wie sonst könnte ich aus dem, was meine Hände fühlen, ein Bild zusammensetzen, das heiß genug ist, um Butter zu schmelzen? Nun, hol ihn zurück. Du musst diese Art von Selbstvertrauen ausstrahlen. Das wird funktionieren und du wirst das Geld bekommen, das du brauchst."

„James, ein Club ist eine Sache, aber das ist alles, was ich je aufgebaut ..."

„Es ist dasselbe." James holte seine Schlüssel hervor und schloss auf. „Manchmal ist alles eine Frage der Einstellung. In diesem Club hast du dich verhalten, als würde dich jeder Mann dort wollen. Ich kann immer noch nicht glauben, dass du aus irgendeinem seltsamen Grund mich ausgewählt hast. Also erinnere dich daran. Es gibt nichts, das dich unterkriegen kann."

„Na ja, es war ein guter Tag, aber ich habe mein Motorrad in der Brown Deer Garage zum Verkauf ausgeschrieben. Deshalb habe ich sehr gemischte Gefühle." James ertastete den Stuhl bei der Tür und setzte sich.

„Das tut mir leid." Er hasste die Vorstellung, dass Trevor sein Motorrad verkaufen würde. Er fuhr gerne hinter Trevor mit, aber er wollte nichts sagen, um es für Trevor nicht schlimmer zu machen. Er tat es, um sein Geschäft zu retten und James verstand das.

„Ich habe Bier im Kühlschrank. Bringst du für jeden von uns eines, wenn du deine leere Flasche entsorgst?"

„Klar." Trevor verließ den Raum und James stand auf. Er humpelte zum Sofa, um seinen Fuß hochzulegen. Der Druck auf seinen Knöchel ließ nach und er seufzte, als Trevor ihm eine kalte Bierflasche in die Hand drückte. „Wie war dein Tag?"

„Sehr ausgefüllt, aber gut. Ich habe Zack eines seiner ‚knubbeligen Bücher' vorgelesen. Er ist so ein erstaunliches Kind. Ich wünschte, ich könnte mehr Zeit mit ihm verbringen. Vielleicht lasse ich ihn mal bei mir übernachten. Aber das geht erst, wenn er etwas älter ist. Wenn ich sehen könnte, dann könnte ich auf Zack aufpassen, mit ihm sogar Ausflüge machen und Marti und Tim hätten gelegentlich Zeit füreinander." James seufzte. „Tut mir leid. Es gibt Zeiten … Ich habe vor langer Zeit akzeptiert, dass ich nicht sehen kann. Aber ich konnte mal sehen, deshalb wünsche ich manchmal immer noch, ich könnte es wieder." James schüttelte den Kopf und versuchte die ungebetenen Gedanken loszuwerden. „Ich hatte dich heute nicht erwartet."

„Ich hatte einen guten Tag und den wollte ich mit dir teilen, besonders, weil du dazu beigetragen hast."

„Ich bin froh, dass ich helfen konnte – du weißt das." James nahm einen Schluck aus seiner Flasche und Trevor setzte sich neben ihn. James war nicht sicher, worüber er reden sollte und die Stille zwischen ihnen war ihm unangenehm. Stille bedeutete oft, dass er von anderen Menschen im Raum abgeschnitten war, da er mit der Welt hauptsächlich über Geräusche verbunden war. Stille konnte nerven, weil er sich fragte, ob etwas nicht in Ordnung war.

„Ja, ich weiß." Trevor schwieg wieder.

James trank sein Bier aus und überlegte, ein weiteres zu holen, als Trevor ihm die Flasche aus der Hand nahm und sie mit einem sanften Klirren auf den Couchtisch stellte. Eine zweite Flasche folgte. Dann hüllte Trevors Wärme ihn ein, noch ehe er ihn berührte. Heißer Atem streifte seine Lippen. James hatte keine Ahnung, was genau Trevor tat, aber er fühlte seine Gegenwart mit jedem Zentimeter seines Körpers.

James wartete gespannt, wo Trevor ihn berühren würde, welche Zärtlichkeiten ihn erwarteten. Die Hitze bewegte sich, Trevor berührte James leicht an der Schulter und drückte ihn sanft zurück in die Kissen. „So ist es gut", flüsterte Trevor. „Ich liebe es, dich zu beobachten."

„Du weißt, dass das nicht fair ist. Ich kann dich nicht beobachten." James schmollte, bis Trevor seine Hand ergriff und sie gegen seine harte Brust drückte. James nahm ganz bewusst war, wie die Hitze von seinen Fingern und seiner Handfläche durch seinen ganzen Körper schoss. „Ja."

„Möchtest du hierbleiben?"

James schüttelte den Kopf. Er wollte an einen gemütlicheren Ort und versuchte langsam aufzustehen. Trevor half ihm, führte ihn durch das Haus und bemühte sich, etwas Gewicht von seinem Knöchel zu nehmen, bis sie im Schafzimmer waren. Trevor dirigierte James zum Bett und küsste ihn, während er ihm langsam die Kleidung auszog.

Mit jedem Teil wuchsen bei James die Anspannung und die Erwartung, bis er zitterte. „Ich glaube, für den Moment brauchst du die Schiene nicht." Trevor entfernte sie vorsichtig und half ihm, es sich bequem zu machen. James lag ganz still und horchte, als Stoff raschelte und auf den Boden fiel. Er umklammerte das Leintuch und wartete, bis Trevor zu ihm auf das Bett kroch. Er lag ausgestreckt und Trevor setzte sich rittlings auf ihn. Er schwebte über ihm und strahlte Wärme aus. „Ich habe viel an dich gedacht."

„Ach ja?" James hatte gar nicht oft an Trevor gedacht. Nur ein dutzend Mal in jeder freien Minute des Tages.

„Ja." Trevor beugte sich zu James hinunter und leckte über einen Nippel, was einen Schauer der Erregung durch dessen Körper jagte. „Ich will dir nicht wehtun, deshalb versuche ich, vorsichtig zu sein."

Trevor beugte sich runter und James zog ihn näher. Er brauchte das unglaublich heiße Gefühl, eng an Trevor geschmiegt zu sein. Brust an Brust, Hüften an Hüften, Haut an Haut. James klammerte sich an Trevor, erforschte jede Erhebung seines starken Rückens bis zur Vertiefung seiner Hüften und der Rundung seines muskulösen Hinterns. Er hielt ihn fest und knetete die sanften Kurven. Er wollte jeden Zentimeter von Trevors Körper erforschen, am liebsten überall gleichzeitig. Er konnte nicht genug bekommen und als Trevor sich langsam auf das Bett rollte und James sich oben wiederfand, schnappte er nach Luft.

„Lass dir Zeit."

„Um was zu tun?", fragte James und richtete sich auf.

„Du siehst mit den Händen. Mach weiter."

James begann bei Trevors breiten, runden Schultern und sein Mund wurde trocken. Dann bewegte er sich über die Brustmuskeln und verfolgte die feine Linie der Behaarung am Bauch. Er kam näher, vergrub das Gesicht in Trevors Haut und sog jede Nuance seines Dufts auf. Er horchte auch auf den Herzschlag in Trevors Brust. Es war, als wäre er vollständig von ihm umgeben. Als Trevor dann noch die Arme um ihn legte, war er zufrieden. „Halt mich einfach fest."

Trevor streichelte James langsam über den Rücken und dann tiefer bis zum Po. James liebte das. Die meisten Menschen verstanden die Intimität und Zärtlichkeit nicht, die in einer simplen Berührung liegen konnte. James fand Trevors Lippen und knabberte daran, während er sich fast schon wand in Ekstase.

„Lass dir Zeit. Wir haben keine Eile." Trevor umfasste seine Pobacken mit seinen starken Händen.

„Aber es ist zu viel."

„Atme, entspann dich und bleib bei mir."

Trevor küsste James und zog an seiner Unterlippe. „Es ist faszinierend, dich zu beobachten."

„Und du fühlst dich so schön an." James kicherte, als er die Hände auf Trevors Brust legte und ihn als Landkarte benutzte, auf der er mit Händen und Lippen nach unten wanderte. Es war unglaublich aufregend. Er glitt über Trevors Bauch zu seinem Schwanz, umschloss ihn mit einer Hand und nahm ihn langsam in den Mund.

„Oh Gott." Trevor stöhnte auf, als James ihn tiefer einsaugte. Er hatte nur begrenzte Erfahrung und war sicher zu langsam, aber das schien Trevor nichts auszumachen. Er stöhnte zu jeder auf und ab Bewegung. Seine Geräusche waren wie Musik und James gab sich mehr Mühe, als Trevors Stöhnen dringender und drängender wurde. James nahm wahr, wie Trevors leicht bitterer Geschmack seinen Mund ausfüllte und beschleunigte.

Trevor zog ihn sanft hoch und James ließ ihn los. „Wenn du so weitermachst, ist es vorbei, noch ehe wir richtig begonnen haben."

James liebte das Gefühl, dass Trevor unter ihm bebte. Trevor war stark, er hatte es gefühlt und mochte die Vorstellung, dass er solche Wirkung auf ihn hatte. Es war, als hätte James eine Art Macht, die Trevor erregte. Es war faszinierend.

„Ist dein Knöchel okay?"

„Ja …" Welcher Knöchel? James schwebte und im Moment konnte ihn nichts stören. „Wo möchtest du mich haben?" Er konnte Trevors Blick auf sich fühlen und es machte ihn kribbelig. Manchmal war es einfach unfair, dass er gesehen werden konnte, aber nie sah.

Trevor drehte ihn auf den Rücken. „Ich will dich genau hier." Seine Finger berührten James federleicht, glitten über seine Brust und umkreisten die Nippel so flüchtig, dass es beinahe kitzelte. Tatsächlich jagte es aber wohlige Schauer durch seinen Körper. „Weißt du eigentlich, wie du aussiehst?"

„Nicht wirklich. Marti meinte, ich wäre hübsch, aber sie ist meine Schwester, also zählt das nicht. Du hast auch ein paar Dinge gesagt, aber ich dachte, du …" James schluckte. „Nun, ich dachte, dass du nur an einer Sache interessiert wärst …"

„Ich lüge nie. Du hast erstaunliches, dunkles Haar, das in alle Richtungen absteht."

„Oh Gott." James hasste sein Haar, weil er nie wusste, ob er es richtig gekämmt hatte. Er hatte schon daran gedacht, es ganz kurz schneiden zu lassen.

„Nein, das ist süß." Trevor fuhr James mit den Fingern durchs Haar und massierte seinen Kopf, bis James ein schnurrendes Geräusch von sich gab. Nicht, dass es einen Unterschied machte, aber er schloss die Augen. Trevors Finger fühlten sich so gut an. „Du hast goldbraune Haut wie Honig, weich und verlockend zu küssen." Trevor knabberte an seinem Hals.

James wimmerte und zog Trevor näher. „Ich bin nicht stark wie du."

„Ach ja? Wenn ich jemanden wie mich wollte, könnte ich die Hälfte aller Jungs aus dem Fitnessstudio haben. Ich mag dich so." Trevor strich James über die Brust, setzte sich wieder rittlings auf ihn und begann die Hüften zu bewegen. James stöhnte auf, als Trevor rhythmisch über seinen Schwanz rieb. James wand sich und wusste nicht, worauf er seine Aufmerksamkeit konzentrieren sollte.

„Du bist freundlich und sanft."

„Ich könnte stark sein, wenn es das ist, was du willst."

„Sei einfach du selbst. Das ist alles, was ich will." Trevor seufzte und küsste ihn so, dass James die Luft wegblieb. Er brauchte mehr und Trevor schien entschlossen, es ihm zu geben. „Ich glaube, du hast viel zu viel Zeit damit verbracht, dir darüber Sorgen zu machen, wie andere dich sehen. Dabei sollten sie sich um dich bemühen."

„Wie?"

„Du bist unglaublich einfühlsam. Du kannst vielleicht nicht sehen, aber du siehst in die Herzen der Menschen. Verdammt, ich wusste nicht mal, dass ich ein Herz habe, bevor du es gestohlen hast." Trevor küsste ihn wieder und James fühlte, wie die Energie zwischen ihnen intensiver wurde. Er wollte Trevor so gerne glauben, aber er konnte immer noch fühlen, dass er ihm etwas Wichtiges vorenthielt. Trevors magische Lippen und Hände verdrängten diesen Gedanken aber für den Moment.

Unter Trevors fähigen Händen hob James ab, schwebte mit jeder Sekunde höher. Er umklammerte das Bettzeug, als Trevor ihn aufnahm und die Hitze so stark wurde, dass James nicht mehr denken konnte. „Ich dachte nicht, irgendjemand könnte wollen, dass …" Seine Worte wurden verschluckt, als Trevor kräftiger saugte. James war in kürzester Zeit an der Schwelle und zog Trevor hoch, bis sich ihre Lippen berührten. Trevor bewegte sich über ihm, ihre Körper glitten gegeneinander, als James sich gegen Trevor presste.

James fühlte, wie sich der Druck tief in ihm aufbaute und sein Kopf leicht wurde, als eine Welle ihn überrollte. James hielt sich zurück, bis Trevor sich zwischen ihnen ergoss und folgte ihm dann, während Trevor ihn festhielt und ihn sanft küsste.

„James!" Die Vordertür schlug zu und beide erstarrten. „James, bist du da?"

„Meine Mutter", sagte James und Trevor sprang aus dem Bett. Die Schlafzimmertür ging rasch zu und Trevor eilte im Zimmer herum. Auch James stand auf und ging zum Kleiderschrank. Er fand seinen Bademantel am üblichen Platz, zog ihn an und band ihn zu. „Ich gehe raus und sehe, was sie will."

James verließ den Raum und schloss die Tür hinter sich. „Mom?", rief er. „Was machst du hier?"

„James, ist alles okay? Ich habe angerufen und du hast nicht abgenommen. Du antwortest immer, also habe ich mir Sorgen gemacht." Sie klang hektisch, was untypisch für sie war. „Tim sagte, dass ein Mann hier war, als er dich abgesetzt hat und ich wusste nicht, ob etwas nicht stimmt."

„Ist alles in Ordnung, James?" Trevor war hinter ihm aufgetaucht und legte James die Arme um die Taille. Er fühlte Trevor im Rücken und seine Hitze durchdrang den Bademantel.

„Trevor, du erinnerst dich an meine Mutter Joyce? Mom, das ist Trevor. Du hast ihn an Zacks Geburtstag im Club getroffen." Er wurde rot und seine Wangen wurden heiß. Er hätte sich am liebsten umgedreht und wäre wieder im Schlafzimmer verschwunden.

„Nett, Sie wiederzusehen", sagte Trevor, als wären sie nicht gerade beim Sex überrascht worden.

„Mom, du bist den ganzen Weg hierhergefahren, weil ich das Telefon nicht abgenommen habe?" Sein Knöchel schmerzte und Trevor führte ihn zu einem Stuhl, wo er sich setzte.

„Ich hole die Schiene", flüsterte Trevor und tätschelte seine Schulter, ehe sich seine Schritte entfernten.

„Was willst du, Mom."

„James." Sie klang schockiert. „Deine Schwester sagte, du wärst mit diesem Kerl zusammen." Sie kam näher. „Er sieht wie ein Rowdy aus."

„Er ist ein netter Mensch und was interessiert mich, wie er aussieht?" Er legte den Kopf zur Seite und wartete auf eine Antwort. „Trevor hat mich wirklich gern."

„Hast du ihm Geld gegeben?", flüsterte seine Mutter hörbar und James wäre am liebsten im Boden versunken.

„Mutter!"

„Nun, du bist blind …"

„Du solltest besser als jeder andere Mensch wissen, dass ich nicht blöd bin und sehr gut in der Lage, auf mich selbst aufzupassen. Du hast mich jahrelang gedrängt, unabhängig zu werden. Jetzt bin ich es und du behandelst mich, als wäre ich völlig hilflos." Er neigte den Kopf. „Ich begreife es nicht."

Sie nahm seine Hand. „Ich möchte nicht, dass du ausgenutzt wirst."

„Du meinst wie von deinem Freund Collin?"

„Er ist ein netter Junge", widersprach sie.

„Nein, ist er nicht. Er ist mit mir nur ausgegangen, um an meine Familie heranzukommen. Er wollte, dass ich Dad bitte, ihm einen Job zu verschaffen und er wollte Geld."

„Das ist nicht wahr", wehrte sich seine Mutter und James schüttelte den Kopf.

„Doch, ist es. Collin war nicht an mir interessiert, sondern daran, wozu ich ihm verhelfen kann. Als ich sagte, dass ich Dad nicht fragen würde, wurde er gemein."

James begann zu zittern, beruhigte sich aber, als Trevor eine Hand auf seine Schulter legte. „Collin hat mich verletzt, Mom." Seine Augen füllten sich mit Tränen und James wehrte sich dagegen, wegen eines Arschlochs wie Collin zu weinen. „Er sagte, ich wäre nutzlos und er würde nicht den Rest seines Lebens damit verbringen, mir den Hintern abzuwischen. Niemand würde den Rest seines Lebens damit verbringen wollen, sich um mich zu kümmern."

Seine Mutter schnappte nach Luft. „Er hat was?" Der Zorn in ihrer Stimme überraschte James. „Du meine Güte, ich …"

„Es ist okay, Mom. Collin ist weg und ich wollte dich nicht verletzen, also ließ ich dich in dem Glauben, es wäre meine Schuld gewesen." James lehnte sich an Trevor, der ihm über die Wange streichelte.

„Warum hast du mir das denn nicht gesagt?", klagte seine Mutter, als würde sie gleich in Tränen ausbrechen.

„Ich dachte nicht, dass du mir glauben würdest." James sagte die Wahrheit und Trevor nahm die Hände weg, als seine Mutter ihn umarmte.

„Natürlich hätte ich dir geglaubt." Sie drückte ihn an sich und James erwiderte die Umarmung. Es war eine Weile her, seit er das zuletzt getan hatte. „Ich weiß, ich bin nicht die beste Mutter der Welt, aber ich werde dir immer glauben."

„Dann vertrau meinen Entscheidungen." James ließ sie los und sie trat zurück. „Ich treffe gute Entscheidungen und ich weiß, wo meine Grenzen sind. Ich brauche dich immer noch. Nicht mehr als meine Augen, aber als Mutter, als jemanden, dem ich wichtig bin."

„Aber ich habe mich so lange um dich gekümmert." Ihr Stuhl knarrte, als sie sich wieder setzte.

„Und du hast mir das übel genommen. Das ist vielleicht ein zu harter Ausdruck, aber ich habe so lange so viel deiner Zeit und deiner Aufmerksamkeit beansprucht und mehr kann ich nicht verlangen. Es war Zeit, dass du mal etwas für Dad und für dich selbst tust. Ich kann wirklich gut für mich selbst sorgen."

„Sind Sie wirklich bereit, alles zu tun, was James braucht?" Das hatte offenbar Trevor gegolten.

„Ich habe James wirklich sehr gern", sagte Trevor leise. „Er ist ein ganz besonderer Mensch und er braucht nicht so viel Hilfe. James ist normalerweise unglaublich selbstständig, wie ich herausgefunden habe." Trevor machte eine Pause und strich James sanft über die Schultern. „Lass mich dir mit der Schiene helfen." James streckte das Bein aus und Trevor brachte es in die richtige Position.

„Mom, könnten wir uns später weiter unterhalten? Morgen früh vielleicht?" James nestelte an seinem Bademantel. „Es ist ein wenig spät für all das." Er gähnte und seine Mutter seufzte.

„Na schön. Aber ich mache mir immer noch Sorgen um dich." Sie stand auf und der Stuhl knarrte wieder leicht. Auch James stand auf.

„Ich bin froh, dass du dich sorgst. Es bedeutet, dass es dir wichtig ist." Er kam vorsichtig einen Schritt näher und sie umarmte ihn.

„Natürlich ist es das."

„Dann musst du manchmal etwas geduldiger mit mir sein", flüsterte James ihr ins Ohr.

„Wenn ich geduldig wäre, würdest du immer noch zu Hause wohnen und dich abkapseln", schnaubte seine Mutter. „Ich habe dich gedrängt und das war das Beste, was ich hätte tun können. Ich weiß, dass es schwer ist, blind zu sein. Es bedeutet, dass du viel mehr Zeit für Dinge brauchst, die alle anderen in ein paar Sekunden tun. Genau deshalb habe ich dich gedrängt. Es wäre einfach gewesen, aufzugeben. Das wollte ich nicht zulassen. Ich weiß, dass du mich manchmal gehasst hast, aber ich war sicher, ich müsste es tun."

James wartete darauf, dass sie sich bewegen würde, aber er hörte nichts. Es war einer jener Momente, wo er nicht wusste, was vorging und was er tun sollte.

„Bevor ich gehe, muss ich dir noch sagen, dass wir heute einen Anruf bekommen haben. Leader Dog meinte, sie hätten in zwei Wochen eine Hündin für dich. Offenbar haben sie noch immer unsere Nummer. Sie geht gerade durch die letzte Phase des Trainings und der Vorbereitung. Ich habe ihnen deine Nummer gegeben. Sie sagten, sie würden dich anrufen, um die Übergabe und das Training zu arrangieren."

„Das ist großartig." James hob den Arm und seine Mutter nahm ihn. Er brachte sie zur Tür.

„Bist du wirklich okay? Ich hasse es, dich humpeln zu sehen."

Er zuckte mit den Schultern. „Es geht schon. Solche Dinge passieren von Zeit zu Zeit. Ich habe mir noch nie den Knöchel verstaucht, aber ich bin schon gestürzt und werde es wieder tun. Es passiert einfach."

„Nicht, wenn ich es verhindern kann", sagte Trevor hinter ihm nachdrücklich.

„Okay, ich denke, ich verstehe, warum du diesen Mann magst", gab seine Mutter zu. „Ich behalte mir ein endgültiges Urteil vor, bis ich weiß, dass er dich auch weiterhin glücklich macht." Sie küsste ihn auf die Wange, öffnete die Tür und trat hinaus. James schloss hinter ihr ab.

„Nun, das war … ungewöhnlich", sagte Trevor. „Deine Mutter hatte die Farbe einer reifen Tomate, als wir aus dem Schlafzimmer kamen."

„Sie klang nicht, als würde es ihr etwas ausmachen. Aber so klingt sie meistens."

„Sie mag mich nicht", stellte Trevor fest und kam zu James. „Lass uns sehen, dass wir wieder ins Bett kommen."

James setzte sich auf den nächsten Stuhl, um seinen Knöchel für ein paar Minuten zu entlasten. Trevor verließ den Raum und kümmerte sich um einige Dinge im Haus. James frage sich, wohin er gegangen war, bis er das Wasser rinnen hörte. Trevor kam zurück, führte James ins Bad und schloss die Tür.

Er streifte James den Bademantel von den Schultern und dirigierte ihn zur geschlossenen Toilette. Er nahm ihm die Schiene ab. „Gib mir eine Minute Zeit." Er trat zurück und James hoffte, dass er sich auch auszog. Es stellte sich heraus, dass er richtig gelegen hatte, was deutlich wurde, als Trevor ihn hochzog und zur Wanne führte. Die Vorhangringe klirrten auf der Stange, als er den Duschvorhang zuzog.

James stand direkt unter der Brause und das warme Wasser lief an ihm herunter. Trevor schloss sich ihm an und drückte seinen nackten Körper an ihn. „Das war eine wunderbare Idee." Trevor war nass, heiß und…

„Dreh dich um und stütz dich an der Wand ab." Trevor drehte ihn herum und half ihm, sich festzuhalten. James hob ein Bein ein wenig an, um seinen Knöchel zu entlasten. Er fragte sich, was Trevor vorhatte und musste nicht lang auf eine Antwort warten. Trevor glitt mit eingeseiften Händen über seine Schultern und seinen Rücken und schäumte ihn ein, ehe er sich mit Brust und Hüften an ihn drückte. Trevors Erektion schob sich zwischen seine Pobacken. Seine Hände wanderten über James, umrundeten seine Taille und landeten schließlich bei seinem Schwanz.

„Hast du das auch mit den Typen gemacht, die du aus den Clubs mit nach Hause genommen hast?", fragte James, als Trevor an seinem Ohrläppchen saugte.

„Nein, so etwas habe ich nie gemacht. Sie waren praktisch wie Freier. Ich bin mit ihnen irgendwohin gefahren, nie zu mir nach Hause, und wir hatten Sex. Danach bin entweder ich gegangen oder sie. Mehr war nicht dran. Etwas wie das hier ist zu intim."

James drehte sich vorsichtig in Trevors Armen um. „Und was ist mit Chase? Hast du solche Dinge mit ihm getan?" James hielt Trevor und es dauerte ein paar Sekunden, ehe er bemerkte, dass Trevor einfach dastand. Alle Zärtlichkeiten hatten aufgehört und Trevor bewegte sich nicht.

„Warum musstest du jetzt von ihm anfangen?", fragte Trevor eher schroff.

„Weil du nicht über ihn sprichst. Du hast einmal seinen Namen genannt und das war es." James tastete nach der Seifenschale. Er fand ein kleines Stück und strich damit über Trevors Brust. Er würde ihn nicht ausweichen lassen.

„Ich möchte nicht über ihn sprechen", sagte Trevor, aber in seiner Stimme schwang Zweifel. James legte die Arme um Trevors Taille und hielt ihn stumm fest. Dann fuhr er fort, Trevor einzuseifen. Es tat ihm leid, dass er es erwähnt hatte, aber wenn Trevor diese Art von Schmerz in sich trug, dann musste der irgendwann raus. Ihn zu vergraben, wäre nicht gut für ihn. „Spül dich ab", flüsterte James.

Trevor trat wieder unter den Wasserstrahl und James sorgte dafür, dass an ihnen beiden keine Seifenreste mehr waren. Er liebte es, Trevor mit seinen Händen zu erkunden. Das eignete sich hervorragend als Entschuldigung, nur dass Trevor plötzlich geistig nicht mehr anwesend war.

James griff nach den Hähnen und stellte das Wasser ab. „Du wirst mit helfen müssen." Er fand sich in seinem Bad sehr gut zurecht. Aber mit seinem Knöchel und der Tatsache, dass Trevor da war, wollte er nicht ausrutschen oder hinfallen. Das wäre wirklich schlecht. James war im Bad mehr als einmal gestürzt und hatte keine Lust, das zu wiederholen.

Schließlich stieg Trevor aus der Wanne und ließ James allein.

Er ertastete seinen Weg, stieg heraus, fand sein Handtuch und gab Trevor eines aus dem Schrank.

„Wirst du weglaufen?", fragte James, während er sich abtrocknete.

„Nein, warum denkst du das?" Trevors Stimme klang ein wenig kühl.

„Weil du dich bereits zurückziehst. Ich muss dich nicht sehen, um zu wissen, dass dein Gesicht verschlossen ist und dass du überlegst, wie schnell du hier abhauen kannst. Weißt du noch, wie ich sagte, dass du manchmal anders riechst? Nun, im Augenblick riecht dieses Bad nach Hitze, Dampf und Angst –

einer Menge Angst. Und ich kann dir verraten, dass Angst der schlimmste Geruch ist, den es gibt. Schlimmer als ein Stinktier." Er rümpfte demonstrativ die Nase. Er hatte das als Kind dauernd getan und die Gewohnheit beibehalten. Es war ein Ausdruck, von dem er wusste, dass er Wirkung zeigte.

„Ich habe vor nichts Angst."

„Außer davor, über Chase zu sprechen."

James wusste, dass er Druck machte. „Schau, willst du wirklich mit mir zusammen sein? Mit allem, was dazugehört? Oder ist das nur ein One-Night-Stand, der sich über zwei Wochen erstreckt?" Er stemmte die Hände in die Hüften und bemühte sich, Trevor anzustarren. Da alles möglich war, hoffte er, dass er nicht auf seinen Schwanz starrte oder etwas in der Art.

„Ich ... Ja ... Du bist mein Freund und ich weiß, dass ich dir von ihm erzählen muss. Aber ich kann das jetzt nicht. Okay?" Seine Stimme überschlug sich und brachte James dazu, zurückzuschalten. Trevor war ein selbstbewusster Typ. Was immer dieser Chase ihm angetan hatte, musste ziemlich schlimm gewesen sein, wenn seine Stimme so zitterte.

„Okay." James kam zum Schluss, dass zu insistieren ihn nicht weiterbringen würde, Trevor würde sich nur weiter zurückziehen. „Du weißt, dass du mir alles anvertrauen kannst."

Trevor seufzte. „Ich weiß. Das ist nicht das Problem. Ich bin nicht sicher, ob ich mir selbst vertrauen kann." Er stieß gegen James, als er sich abtrocknete und James setzte sich auf den geschlossenen Deckel der Toilette. Trevor gab ihm seine Schiene, er legte sie an und wartete, bis Trevor fertig war. „Das ist etwas, worüber ich sehr lange nicht mehr gesprochen habe und ich weiß nicht, ob ich es kann."

„Vielleicht musst du es tun. Diese Sache mit Collin hatte mir ziemlich zugesetzt. Aber es hat geholfen, dir zu erzählen, was passiert ist."

Trevor seufzte wieder. James blieb sitzen, drehte sich in die Richtung, in der er Trevor vermutete und wartete. „Gib mir ein bisschen Zeit."

James streckte die Hände aus und Trevor zog ihn hoch. „Ich werde dir geben, was immer du zu brauchen meinst." James lehnte sich an Trevor, als er die Tür öffnete und ein kühler Luftzug über seine heiße Haut strich. Trevor führte ihn ins Schlafzimmer und James trat zur Seite, als das Bettzeug raschelte, weil Trevor es glatt zog. Dann schlüpfte James ins Bett und Trevor legte sich zu ihm. James machte es sich bequem und hielt still.

„Ich hatte nicht erwartet, deine Mutter heute Abend zu sehen."

„Ich auch nicht." An sie zu denken, fühlte sich neben Trevor ein wenig seltsam an. „Aber es hat gezeigt, dass ich mich vielleicht in ihr getäuscht hatte."

„Ich denke, deine Mom hat ein Rückgrat aus Stahl. Sie war bereit, mich in Stücke zu reißen, als ich aus dem Schlafzimmer kam. Ich schwöre dir, wenn sie gedacht hätte, dass ich dich verletzen werde, hätte sie dich verteidigt wie eine Löwin ihr Junges. Sie ist vielleicht nicht perfekt, aber es besteht kein Zweifel daran, dass sie dich liebt."

„Ich hatte nicht erwartet, dass du ein Fan sein würdest."

„Das bin ich nicht. Sie ist verdammt angsteinflößend. Deine Mom möchte ich nicht zum Feind haben." Trevor drehte sich um und zog James ein wenig näher. „Ich glaube tatsächlich, dass sie mit meiner Mom gut ausgekommen wäre. Auch wenn sie unterschiedlicher Herkunft sind, hätten sie doch viele Gemeinsamkeiten gefunden. Meine Mom hat nie aufgehört, darum zu kämpfen, dass ich alles hatte, was ich brauchte."

James wusste nicht, worauf Trevor sich bezog, also schwieg er und hoffte, dass Trevor es erklären würde.

„Ich war nie gut in der Schule. Das Lesen fiel mir immer schwer und Mom meinte, es müsse einen Grund dafür geben. Sie machte so lange Druck, bis man herausfand, dass ich ein Wahrnehmungsproblem hatte. Ich konnte die Wörter lesen, behielt sie aber nicht im Gedächtnis. Wenn ich aber etwas hörte, konnte ich mich ewig daran erinnern."

„Wie haben sie das rausgefunden?"

„Hattest du in der Schule Lehrer, die der Klasse Geschichten vorgelesen haben? Ich meine, bevor du deine Sehkraft verloren hast?"

„Ja, klar haben das auch meine Lehrer gemacht. Sie wollten uns wohl allgemein für Geschichten interessieren."

„Ich konnte dieselbe Geschichte wie der Lehrer lesen und behielt nichts. Aber sobald der Lehrer sie vorlas, konnte ich sie beinahe Wort für Wort wiedergeben. Also organisierte Mom mir Hilfe und sie hat mir jahrelang viele meiner Hausaufgaben vorgelesen. Sie war unglaublich und als sie starb, war ich am Boden zerstört. Ich hatte nicht nur meine Mom verloren, sondern auch meine Anwältin. Dad versuchte dort weiterzumachen, wo sie aufgehört hatte, aber für ihn war es schwerer. Er tat sein Bestes, aber Mom hatte alles für mich getan."

James hatte das Gefühl, er könnte sich langsam ein Bild davon machen, was Trevor zugestoßen war, aber das Bild war weit davon entfernt, vollständig zu sein. Da gab es noch viel herauszufinden, aber das musste von Trevor und in seinem eigenen Tempo kommen.

„Ich habe Verständnis für Lernschwierigkeiten. Ich lebe jeden Tag mit ihnen."

„Ich weiß."

James fühlte sich ein wenig unbehaglich.

„Wie lange bist du zur Schule gegangen, um deinen Job zu machen?", erkundigte sich Trevor.

„Ich habe einen Master in Erziehungswissenschaft mit Schwerpunkt Psychologie. Ich hoffe, irgendwann mein Doktorat zu machen. Ich helfe den Jugendlichen, mit denen ich arbeite, wirklich gerne. Ich hatte Menschen, die mir geholfen haben. Das wollte ich zurückgeben und beschloss, einer von ihnen zu werden."

„Wow. Ich wusste, dass du intelligent bist, aber ...“

James drehte sich um und wandte sich Trevor zu. Nicht, dass es für ihn einen großen Unterschied machte, aber für Trevor schon.

„Du bist auch intelligent. Du leitest sechs Unternehmen und hast sie erfolgreich gemacht. Ich zweifle auch nicht daran, dass du einen Weg aus dieser Krise finden und langfristig stärker werden wirst. Ich könnte das nie.“

„Weil du blind bist?“

„Nein, weil ich keinen Sinn fürs Geschäft habe. Das hat noch nie zu meinen Stärken gehört. Ich kenne mich mit Geld aus und gehe mit meinem vorsichtig um. Aber ich habe keine Ahnung, wie du machen kannst, was du machst.“

„Es fällt mir von Natur aus leicht.“

„Siehst du? So geht es mir mit dem Unterrichten. Manchmal ist es verdammt hart, aber irgendwann gelingt es mir, zum Schüler durchzudringen. Dann wird es schön. Ich arbeite meistens mit Kindern, wie ich eines war. Sie konnten einmal sehen und können es nicht mehr. Oder sie werden ihre Sehkraft verlieren und wir versuchen ihnen zu helfen, bevor sie blind werden. Aber jedes dieser Kinder muss durch den Prozess der Trauer gehen. Sie haben etwas verloren, das für sie wertvoll war.“

Trevor streichelte ihm über die Wange. „Wenn es eine Operation gäbe, die deine Sehfähigkeit wiederherstellen könnte, würdest du es tun?“ Er rückte ein wenig näher.

„Das ist nicht möglich. Die Krankheit, die ich hatte, hat den Sehnerv angegriffen. Meine Augen sind intakt, aber die Verbindung zum Gehirn ist zerstört und es ist nicht möglich, eine neue zu erschaffen.“

„Aber was, wenn es möglich wäre. Man macht heute schon Ohrimplantate für taube Menschen. Was wäre, wenn es Augenimplantate gäbe und du coole Roboteraugen haben könntest.“ Trevor schien Spaß an der Vorstellung zu haben. „Vielleicht könnte man sie violett machen oder so was. Wie auch immer, wenn es Roboteraugen gäbe und man sie dir einsetzen könnte, damit du wieder sehen kannst, würdest du es machen?“

„Wahrscheinlich. Ich erinnere mich, wie es war, zu sehen. Also ja, ich hätte meine Sehkraft gern zurück. Aber ...“ James zuckte mit den Schultern. „Das ist jetzt leicht gesagt. Was, wenn damit ein Risiko verbunden wäre, das Gehirn zu schädigen? Wenn ich auch taub werden oder meine kognitiven

Fähigkeiten verlieren könnte? Der Punkt ist, ich bin mehr als die Tatsache, dass ich blind bin. Ich bin eine ganze Persönlichkeit und meistens mag ich, was ich bin. Im Großen und Ganzen bin ich glücklich. Also warum daran rütteln?"

„Ich verstehe."

„Das glaube ich nicht." James nahm Trevors Hand in seine. „Ich habe eine Menge hinter mir und es hat lange gedauert, bis ich damit Frieden schließen konnte, was ich bin. Zuerst musste ich damit klarkommen, dass ich blind bin und lernen, mich in der Welt zurechtzufinden. Dann musste ich akzeptieren, dass ich schwul bin und mich in einem weiteren Punkt von der Mehrheit der Menschen unterscheide. Meine Mom ist deshalb völlig ausgeflippt. Zum Glück hatte ich Marti, die ihr deshalb die Hölle heiß gemacht hat. Sie hatten deshalb eine heftige Auseinandersetzung und Marti sagte meiner Mutter sogar, sie sollte nicht so blöd sein oder so etwas in der Art."

„Wow." Trevor kicherte und James stimmte ein.

„Damals war es allerdings nicht witzig. Aber ich klärte es für mich und kam zum Schluss, dass ich mir mein eigenes Leben aufbauen musste. Ich ging aufs College, blieb aber in der Stadt. Manchmal war es schwierig, aber ich tat es, weil es mir wichtig war. Ich musste erst einmal herausfinden, wer ich war und das habe ich. Ich glaube wirklich nicht, dass ich das alles noch einmal durchmachen wollte. Ich müsste so viele Dinge neu lernen."

„Das verstehe ich nicht. Du weißt doch schon so viel?"

„Ja, aber das meiste ist aus der Perspektive eines Menschen, der nicht sehen kann. Das letzte echte Buch habe ich mit elf gelesen oder so. Ich denke nicht in Wörtern, wie du sie benützt, sondern in Punkten auf einer Seite. Das sind keine geschriebenen Worte. Ja, ich kann schreiben, aber nicht gut."

„Du kannst nicht lesen? Ich meine echte Bücher?", fragte Trevor, schien aber keine Antwort zu wollen. „Ich schätze, das ergibt Sinn. Dein Computer hat eine Tastatur mit Blindenschrift."

„In meinem Leben dreht sich alles um Klang und Berührung. In geringerem Umfang Geschmack und Geruch, die auch wichtig sind. Wenn ich sehen könnte, wäre das toll, aber ich müsste meinen Platz in der Welt wieder ganz neu bestimmen." James kicherte. „Sorry. Ich schätze, das war eine umständliche, ausschweifende Antwort auf eine ziemlich simple Frage." Er rückte näher zu Trevor, gähnte und fühlte, wie er schläfrig wurde. „Sie war wahrscheinlich nicht sehr hilfreich."

„Da liegst du falsch." Trevor zog ihn zu sich. „Sie hat mir einen kleinen Einblick in dein Leben gegeben. Manchmal ist es leicht zu vergessen, dass zum Blindsein mehr gehört, als nur nicht sehen zu können." Auch Trevor gähnte und James schloss daraus, dass sie für diese Nacht genug geredet hatten. „Ich kann

immer noch nicht glauben, dass deine Mutter reingekommen ist, nachdem wir gerade Sex hatten."

James stöhnte. Sie waren wieder bei seiner Mutter. Einem Thema, mit dem er sich nicht auseinandersetzen wollte, während er mit seinem Freund im Bett war. Es neigte dazu, ein Stimmungskiller zu sein. „Ich vermute, sie war ein wenig schockiert. Ich glaube, ich hätte gerne ihr Gesicht gesehen."

„Lass es mich so ausdrücken: Wenn Blicke töten könnten, wäre ich jetzt tiefgefroren." Trevor schien amüsiert, was eine Erleichterung war. „Ich wette, deine Mutter klopft das nächste Mal, ehe sie hereinstürmt."

„Ich hoffe es." James kuschelte sich eng an Trevor und horchte auf seinen Atem, als er einschlief. Seine eigenen Gedanken ließen ihn nicht so leicht hinübergleiten. James dachte darüber nach, was dieser Chase Trevor wohl angetan hatte und was er mit dem Kerl machen würde, sollte er ihn zu fassen kriegen.

9

DAS ERSTE, was Trevor auffiel war, dass sein Motorrad nicht mehr im Schaufenster geparkt war.

Kaum, dass er eingeparkt hatte, kam Brent aus dem Geschäft gelaufen. „Ich habe das Bike gestern verkauft und es wurde heute bezahlt." Er deutete auf den Platz, an dem das Bike gestanden hatte. „Die neuen Besitzer haben gefragt, ob wir es vorerst hierbehalten können. Sie holen es dann nächste Woche ab. Ich habe es abgedeckt, damit es keine Kratzer bekommt und nicht schmutzig wird."

Trevor versuchte zu lächeln und scheiterte. Es widerstrebte ihm zutiefst, sein geliebtes Motorrad verkaufen zu müssen. Aber als Brent ihm die Quittung unter die Nase hielt, machte er große Augen.

„Zwei Interessenten kamen gleichzeitig an und es entwickelte sich ein kleines Wettbieten. Dabei konnte ich tausend Dollar mehr herausholen. Ich hoffe, das ist okay." Brents Augen leuchteten vor Begeisterung. „Ich weiß, wie sehr du dieses Bike geliebt hast."

Diesmal schaffte Trevor es, zu lächeln. „Natürlich ist es okay." Was zum Teufel sollte er auch sagen? Dass es sich anfühlte, als würde er ein Stück seiner Seele verkaufen?

„Ich weiß, dass du hart für das Bike gearbeitet hast und wie schwer es dir fällt, es zu verkaufen." Brent begleitete Trevor zum Büro.

Trevor hatte über ein Jahr gespart, um alleine das Geld für die Anzahlung aufzutreiben und hatte dann ganz genau die Maschine bestellt, die er immer wollte. Er hatte gehofft, damit kreuz und quer durchs Land zu fahren, aber seine Pläne hatten sich durch die Expansion des Geschäfts geändert. Während der Vorbestellung hatte er unzählige Überstunden gemacht, oft bis spät in die Nacht, um zusätzliche Reparaturaufträge annehmen zu können. Nur, damit das Bike ihm gehören würde, sobald es geliefert wurde.

„Es ist okay." Trevor folgte Brent ins Büro und Brent übergab ihm einen Umschlag mit dem Barscheck, der auf ihn persönlich ausgestellt war.

„Ich dachte, die Zahlung sollte nicht übers Geschäft laufen, weil das Bike dein persönlicher Besitz war. Du musst nur unterschreiben, damit wir die Besitzrechte übertragen können." Brent schob ihm die Papiere hin, Trevor überprüfte sie und unterzeichnete.

Das Bike gehörte offiziell nicht mehr ihm.

Er bemühte sich, nicht darüber nachzudenken. „Danke, ich weiß wirklich zu schätzen, dass du dich darum gekümmert hast. Was gibt es sonst?"

Brent senkte den Blick und schloss die Tür des Büros. „Tatsächlich einiges." Er biss sich auf die Lippe. „Alan ist gestern hier aufgetaucht. Er hat vor allen eine große Show abgezogen, dass er nichts Unrechtes getan hätte. Er sagte, wenn du ihn seinem Wert entsprechend bezahlt hättest …" Brent seufzte. Ich habe ihn rausgeworfen und ihm gedroht, die Polizei zu rufen. Ich nehme an, dass er auf Kaution draußen ist oder so was. Das hat geholfen, denn er hat sich verzogen, sobald ich das Telefon in der Hand hatte."

„Scheiße!" Trevors Hände ballten sich zu Fäusten. „Es scheint, als ob wir den Arsch nie loswerden. Er ist der Grund, dass ich all diese Schwierigkeiten habe, und dann stellt er es dar, als wäre ich der Böse." Er hatte das Bedürfnis, auf etwas einzuschlagen.

„Es war, als würde er für sich selbst eine rationale Erklärung suchen. Er sah furchtbar aus. Mitgenommen, hohläugig, wie die Junkies in den Clubs – du weißt, welche Sorte ich meine." Brent schüttelte den Kopf. „Als er weg war, habe ich bei der Polizei angerufen, aber ich weiß nicht, ob die was unternommen haben. Eine Stunde später kam ein Polizist vorbei und machte sich Notizen. Zumindest erscheint in seiner Akte jetzt, dass er hier war, falls das etwas bringt. Er hat jedenfalls schon genug Probleme und ich glaube zumindest nicht, dass er noch mal herkommt."

„Gibt es sonst etwas?" Er musste über etwas anderes sprechen – irgendwas anderes als Alan. Er hatte bereits Trevors Geschäft und seine Finanzen aufs Spiel gesetzt und nun hatte der Bastard nicht mal so viel Anstand, sich zu verkriechen? Er musste weiterhin Schwierigkeiten machen. Was hatte er Alan nur getan, außer ihm eine Chance zu geben? Trevor schüttelte den Kopf, denn er hatte keine Antwort.

„Wie wäre es mit ein paar guten Neuigkeiten?" Brent reichte ihm einen kleinen Stapel Papiere. „Wir hatten während der letzten zwei Tage mindestens ein Dutzend Leute, die ihre Rechnungen beglichen haben. Ich habe die Rechnungen in einem Ordner am Schreibtisch, damit du sie durchsehen kannst. Ich denke, in Zukunft sollten wir Aufschübe so weit wie möglich einschränken. Da war eine Menge Geld gebunden."

„Ich weiß. Ich habe versucht, den Leuten zu helfen und damals konnte ich mir das leisten." Wie schnell sich die Dinge ändern konnten. Trevor setzte sich an den Schreibtisch und begann die Empfangsbestätigungen und andere Papiere durchzusehen. „Das Geschäft scheint gut zu laufen."

„Wir sind für die nächsten zehn Tage ausgebucht und ständig rufen Leute wegen Terminen an. Wir konnten zusätzliche Aufträge annehmen, indem wir die Stunden der Teilzeitmitarbeiter aufgestockt haben." Brent sah aus dem

Fenster auf den Hof der Werkstatt, wo Scott über eine Motorhaube gebeugt stand und an dem Motor arbeitete. Neben ihm stand Lee und die beiden redeten ununterbrochen. Brent konnte den Blick nicht von Scott abwenden.

Trevor räusperte sich, sagte aber nichts, als Brent seine Aufmerksamkeit wieder ihm zuwandte.

„Um mehr Arbeit annehmen zu können, würden wir eine weitere Servicebox brauchen."

„Wenn es sich weiter so entwickelt, könnten wir die Arbeitszeiten ändern. Einige der Jungs kommen vielleicht gerne erst zu Mittag und arbeiten dafür abends länger. Dadurch könnten wir unsere Ressourcen noch besser nützen." Dass das Geschäft so gut lief, gab Trevor Hoffnung, dass sie sich aus diesem Tief herausarbeiten konnten. „Wie macht sich Lee", fragte er, als er die beiden zusammen beobachtete.

„Wirklich gut. Er und Scott scheinen ein gutes Team zu bilden. Es gibt natürlich Dinge, die er nicht tun kann, aber er macht Scott effizienter und der Kleine liebt Autos. Seine Mutter wird ihn in ein paar Stunden abholen. Sie wollte ihn nicht allein hier lassen, aber Scott hat sie überzeugt." Da war ein Anflug von Eifersucht in Brents Stimme. Er wandte sich vom Fenster ab. „Ich habe von Dean gehört – der wohlgemerkt immer noch grundlos sauer auf dich ist – dass du dich immer noch mit James triffst."

Trevor sah auf und legte die Papiere zurück auf den Tisch. „Ja, wir sind zusammen."

Brent setzte sich auf den nächsten Stuhl. „Das ist vielleicht nicht der richtige Ort, um zu fragen, aber wir sind so lange befreundet und ich habe nie erlebt, dass du dich auf eine Beziehung eingelassen hast. Nicht seit Chase. Der Mann muss wirklich etwas Besonderes sein."

„Das ist er und ich wünschte, ich könnte greifen, was genau es ist." Trevor lehnte sich zurück und lächelte, als er an James dachte. „Manchmal sieht James die Dinge klarer als der Rest von uns und er hatte sich in mein Herz geschlichen, ehe ich überhaupt bemerkte, was passiert." Er seufzte leise. „Er macht mich glücklich und es erschreckt mich zu Tode." Trevor versuchte, den Frosch in seinem Hals zu schlucken, als er sich vorbeugte. „Ich weiß nicht, ob ich das kann."

„Ob du was kannst, Trevor? Eine Beziehung führen? Mehr als das zu haben, was du jetzt jahrelang hattest? Es ist Zeit, du musst dich mit dem auseinandersetzen, was geschehen ist."

„Das habe ich."

Brent lehnte sich über den Schreibtisch. „Das hast du nicht. Du hast Chase in eine Kiste gepackt, die Kiste in deinem Hinterkopf verstaut und versucht, sie nie wieder zu öffnen. Ist dir eigentlich klar, dass du in all den

Jahren nie über Chase gesprochen hast? Es ist, als ob er für dich nie existiert hätte."

„Brent", knurrte Trevor leise.

„Nein. Ich bin zu allererst dein Freund. Du kannst mich feuern, wenn du willst. Aber wir kennen uns schon ewig. Ich muss dir sagen, dass es gut ist, wenn James dich dazu bringt, aufzuarbeiten, was mit Chase geschehen ist. Und wenn du bereit bist, dein Herz wieder jemandem zu öffnen, dann ist das auch gut. Es ist Zeit, dass du wieder anfängst zu leben und nicht nur zu existieren, von Tag zu Tag und von Lover zu Lover."

„Dean sieht das nicht so."

„Das liegt daran, dass Dean jemanden möchte, der mit ihm durch die Gegend zieht und Typen aufreißt. Er möchte den alten Trevor zurück, weil er das gerade braucht. Denk mal nach. Er war mit Dumpfbacke zusammen und damals wollte er nicht mehr ausgehen. Er war ein verdammter Stubenhocker. Also mach das, was für dich gut ist und nicht, was jemand von dir will."

Trevor wusste nicht, was er denken sollte. „Ich weiß nicht, ob ich das kann."

Brent lehnte sich zurück. „Der große Trevor Michaelson besiegt von etwas, das außerhalb seiner Kontrolle war und dessentwegen er sich so schuldig fühlt, dass er es lieber wegsperrt, als sich ihm zu stellen und sich damit auseinanderzusetzen."

Brent stand auf und beugte sich über den Schreibtisch. „Willst du mir wirklich sagen, dass du eher die Chance aufgeben würdest, mit James glücklich zu werden, als dich deinem Schmerz zu stellen? Denn von alleine wird er nicht weggehen."

Trevor sprang auf und tat sein Bestes, Brent einzuschüchtern und ihn zum Rückzug zu bewegen, aber es gelang ihm nicht mal für einen Moment. Er hielt seinem Blick stand. „Wie zum Teufel bist du so klug geworden?"

„Sicher nicht davon, all die Jahre mit dir rumzuhängen."

Trevor setzte sich wieder und Brent folgte seinem Beispiel. Sie umkreisten einander wie kampfbereite Wölfe. Schließlich entspannte Trevor sich.

„Manchmal muss man Dinge einfach loslassen, mein Freund."

Trevor rollte mit den Augen. „Vielleicht solltest du deine Weisheiten auf T-Shirts drucken lassen. Du könntest ein Vermögen machen."

Brent brummte und sah wieder aus dem Fenster. Scott stand mit leuchtenden Augen und einem Fleck Schmieröl auf der Wange da und warf erst einen Blick zu Lee und dann unauffällig einen zu Brent. „Vielleicht solltest du dir erlauben, glücklich zu sein. Aber dazu musst du loslassen, was geschehen ist."

Trevor legte alle Karten auf den Tisch. „James hat nach Chase gefragt. Er hat von meinem Dad ein paar Dinge aufgeschnappt, als wir da eingeladen waren. Er will, dass ich es ihm erzähle."

„Ich weiß ja nicht alles und es geht mich auch nichts an. Aber ich denke, wenn es dir mit James ernst ist, solltest du es ihm erzählen. Ich habe selbst schon vielversprechende Beziehungen ruiniert, weil ich blöd war und Dinge für mich behalten habe. Erinnerst du dich an David? Das habe ich übel vergeigt. Er ging aufs College und war so ein netter Junge, vertrauensvoll und sanft. Ich habe ihn verletzt, weil ich Geheimnisse hatte und auch mit anderen Typen spielen wollte. Ich habe ihn neulich getroffen. Er hat einen Mann und zwei kleine Söhne – Zwillinge. Er lebt drei Blocks von dir entfernt und ich glaube, er ist der glücklichste Mensch, dem ich je begegnet bin. Das hätte mein Leben sein können, wenn ich es nicht vermasselt hätte. Also versau es nicht mit James. Wenn du ihn liebst, und vor allem wenn du willst, dass er auch für dich so empfindet, dann vertrau ihm." Brent stand auf, verließ das Büro und schloss leise die Tür hinter sich.

Trevor beobachtete durch das Fenster, wie Brent seine Runde drehte, mit jedem der Männer sprach und dann an einem der Autos zu arbeiten begann.

TREVOR VERBRACHTE den Rest des Vormittags in der Brown Deer Garage, lernte Lees Mutter kennen und redete ihr gut zu. „Lee macht sich gut und es scheint ihm hier zu gefallen", sagte er, nachdem er sie ins Büro geführt und ihr eine Tasse Kaffee angeboten hatte.

„Aber was, wenn er sich verletzt? Da gibt es Gruben und Öl und …" Sie stellte ihre Tasse ab, ohne daraus zu trinken.

„Er arbeitet mit Scott zusammen und die beiden kommen sehr gut miteinander aus." Trevor deutete hinaus, wo die beiden die Köpfe unter eine Motorhaube steckten. „Sehen Sie nur."

Lee richtete sich auf und grinste, als auch Scott sich streckte. Sie gingen Hand in Hand um das Auto, wo sie weiterarbeiteten.

Sie zog ein Taschentuch aus ihrer Tasche, um sich die Augen zu wischen. „Ich dachte nicht, dass ich ihn je wieder lächeln sehen würde."

„Ich möchte, dass sie mit Brent einen Zeitplan für Lee vereinbaren. Ich werde ihn für seine Arbeitszeit bezahlen und er kann mit Scott zusammenarbeiten."

„Sie meinen …"

„Ich biete Lee einen Job an, wenn er das möchte."

Tränen liefen über ihre Wangen und sie nickte. Es fiel ihr offensichtlich schwer, loszulassen. „Dann frage ich ihn heute Abend, was er tun will, und wir werden alles Nötige arrangieren." Sie wischte über ihre Wangen und griff wieder nach ihrer Tasse. „Sie sind ein Engel, wissen Sie das?"

„James hatte die Idee. So wie ich das sehe, ist er der Engel."

„In dem Punkt kann ich nicht widersprechen." Sie nippte an ihrem Kaffee, bis Lee bereit war zu gehen.

Trevor ging kurz nach ihr. Er besuchte am Nachmittag zwei andere Werkstätten und überall berichteten die Manager, dass das Geschäft gut lief und Leute offene Rechnungen bezahlt hatten.

Am Ende des Tages kontaktierte er Ricky und berichtete ihm vom Stand der Dinge.

„Es wird knapp", meinte Ricky.

„Ich habe mein Motorrad verkauft", erklärte Trevor und fügte hinzu, wie viel er bekommen hatte. „Das sollte sicherstellen, dass wir genug Geld für die Steuerzahlung haben und das Geschäft laufen lassen können."

„Ja, und mit den Leuten, die ihre Rechnungen bezahlen, wird sich deine Liquidität verbessern." Ricky klang erleichtert.

„Ich löse den Scheck für das Bike heute ein, das sollte uns weit genug bringen. Jetzt müssen wir uns darauf konzentrieren, möglichst viel Geld aus Alan rauszuholen."

„Ich habe mit deinem Anwalt gesprochen und wir lassen alles pfänden. Haus, Autos, was immer möglich ist. Ich habe auch seine Konten einfrieren lassen, damit er auf sein Geld nicht zugreifen kann. Offenbar hat er versucht, in Konkurs zu gehen. Aber das wird seiner kriminellen Aktivitäten wegen nicht funktionieren. Wir werden also hoffentlich etwas bekommen. Wir müssen den Prozess abwarten. Aber du wirst es durch die akute Bedrohung schaffen und dann können wir daran arbeiten, die finanziellen Differenzen auszugleichen." Ricky ordnete im Hintergrund Papiere. „Es tut mir wirklich leid, dass du dein Motorrad verkaufen musstest. Ich weiß, dass es dir viel bedeutet hat."

Trevor schluckte. „Ja. Nun, es ist, wie es ist." Er musste das Thema wechseln. „Ich wollte mich nächste Woche mit dir treffen, damit wir uns überlegen, welche Sicherheitsvorkehrungen wir treffen, damit so etwas nicht wieder passiert. Ich glaube, noch einmal würde ich das nicht durchstehen."

„Kein Problem. Ich habe eine ganze Liste von hilfreichen Maßnahmen, die du treffen kannst. Komm am Mittwoch um elf in mein Büro. Bis dahin habe ich alles bereit und wir können beginnen."

„Danke Ricky." Trevor trug die Verabredung in seinen Kalender ein. Ricky war eine große Hilfe gewesen.

In der Werkstatt war Sperrstunde und Trevor verabschiedete sich von jedem einzelnen Mitarbeiter. Zum ersten Mal seit Tagen hatte er das Gefühl, wieder durchatmen zu können. Es hatte ihn zwar sein Motorrad gekostet, aber er hatte das Geld, das er dringend brauchte, auftreiben können. Nun konnte er den Schaden reparieren und weitergehen. Trevor schloss ab und ging zum Auto und rief von unterwegs James an.

„Was hast du heute Abend vor? Ich dachte, wir könnten vielleicht irgendwo essen gehen."

„Du hörst dich glücklich an." Trevor konnte durch die Leitung fühlen, dass James lächelte.

„Ich konnte das restliche Geld aufbringen, das ich noch gebraucht habe und zumindest geht es jetzt wieder aufwärts."

„Ich bin heute bei Marti zum Abendessen eingeladen. Aber vielleicht können wir morgen gehen?", bot James an.

„Natürlich. Das wäre nett. Ich hole dich um fünf ab, wenn es dir recht ist. Ich kenne einen tollen Minigolfplatz. Ich habe einen Schlüsselring gefunden, der piept. Den werde ich an einem Stäbchen befestigen, das wir in die Löcher stecken können."

„Wirklich?" James klang begeistert. „Okay, ich bin um fünf bereit."

Trevor beendete das Gespräch und fuhr von der Schnellstraße ab. Er folgte den ruhigen Alleen bis zu seinem Haus. Er bog zu seiner Garage ein und drückte den Türöffner, als das Handy erneut klingelte.

„Trevor, hier ist noch mal James."

„Ich weiß, Darling. Was ist los?"

„Nichts, ich habe nur gerade Marti angerufen und sie wollte wissen, ob du zum Essen mitkommen möchtest. Sie ist eine tolle Köchin und hat versprochen, Brathähnchen zu machen. Und natürlich ist Zack da. Wenn du das Motorrad nehmen möchtest, wäre er begeistert."

Trevor hielt inne. James wollte, dass er einen Teil seiner Familie traf und klang ganz aufgeregt.

„Das Motorrad ist Geschichte. Ich habe es heute verkauft, um das fehlende Geld für das Geschäft zusammenzubekommen." Er unterdrückte ein Seufzen. „Wann sollen wir da sein?"

„In einer halben Stunde?", sagte James mit etwas abgeschwächtem Enthusiasmus.

Trevor hatte für den Abend keine Pläne, außer vor dem Fernseher zu sitzen. Normalerweise wäre er an einem solchen Abend in einen der Clubs gegangen, aber das lockte ihn ganz und gar nicht. Alleine die Aussicht, James zu sehen, ließ sein Herz etwas schneller schlagen. „Ich muss duschen. Ich komme so schnell ich kann und hole dich ab."

„Wunderbar. Ich gebe Marti Bescheid, dass du kommst. Bis gleich." James legte auf und Trevor eilte ins Haus.

Er zog sich aus, duschte, zog frische Jeans und ein lindgrünes Poloshirt an. Er wusste, dass James ihn nicht sehen konnte, aber er wollte seine Familie beeindrucken. Er versperrte das Haus und war in Rekordzeit wieder auf dem Weg. Alles lief prima, bis er auf der Autobahn im Stau steckte. Sobald er das Zentrum durchquert hatte, lief es wieder besser und er schaffte es mit wenigen Minuten Verspätung zu James.

James war auf der Veranda und sah zum Anbeißen aus. Er trug Jeans und ein blaues Hemd, das zu seinen Augen gepasst hätte, wenn er keine Sonnenbrille getragen hätte. Trevor brachte ihn zum Auto, James gab ihm die Adresse und sie fuhren die kurze Strecke zu Martis Haus.

Sie hielten vor einem schön renovierten Bungalow, Trevor half James aus dem Wagen und führte ihn zum Haus. Die Vordertür wurde aufgerissen und Zack schoss heraus. Er war splitternackt. „Onkel Jimmy!"

„Zack, du musst dich anziehen!", rief Marti, die hinter ihm herlief.

„Hey, kleiner Mann", sagte Trevor. Zack stoppte mitten in der Bewegung, sah zu ihm auf und sauste dann zurück zu seiner Mutter.

„Ist er ein Riese?", fragte Zack.

„Nein, aber er ist groß. Und jetzt lass uns reingehen und dir was anziehen, damit du mit Onkel Jimmy spielen kannst." Sie wandte sich zu ihnen. „Willkommen im Irrenhaus. Kommt rein."

Trevor führte James ins Haus und folgte Marti und dem nackten, zappelnden Zack.

„Da steht ein Stuhl neben dem Fernseher. Kannst du mich da hinbringen?", fragte James und Trevor dirigierte ihn hinüber. James ließ sich nieder und Trevor setzte sich neben ihn.

Tim kam herein. Trevor stand auf, schüttelte ihm die Hand und bedankte sich für die Einladung.

„Soll das ein Witz sein? Marti versucht schon seit Wochen, dich zu treffen." Er lächelte und bedeutete Trevor, sich zu setzen. Zack stürmte ins Zimmer und sprang James auf den Schoß. Er trug Jeans und ein T-Shirt mit einem Lastwagen drauf.

„Knubbeliges Buch lesen", sagte er und drückte James ein Buch in die Hand.

„Bitte."

„An Manieren arbeiten wir noch", erklärte Tim und James tastete mit den Fingern die Seiten ab, um Zack die Geschichte vorzulesen. Tim stand auf und deutete mit dem Kopf zur Küche. Trevor verstand den Hinweis und folgte ihm.

„Zack liebt ihn", sagte Tim und Trevor konnte nicht widerstehen, James zu beobachten, wie er Zack vorlas.

„Er ist der liebenswürdigste Mensch, den ich je getroffen habe." Trevor sah immer noch zu James, während Tim den Kühlschrank öffnete.

„Bier?"

„Danke." Es fiel Trevor schwer, seinen Blick von den beiden zu lösen. „James sagte mal, er wünschte, er könnte Kinder haben. Aber er glaubt nicht, dass das für ihn möglich wäre."

Zack lachte, als James mit hoher, quietschender Stimme die Rolle einer Maus in der Geschichte las. Das Buch war zu Ende und Zack klatschte, als die Maus von dem freundlichen Kätzchen aus der Falle gerettet wurde. „Noch einmal!", forderte Zack und James begann von vorne.

Trevor drehte sich weg und sah, dass Tim ihn beobachtete.

„Junge, dich hat es ja heftig erwischt." Er streckte die Hand aus und Trevor stieß mit seiner Flasche an.

„Worüber redet ihr?", erkundigte sich Marti, als sie hereinkam. Trevor stellte sich noch einmal vor und Marti forderte ihn auf, sich an den Küchentisch zu setzen.

„Wir haben uns über deinen Bruder unterhalten", sagte Tim und setzte sich auch.

Marti holte sich ein Bier und setzte sich zu Tim. „Damit du Bescheid weißt: Das hier ist die Inquisition. Was sind deine Pläne in Bezug auf meinen Bruder?" Sie öffnete die Flasche und nahm einen Schluck.

„Meine Frau ist nicht subtil."

„Subtil ist für Schlappschwänze. Außerdem geht es hier um meinen Bruder."

Sie drehte sich zu Trevor und erinnerte im Ausdruck verdammt an ihre Mutter.

„James und ich tasten uns vorwärts." Er würde ihr nichts sagen, das er nicht auch James gesagt hatte. James verdiente es, vor seiner Familie zu wissen, was er empfand. Er ist …"

„Jimmy ist unglaublich", stellte Marti klar.

„Mir musst du ihn nicht anpreisen, ich weiß genau, wie toll er ist."

Zack klatschte im Nebenzimmer, kam ein paar Sekunden später angeschossen, warf seiner Mutter das Buch zu und lief wieder hinaus. „Ich hole ein anderes." Er war schon wieder unterwegs.

„Zackary, du musst deinem Onkel Zeit zum Luftholen lassen", rief Marti, aber er war schon mit dem nächsten zurück, kletterte James wieder auf den Schoß und schlug das Buch auf.

„Dieses kann ich nicht lesen. Da sind keine Knubbel. Ich kann nur knubbelige Bücher lesen."

Zack düste wieder hinaus.

„Er ist so geduldig", sagte Trevor leise und als Zack mit einem knubbeligen Buch zurückkam, begann James die Geschichte einer Schildkröte zu lesen.

„So ist er beinahe mit jedem, außer mit unserer Mutter. Die beiden geraten regelmäßig aneinander. Früher dachte ich, dass sie ihn abschirmen wollte. Nun denke ich, dass sie ihn selbstständig sehen will, aber immer noch abhängig genug, um sie zu brauchen. Was willst du mit ihm anfangen?"

„Seine Welt öffnen. Morgen spielen wir Minigolf. Ich habe ein piependes Signal, das wir benutzen werden, damit er die Löcher akustisch lokalisieren und auf sie zielen kann. Es ist nicht wichtig, wie gut das läuft, solange er Spaß dabei hat." Er lächelte unwillkürlich.

„Ich war mit Trevor schon Go-Karts fahren. Das war toll. Wir haben immer Spaß." James wandte sich wieder dem Buch zu und Trevor schüttelte den Kopf. Manchmal vergaß er, dass James Ohren wie ein Luchs hatte.

„Er mochte es, mit mir Motorrad zu fahren." Ein Grund mehr, warum Trevor traurig war, dass er das Bike hatte verkaufen müssen.

„James erzählte, jemand in deinem Unternehmen hätte dich bestohlen", sagte Tim.

„Ja. Ich habe das Motorrad verkauft, um den Ausfall auszugleichen und jetzt muss ich das Geschäft wieder auf die Beine bringen. Sobald das geschafft ist, spare ich auf ein neues Bike." Er freute sich darauf, irgendwann wieder mit James auf dem Sozius zu fahren, der sich dann an ihn drücken würde. „Es wird etwas Zeit brauchen. Das Geschäft läuft gerade sehr gut und wir werden es schaffen. Jetzt muss ich nur noch den Kerl, der mich bestohlen hat, davon abhalten, immer wieder aufzutauchen wie ein falscher Fünfziger." Er wandte sich wieder zu James und sein Frust löste sich für den Moment auf. Das gehörte nicht hierher. Er wollte James nicht die Zeit mit seiner Familie verderben. „James hat mir geholfen."

Marti und Tim sahen sich an.

„Er hat mir kein Geld gegeben, falls es das ist, was ihr euch fragt. Er hat in meinem Namen Anrufe gemacht und konnte einige Leute dazu bewegen, offene Rechnungen zu bezahlen." Trevor war ein wenig ärgerlich, aber das behielt er für sich. „Ich würde James niemals um Geld bitten." Tatsächlich war ihm das nie in den Sinn gekommen. Sein Geschäft war seine Verantwortung, ob er nun unterging oder nicht. Er hätte nie jemanden um Hilfe gebeten, jedenfalls nicht in dieser Form.

Es war Tim, der antwortete. „Wir wollten dir nicht unterstellen, dass du ihn ausnützen würdest. Es ist nur so, dass wir dich kaum kennen und beide dazu neigen, ihn beschützen zu wollen." Tim nestelte an seinem Kragen und Marti hatte so viel Anstand, ein wenig zu erröten.

„Okay", sagte James und Zack rutschte von seinem Schoß. „Kannst du mich zu deiner Mom führen?" Zack nahm James bei der Hand und führte ihn durchs Wohnzimmer bis zu dem Tisch, an dem sie saßen. „Danke, du warst eine große Hilfe."

„Mom, Onkel Jimmy hat mir Geschichten aus den knubbeligen Büchern vorgelesen." Zack hüpfte aufgeregt herum und Tim zog ihn auf seinen Schoß.

„Das Hähnchen riecht gut", stellte James fest.

„Hast du von Joyce kochen gelernt?", fragte Trevor Marti. Sie und James begannen zu lachen.

„Oh Gott, nein. Meine Mutter würde es schaffen, Wasser anbrennen zu lassen. Tims Mutter hat mir beigebracht, wie man kocht, nachdem wir uns verlobt hatten. Sie hat eine Menge Zeit mit mir verbracht. Damals habe ich entdeckt, dass ich es liebe zu kochen und dass ich gut darin bin."

„Das ist gut zu wissen."

„Wenn Mom eine Dinnerparty gibt, engagiert sie einen Koch und hält sich der Küche fern, die sonst weitgehend ungenutzt ist. Das Essen für sie und Dad wird von demselben privaten Koch zubereitet und meistens ist es Dad, der die Vorbereitungen und das Aufwärmen übernimmt. Mom ist eine echte Gefahr in der Küche." Sie reichte hinüber zu James und berührte seinen Arm. „Weißt du noch, wie sie beschlossen hatte, dir eine Geburtstagstorte zu backen?"

„Ich hatte mir eine aus der Shorewood Bäckerei gewünscht, aber Mom entschied, dass sie selbst eine backen wollte." James lächelte verlegen. Er sah bezaubernd aus.

„Der Kuchen war insgesamt etwa fünf Zentimeter hoch und steinhart. Wir hatten Glück, dass niemand sich einen Zahn ausgebissen hat. Sie hatte ihn mit gekaufter Zuckerglasur überzogen. James hatte keine Ahnung, wie hässlich das Ding war." Sie lachte und Zack stimmte ein, weil er nicht ausgeschlossen sein wollte. „Dad warf einen Blick auf das Ding, fuhr los und besorgte ihm eine ordentliche Torte. Es wurde letztlich eine aus dem Supermarkt, aber die war immer noch um Klassen besser als Moms. Zum Glück hat sie danach nie wieder gebacken."

„Ich erinnere mich nicht so genau daran."

„Weil Dad versucht hat, es möglichst gut von dir fernzuhalten. Du kennst Dad. Er lässt Mom viele Dinge tun, greift aber ein, um hinter ihr aufzuräumen, wenn es nötig ist." Marti stand auf, zog sich Topfhandschuhe über und öffnete den Herd. Der Duft von Brathähnchen erfüllte den Raum und Trevors Magen knurrte laut.

„Ich gehe davon aus, dass du hungrig bist", sagte James und rieb Trevor über den Bauch. „Ich sagte dir doch, dass sie das beste Hähnchen weit und breit macht. Ich weiß nicht, wie sie es macht, aber es hat immer knusprige Haut, saftiges Fleisch und perfekten Geschmack."

„Ich habe für dich und Zack extra Keulen gemacht." Marti zog die Pfanne heraus und stellte sie auf die Herdplatte. Sie machte sich an die Arbeit und Tim setzte Zack James auf den Schoß, um ihr zu helfen.

„Ich gehe gewöhnlich einfach aus dem Weg", sagte Trevor.

„Dann solltest du vielleicht kochen lernen. Wir könnten zusammen Plätzchen backen oder so was", sagte James.

„Also bitte", schnaubte Marti. „Er und ich haben das mal versucht, dabei ein Chaos angerichtet und verkohlte Klumpen bekommen. Allerdings war ich da sechzehn und dachte, ich würde nach Mom geraten."

„Wenn ich mich recht erinnere, hast du am Ende das Backblech zusammen mit den verbrannten Plätzchen weggeworfen. Der Gestank war furchtbar." Er schnitt Grimassen und Zack kicherte – vermutlich ein Spiel, das sie oft spielten.

„Hauptsache mein Abendessen riecht gut." Marti schaltete die Mikrowelle ein und brachte eine große Schüssel Salat und Dressing zum Tisch, während Zack zappelte, um auf den Boden zu kommen.

„Stuhl für große Kinder." Er kletterte auf den Stuhl neben Tim, der einen Aufsatz hatte, drehte sich um, griff nach seinem Plastikbesteck und sah Marti erwartungsvoll an. „Ich bin hungrig."

„Ich weiß, Schätzchen und ich habe Hühnchen für dich." Sie stellte einen blauen Plastikteller vor Zack und er stürzte sich auf sein Essen. Tim deckte den Tisch und Marti brachte eine Schüssel Gemüse. Trevor stellte einen Teller für James zusammen und erklärte ihm leise, wo sich was befand.

„Kann ich die Hühnerkeule mit den Fingern essen?"

„Ja", antwortete Trevor. „Ich glaube nicht, dass es Marti etwas ausmacht." Hühnerschenkel waren in Trevors Augen Fingerfood. Er verstand die Frage nicht wirklich, schien James aber die Antwort gegeben zu haben, die er brauchte.

„Mom dachte immer, wir müssten alles mit Messer und Gabel essen. Bei uns zu Hause gab es kein Fingerfood", erklärte Marti, während sie einen Hühnerflügel zerlegte.

„Das ist wirklich gut." James nahm einen weiteren Bissen und aß genüsslich.

Trevor begann sich zu fragen, ob James wirklich immer genug zu essen bekam. „Vielleicht könntest du mir zeigen, wie man es zubereitet, dann könnte ich für ihn kochen", bot er an.

Marti wirkte überrascht, aber James grinste und nickte eifrig. Wenn sie vorhatten zusammenzubleiben, dann würde Trevor kochen müssen und er musste lernen, wie man das machte.

„Jimmy isst nie genug."

„Kann sein." James legte den Knochen auf den Teller und Trevor verhalf ihm zu einem weiteren Stück.

„Ich glaube, da hatte jemand kürzlich Geburtstag", sagte Trevor zu Zack, der nickte.

„Ich habe knubbelige Bücher bekommen." Er grinste, nahm noch einen Bissen, rutschte dann vom Stuhl und lief aus dem Zimmer. Er kam mit einem der Bücher zurück und hielt es Trevor hin.

„Setz dich und iss auf. Du kannst nachher spielen und wenn du brav bist, liest Onkel Jimmy dir vorm Schlafengehen noch eine Geschichte vor." Marti war gleichzeitig sanft und entschieden. Das war eine tolle Kombination. Zack legte das Buch auf den Tisch und kletterte wieder auf den Stuhl.

Die Unterhaltung während des Essens war unbeschwert und Trevor fühlte sich wohl. Er war nicht sicher gewesen, was ihn erwartete, aber Marti und Tim waren erstaunliche Menschen. Marti blieb bei Zack zu Hause und Tim war dabei, seine eigene Software-Beratungsfirma aufzubauen. Sie waren interessant, unterhaltsam und sehr um James bemüht.

Als sie alle mehr als satt waren, führte Marti sie ins Wohnzimmer. Tim räumte ab und kümmerte sich um das Geschirr. Kaum dass James sich gesetzt hatte, krabbelte Zack auf seinen Schoß und überredete ihn, ihm noch ein knubbeliges Buch vorzulesen.

„Wie viele Bücher in Blindenschrift hat Zack?", fragte Trevor Marti.

„Jedes, das wir finden können. Es gibt genug Dinge, die James mit Zack nicht machen kann. Wir wollten sicherstellen, dass es etwas gibt, was ausschließlich für die beiden ist. Also habe ich nach Zacks Geburt begonnen Bücher zu kaufen und Jimmy hat die Sammlung vergrößert. Zack liebt sie, denn diese Geschichten hört er nur von Onkel Jimmy."

Trevor verstand das. Er hörte mit einem halben Ohr zu, wie James las. Er liebte es, ihm zuzuhören und war von James ebenso fasziniert wie Zack von der Geschichte. Als sie zu Ende war, bat Zack ihn, sie noch einmal zu lesen.

„Wie wäre es, wenn du mal für eine Weile mit deinen Legos spielst?", schlug Marti vor. Zack lief mit dem Buch hinaus und kam mit einem Behälter zurück, den er auf dem Boden ausleerte. James rutschte von seinem Stuhl auf den Boden, um mit Zack spielen zu können. Trevor setzte sich neben James und schloss sich an.

„Die Steine sind direkt vor dir", flüsterte Trevor, als James zur Seite griff und einen Stein hervorholte, auf den er sich gesetzt hatte.

„Du spielst auch", bestimmte Zack und für die nächste Stunde bauten sie Türme, warfen sie wieder um und Zacks Lachen erfüllte das Haus.

„Räum die Spielsachen weg, es ist fast Zeit fürs Bett." Marti setzte sich und Zack begann, die Bausteine wegzuräumen. Trevor half ihm und schloss den Deckel des Behälters.

„Sag Gute Nacht."

Zack schlang die Arme um James und drückte ihn. Er umarmte auch Trevor. Marti nahm ihn bei der Hand und führte ihn aus dem Zimmer.

„Wir sollten auch gehen", sagte James und stand auf. Trevor dirigierte ihn an übrigen Legosteinen vorbei zurück zum Stuhl. Er stellte sicher, dass alle Steine aufgesammelt waren, ehe er James wieder aufstehen ließ. Tim begleitete sie hinaus und Marti kam herunter, um sie zu verabschieden und umarmte James.

„Ich mag deine Schwester", sagte Trevor, als sie das Auto erreichten. „Sie ist etwas Besonderes. Und Zack auch." Trevor öffnete die Wagentür und ließ James einsteigen.

„Wir sind gute Kumpel und machen viel miteinander." James schloss die Tür und Trevor startete den Motor.

„Du hast eine tolle Familie." Trevor dachte über alle nach, die er bisher kennengelernt hatte. „Wie ist dein Dad?"

„Ich glaube, ich gerate nach ihm. Dad hat immer viel gearbeitet. Mom ist manchmal verärgert, dass er so ein Workaholic ist. Aber er war ein guter Vater. Im Sommer ist er mit mir immer zu Baseballspielen gegangen. Wir gingen selbst dann noch, als ich nicht mehr sehen konnte. Dad gab mir ein Radio, damit ich die Beschreibung dessen hören konnte, was auf dem Spielfeld passierte und ich hörte die Reaktionen der Zuschauer. Die Energie der Menschenmenge, die Aufregung, all das ergänzte, was ich hörte. Außerdem hatte ich Dad für mich, es war unsere gemeinsame Zeit."

„Was ist passiert?", fragte Trevor, als er bemerkte, dass James einen Anflug von Traurigkeit in der Stimme hatte.

„Ich wurde älter und entwickelte andere Interessen. Dad wurde befördert und als Chef seiner Firma hatte er weniger Zeit. Es war wohl eines dieser Dinge, die einfach passieren. Sie passieren wahrscheinlich oft. Mein Leben ist so anders als seines. Er ist voller Energie, ich bewege mich langsam durchs Leben. Ich liebe meinen Vater, aber wir haben nicht mehr viel gemeinsam."

„Ich verstehe."

„Vielleicht ist es meine Schuld." James rutschte nervös auf seinem Sitz hin und her, als Trevor vor dem Haus hielt.

„Manchmal geschehen Dinge, die niemandes Schuld sind." Trevor stieg aus und begleitete James zum Haus. „Danke für den schönen Abend. Ich hatte erstaunlich viel Spaß."

„Gehst du?"

„Ich muss morgen früh aufstehen und zur Arbeit fahren. Ich will dich nicht stören", sagte Trevor, als James näherkam, die Hände auf seine Brust legte und sie dann um Trevors Hals schlang.

„Du wirst mich nicht stören." James fand seine Lippen und küsste ihn mit einer Leidenschaft, wie Trevor sie noch nie erlebt hatte.

Er legte die Arme um James und hielt ihn fest. Er wollte ihn nicht loslassen ... nie mehr. James gehörte zu ihm. Er wusste das so selbstverständlich, wie er atmete. Er wollte sich nicht für eine Sekunde von James trennen und führte ihn durchs Haus zum Schlafzimmer.

„Trevor ... ich ..."

„Was denn?" Er strich Trevor das Haar aus der Stirn.

„Es ist nur ... Ich habe nie ..."

James wandte sich ab und Trevor berührte sanft sein Kinn.

„Sag einfach, was du sagen willst."

„Ich habe das noch nie gemacht ... weißt du ..." James zitterte wie ein Blatt im Wind.

„Du wirst mir helfen müssen." Trevor war sich nicht sicher, was James ihm zu sagen versuchte, aber er hielt ihn fest und versuchte ihn zu beruhigen.

„Trevor, ich hatte nie ... Collin und ich haben nicht ... Collin wollte das nicht, also haben wir nie ..." Er stammelte schrecklich und endlich ging Trevor ein Licht auf.

„Willst du sagen, dass du noch nie Analsex hattest?"

James nickte und vergrub sein Gesicht an Trevors Brust. „Ja."

„Liebling, sagst du mir wirklich gerade, du willst, dass ich der Erste für dich bin?" Der Gedanke war ergreifend. „Da ist nichts, wovor du Angst haben müsstest."

„Aber was, wenn ich nicht gut bin?", fragte James. „Collin sagte, ich wäre ein Versager im Bett und er ..." James war den Tränen nahe.

„Du musst alles vergessen, was Collin je zu dir gesagt hat. Collin war ein Arsch. Du bist gut in allem, was du tust. Ob du nun Zack vorliest, mir hilfst oder mit mir im Bett bist." Trevor küsste James. Er wollte die schlechten Gefühle verdrängen. „Du bist der außergewöhnlichste Mann, den ich je getroffen habe und ich liebe dich." Trevor zuckte innerlich zusammen, als er die Worte aussprach, die er erst zu einem anderen Mann gesagt hatte. Worte, von denen er dachte, dass er sie nie wieder sagen würde.

„Du liebst mich?"

„Ja, und ich werde es immer tun." Trevor hielt James fest, um ihnen beiden Sicherheit zu geben, denn auch seine Knie drohten weich zu werden.

„Aber ...", stammelte James und ein kalter Schauer lief Trevor über den Rücken. Was, wenn James nicht so empfand und er alles falsch gedeutet hatte?

„Wie kannst du das? Ich meine, ich liebe dich schon eine Weile, aber ich hatte nicht erwartet, dass du es aussprechen würdest. Ich hatte überhaupt nicht damit gerechnet, diese Worte jemals zu hören. Wirst du mir zeigen, was ich versäumt habe?" James küsste ihn leidenschaftlich.

„Bist du sicher, dass du das willst? Es gibt viel, was wir zusammen machen können, uns drängt nichts." Trevor strich James über den Rücken.

„Aber ist es nicht das, was du willst?", fragte James. „Ich hatte angenommen, dass …"

Genau das hatte Trevor gefürchtet. „Sex und was immer wir sonst im Bett anstellen, muss etwas sein, das wir beide wollen. Es geht nicht um mich oder dich. Es geht um uns. Du musst also wirklich bereit sein und dich damit wohlfühlen." Trevor führte James ins Bad und stellte das Wasser an, zog James vorsichtig aus und schob ihn unter den warmen Strahl.

„Was wird das?", erkundigte sich James.

Trevor zog sich rasch aus und kam zu ihm. Er drückte sich von hinten an James, küsste seine nasse Schulter und griff nach der Seife. Er schäumte James ein, der stöhnte, als Trevor seine Pobacken massierte und mit den Fingern seine Spalte entlangfuhr. „Fühlt sich das gut an?" Trevor flüsterte James ins Ohr und saugte daran. „Gefällt dir das?"

„Ja."

Und wie ist es damit?" Trevor strich James über die Schultern und folgte dem Pfad, den zuvor seine Lippen genommen hatten. „Ich weiß, du wirst das mögen." Trevor kniete sich hinter James und massierte die festen Rundungen seines Hinterns. James zitterte und hielt sich fest, als Trevor mit einem Finger seinen Eingang umkreiste.

Trevor war nie der Typ gewesen, der es mochte, in der Dusche zu singen, aber James stöhnen zu hören, war Musik in seinen Ohren. Die Musik wurde intensiver und drängender, als Trevor über diesen perfekten Arsch bis zu dieser perfekten kleinen Öffnung leckte.

„Was machst du?" James keuchte und seine Beine zitterten, als Trevor das Gesicht zwischen seinen Backen vergrub. Nach einer Weile, als das Wasser kühl zu werden begann, stellte er es ab, half James aus der Wanne, trug ihn aus dem Bad und führte ihn triefnass zum Bett. Er war schon viel zu weit gegangen, als dass es ihn kümmerte und James hielt sich an ihm fest.

Trevor half ihm aufs Bett, rollte ihn auf den Bauch und setzte sein Spiel fort, bis James sich wand und laut genug stöhnte, dass es von den Wänden widerhallte.

James lag still und wimmerte leise. „Ich habe das Bettzeug versaut." Es klang kein bisschen bedauernd.

„Bist du zufrieden?", fragte Trevor und James drehte sich mit einem breiten Lächeln um.

„Ja, und meine Mutter hat uns nicht unterbrochen." Er setzte sich auf und streckte die Hand nach Trevor aus. Trevor beugte sich vor, sodass James ihn zu sich ziehen konnte. „Wenn du mir ein paar Minuten gibst, dann werde ich …" James stoppte.

„Was ist passiert?"

„Sagen wir einfach, du warst nicht der Einzige, der eine Schweinerei gemacht hat." Trevor kicherte, drehte sie beide auf die Seite und drückte James so fest an sich wie möglich. „Ich möchte dich nie mehr loslassen und für den Rest der Nacht werde ich das auch nicht tun. Also lass mich ein wenig sauber machen, dann kann ich dich wieder im Arm halten. Und solltest du in der Nacht aufwachen, habe ich vielleicht etwas für dich, das dich wirklich munter macht." Mehr gab es für den Moment nicht zu sagen.

TREVOR BRACH am Morgen auf, nachdem er James mitten in der Nacht geliebt hatte, während ein Sturm über das Haus gezogen war. Er hatte dessen Energie genutzt und James Schreie entlockt, die vom Donner übertönt wurden. Er wollte nicht gehen, stand aber auf, küsste James, deckte ihn zu, zog sich an und verließ das Haus. Er fuhr zuerst nach Hause, um sich umzuziehen und dann zur Brown Deer Garage.

Er rechnete damit, dass es früh am Morgen ruhig sein würde. Er rechnete nicht damit, dass Alan vor dem Geschäft im Auto sitzen würde, als er vorfuhr. Zumindest erkannte er Alans Auto. Jemand saß drin, aber er erkannte ihn erst, als Alan ausstieg und in seine Richtung schwankte. Er verstand sofort, was Brent ihm beschrieben hatte. Zu sagen, dass er furchtbar aussah, war eine Untertreibung. Er hatte eindeutig tagelang nicht geduscht, seine Kleidung wirkte, als hätte er sie mindestens ebenso lang getragen, seine Haut war fahl und seine Augen unkoordiniert.

„Was machst du hier?", fragte Trevor. „Du bestiehlst mich und hast dann den Nerv, dich hier zu zeigen? Ich schlage vor, du verschwindest, bevor ich die Polizei rufe und dich wieder einsperren lasse."

„Mann, ich weiß nicht, wohin ich gehen soll", sagte Alan. „Wir kennen uns doch schon … so lange."

„Bis du mich beinahe in den Ruin getrieben hast. Dachtest du, ich würde vergessen, dass du mich beschissen hat, nachdem ich dir geholfen, dich gefördert und dir vertraut habe?" Trevor fehlten die Worte, um seinen Ärger auszudrücken. Er zückte sein Handy, zeigte es Alan und wählte die Polizei.

„Mann, das kannst du doch nicht machen!" Alan lief auf ihn zu. Trevor wich ihm aus und drückte die Anruftaste. Die Verbindung wurde hergestellt, als Alan wieder auf die Füße kam und zurück zum Auto stolperte. „Ich weiß Dinge von dir." Er starrte Trevor an. „Du hättest mir helfen sollen." Er stieg ein, fuhr vom Parkplatz und rammte fast ein anderes Auto, als er über die Straße kurvte und von allen Seiten angehupt wurde.

Als Trevor jemanden in der Leitung hatte, erklärte er den Grund seines Anrufs und in welchem Zustand Alan Auto fuhr. „Er ist definitiv unter dem Einfluss von irgendwas und fährt auf der Brown Deer Road ostwärts. Er braucht Hilfe." Mehr konnte er für Alan nicht tun. Er gab die Informationen weiter, die er hatte. Die Polizei versprach, sich zu melden, wenn sie etwas brauchen sollten.

Trevor öffnete die Werkstatt und versuchte vergeblich, sich zu konzentrieren. Er verfluchte Alan, der einen ansonsten wunderbaren Morgen ruiniert hatte. Trevor verschloss sicherheitshalber die Tür und arbeitete, bis er die ersten Männer eintreffen hörte.

Der Vormittag war mit Kundenterminen gut ausgefüllt und einige Reparaturen vom Vortag waren nicht fertig geworden. Also zog Trevor die Arbeitskleidung an, die er in seinem Schrank aufbewahrte, krempelte die Ärmel hoch und verbrachte den Vormittag unter der Motorhaube eines Autos.

„Der hier ist fertig", sagte Trevor und startete den Motor eines 89er Camaro, der schnurrte wie eine Katze. „Was ist als nächstes dran?"

Brent kicherte hinter ihm. „Nichts. Alle Kundentermine sind erledigt und die Leute holen ihre Autos ab. Wir fangen am Montag ganz frisch an, abgesehen von den Reparaturen, wo wir auf Ersatzteile warten."

„Danke für die Hilfe", sagte Scott leise hinter ihm. „Ich war nicht sicher und …"

„Schon gut, Mann. Beim nächsten Mal findest du den Hinweis, den ich übersehen habe." Er lächelte, weil er nicht wollte, dass Scott sich schlecht fühlte. Der nickte und ging, während Trevor sich an Brent wandte. „Sorg dafür, dass Scott die volle Anerkennung für diesen Job bekommt. Er hat die ganze echte Arbeit gemacht."

„Bist du sicher?"

„Natürlich. Ich hatte Glück und er hatte gute Vorarbeit geleistet. Ich habe heute gearbeitet, um auszuhelfen, nicht um den Jungs ihre Reparaturen wegzunehmen." Trevor wollte gehen, zögerte aber. „Wenn du Alan noch mal siehst, ruf die Polizei. Er war heute Morgen da und ich könnte mir vorstellen, dass er am Parkplatz im Auto geschlafen hat. Ich habe angerufen und er ist abgehauen."

„Das werde ich."

„Gut, dann lass uns abschließen und nach Hause gehen. Es ist Freitag und ich bin sicher, wir haben alle etwas Besseres vor." Es war eine Stunde zu früh, aber alle hatten es sich verdient.

„Ich bleibe bis zur offiziellen Sperrstunde, falls doch noch jemand kommt", bot Brent an. Die anderen bedankten sich und stiegen in ihre Autos, froh an einem so schönen Sommertag früh wegzukommen. „Hast du etwas vor?"

„Ja. Ich gehe mit James Minigolf spielen."

„Das würde ich gerne sehen." Brent kicherte.

„Ja. Bei ihm geht es nicht um Ergebnisse, sondern um den Spaß. James lässt sich auf alles, was er tut, ganz ein. Gestern Abend hat er mit seinem Neffen Lego gespielt und einige der hässlichsten Türme gebaut, die du je gesehen hast. Aber wir hatten Spaß und Zack wirft seine Türme genauso gern um wie meine. Und du hättest sehen sollen, wie James Zack aus seinen knubbeligen Büchern vorgelesen hat."

„Das klingt, als ob hier jemand ganz schwer verliebt ist." Brent grinste und Trevor rollte mit den Augen, aber er dachte nicht daran, es zu leugnen. „Diesen Tag muss ich mir im Kalender rot anstreichen."

„Du bist ein Arsch", sagte Trevor, aber es klang nicht böse.

„Es ist Zeit. Ich wusste, dass du irgendwann jemanden treffen würdest, der es schaffen würde, die meterhohen Mauern zu überwinden, die du um dich errichtet hast. Wer hätte gedacht, dass sie ausgerechnet jemand durchbricht, der nicht sehen kann? Ich beginne mich zu fragen, ob James übernatürliche Kräfte hat." Brent stöhnte. „Und ich möchte nichts von deinem Liebesleben hören. Es ist verdammt lange her, dass ich eines hatte, zu lange."

Trevor klopfte Brent auf die Schulter. „Wir sehen uns nächste Woche."

„Gehst du nicht mehr aus?", fragte Brent, offensichtlich neugierig.

„Nein. James ist viel mehr wert, als stundenlang nach anonymem Sex zu jagen. Weißt du, du solltest es auch mal versuchen."

„Im Gegensatz zu dir habe ich tatsächlich gesucht und hatte kein Glück. Vielleicht finde ich jemanden, wenn ich aufhöre zu suchen."

„Vielleicht musst du auch nur die Augen aufmachen, um zu sehen, was direkt vor deiner Nase ist." Trevor ging zum Auto, wünschte Brent ein schönes Wochenende und fuhr nach Hause.

Als er parkte, wurde ihm klar, dass James noch nie bei ihm gewesen war. Sie trafen sich aus praktischen Gründen immer bei James. Für ihn war es schwer, sich an einen neuen Ort zu gewöhnen, also blieben sie in seiner vertrauten Umgebung. Aber vielleicht konnte er James an diesem Abend mitnehmen und sie konnten sein Bett ausprobieren, das viel größer war.

Trevor duschte, zog eine hellbraune Sommerhose und ein hellblaues T-Shirt an. Es war schon heiß und er wollte sich wohlfühlen. Als er wegfuhr, umrundete er das Haus, um nach dem Rechten zu sehen, denn er sah eine Gruppe seltsamer Jugendlicher in der Allee herumlungern. Dann fuhr er los, um James abzuholen, der bereits auf ihn wartete. Trevor half ihm ins Auto und sie waren auch schon unterwegs.

„Wo liegt dieser Platz?"

„In der Nähe von Wauwatosa. Wir fahren also eine Weile. Ich habe den Pieper im Kofferraum. Ich habe ihn so befestigt, dass das Geräusch tatsächlich im Loch sein wird. Du solltest also ein gutes Gefühl dafür haben, worauf du zielst."

„Ich freue mich darauf. Ich habe nicht mehr gespielt, seit ich blind bin. Ich habe keine Ahnung, ob ich das kann."

„Die Anlage ist innen und klimatisiert. Ich habe angerufen und ihnen angekündigt, dass wir kommen und dass du nicht sehen kannst. Sie sagten, dass sie oft Besucher mit besonderen Bedürfnissen haben und dafür sorgen werden, dass niemand direkt hinter uns ist, damit wir uns mehr Zeit lassen können."

„Großartig."

Trevor fuhr so schnell er konnte. Als sie ankamen, holte er den Pieper für James. Sie meldeten sich an, bezahlten und Trevor half James auf die erste Bahn. Er trug ihre Schläger und Bälle.

„Ich brauche einen Moment Zeit." Trevor setzte den Pieper. „Funktioniert das für dich?" Er half James mit dem Schläger und zeigte ihm, wo der Ball vor ihm lag.

„Das ist unglaublich!" James schwang sanft den Schläger und verfehlte den Ball. Trevor half ihm, in die richtige Position zu kommen und es noch einmal zu versuchen. James traf den Ball, der seitlich von der Bahn abprallte und auf halbem Weg zum Loch liegenblieb. Trevor war dran, aber das war nebensächlich. Es ging vor allem darum, dass James Spaß hatte. Und seinem Lachen nach zu urteilen, hatte er den.

„Da ist ein Stein zwischen dir und dem Loch. Versuch ihn seitlich zu umgehen." Trevor beschrieb jedes Loch und James steuerte sie an. Er traf den Ball richtig, er rollte an dem Stein vorbei, prallte vom Rand ab und ging ins Loch.

„Oh mein Gott!" Trevor hob James hoch und drehte ihn herum. „Du hast auf Anhieb getroffen."

„Selbst ein Blinder hat manchmal Glück", sagte James lachend.

Am Ende führte Trevor nicht Buch über die Punkte. Es war nicht nötig. James hatte ein breites Lächeln im Gesicht und sie hatten beide Spaß gehabt.

Er gab die Schläger und Bälle zurück, führte James zurück zum Auto und verstaute den Pieper.

„Das war toll!"

„Ja, unbedingt." Trevor war nie bewusst gewesen, wie viel Freude es ihm machte, zu beobachten, dass jemand glücklich war. „Wie wäre es mit einem Snack?"

„Ich könnte etwas zu essen vertragen", sagte James ohne zu zögern.

„Dann gehen wir Eis essen." Trevor startete den Wagen und fuhr zurück Richtung James, hielt aber bei Leon's, seiner Lieblingseisdiele.

„Ich möchte einen Erdbeer-Sundae", sagte James, als sie ankamen. Trevor half James zu einem Tisch unter einem Sonnenschirm und bestellte. Er brachte das Eis zum Tisch und gab James seinen Löffel.

James musste wirklich hungrig gewesen sein. Normalerweise aß er langsam, diesmal futterte er schnell und dabei so manierlich wie jeder andere. Trevor kam zu dem Schluss, dass wahrscheinlich vor allem seine Unsicherheit James so zu schaffen gemacht hatte.

„Gut?"

„Ja." Er nahm den letzten Bissen und stellte die Schale ab. „Sehr gut."

Auch Trevor aß auf und sie saßen entspannt im Schatten. Trevor besorgte ihnen Getränke und vom wenige Meilen entfernten See wehte eine angenehme Brise herüber, die die Intensität der Sonne milderte.

„Wenn du möchtest, können wir gehen", sagte James, als er die Reste vom Boden seines Drinks schlürfte.

Trevor entsorgte den Abfall, führte James zum Auto und fuhr zu dessen Haus. „Wir könnten heute bei mir bleiben. Ich möchte, dass du dich mit meinem Haus vertraut machst und dich auch dort wohlfühlst."

„Das würde ich gerne. Dann sollte ich aber eine Tasche packen, bevor wir gehen."

„Ich muss ein paar Dinge besorgen. Soll ich dich beim Haus absetzen? Dann hole ich schnell, was ich brauche und komme zurück."

„Klingt gut", stimmte James zu. Sie hielten an und Trevor erklärte, wo er angehalten hatte. James stieg aus, ging auf das Haus zu und winkte, bevor er hineinging.

Trevor fuhr los und eilte zum Supermarkt, der ein paar Blocks entfernt war. Er brauchte nicht lange, um für das Abendessen und das Frühstück am nächsten Tag einzukaufen. Die Dinge für den Kühlschrank packte er in eine Isoliertasche, die er im Kofferraum hatte und fuhr zurück zu James. Er hatte beinahe erwartet, dass James auf der Veranda sitzen würde, aber das Haus war dunkel und ruhig, was nicht ungewöhnlich war. Allerdings hatte James sich zuletzt angewöhnt, das Licht anzumachen, wenn er wusste, dass Trevor kam.

Ein Licht flammte im vorderen Raum auf und ein schwerfälliger Schatten tauchte hinter den durchsichtigen Vorhängen auf. Er bewegte sich zu schnell, um James sein zu können. Trevor stieg aus dem Auto und ging zur Vordertür. Er horchte und trat ein. Er wusste nicht, was er erwartet hatte, aber jedenfalls nicht James, der zitternd auf dem Sofa saß und von Alan bedroht wurde.

„Scher dich zum Teufel!" Trevor war schon bereit zuzuschlagen, als er sah, dass Alan ein Messer hatte.

„Ich habe dir gesagt, dass ich Dinge von dir weiß. Die Jungs in der Werkstatt meinten, du hättest einen Freund. Ich musste dir nur ein paar Mal folgen, um hier herzukommen und den blinden Typen zu finden." Alan fuchtelte mit dem Messer vor James herum und Trevor erstarrte. „Er kann nichts sehen und hat keine Ahnung, ob ich ihn aufschlitze oder nicht." Alan lachte und schwang wieder das Messer, was James dazu brachte sich instinktiv zurück gegen die Kissen zu lehnen, um auszuweichen. „Du hättest mir helfen sollen."

„Also bist du hier eingebrochen und hast beschlossen, James zu überfallen und zu bedrohen? Erst bestiehlst du mich und jetzt hast du alles noch sehr viel schlimmer gemacht."

Alans Hände zitterten und Trevor dachte fieberhaft darüber nach, wie er das Messer so weit wie möglich von James entfernt halten konnte.

„Du musst dieses Messer weglegen und gehen. Geh einfach weg und hau ab. Ich werde dich nicht aufhalten." Trevor entfernte sich von der Tür, um Alan einen freien Fluchtweg zu geben.

„Wir waren mal Freunde und ich stecke schon viel zu tief drin." Alan schwankte und Trevor fragte sich, was er wohl genommen hatte. „Du warst mein Freund und du hättest mit helfen sollen."

Trevor stand reglos und beobachtete jede von Alans Bewegungen. Er überlegte, wie er die Polizei verständigen könnte, aber Alan zuckte zusammen, als draußen eine Wagentür zuschlug. Er war eindeutig zu labil und die kleinste Bewegung konnte ihn durchdrehen lassen. „Ich versuche jetzt, dir zu helfen."

„Nein, tust du nicht. Ich kann nicht einfach gehen. Sie werden mich finden und das wäre das Ende." Er drehte sich zu James und wedelte wieder mit dem Messer.

„Was willst du? Ich kann dir nichts geben."

Alan warf ihm einen Seitenblick zu. „Ich brauche Geld. Also wirst du welches beschaffen, während ich bei deinem Freund bleibe. Wenn es mir zu lange dauert, schneide ich ihn in Stücke. Und wenn die Polizei auftaucht, mache ich dasselbe, noch bevor sie im Haus sind. Verstanden? Du wirst mir helfen oder du bekommst deinen Freund in Stückchen wieder."

Trevor fröstelte bei Alans Worten. Er hatte James gerade erst gefunden und konnte ihn auf keinen Fall wieder verlieren.

„Du lässt mich gehen?" Trevor hatte nicht die Absicht, irgendwo hinzugehen. Er würde James nicht mit diesem Verrückten allein lassen, der auf irgendwelchen Drogen war. Trevor fragte sich, was aus dem jungen Mann geworden war, den er drei Jahre zuvor kennengelernt hatte. Der Überstunden gemacht hatte, um eine Arbeit abzuschließen und eifrig bemüht war, vorwärtszukommen. Alan war ehrgeizig gewesen und hätte erfolgreich sein können. Stattdessen war er eine leere Hülle, erfüllt von Angst und Paranoia.

„Trevor", sagte James und Alan wirbelte zu ihm herum.

„Du hältst die Klappe und bewegst dich nicht oder ich schneide dich in Streifen." Alan drückte James das Messer gegen die Schulter.

„Unsinn", sagte James, griff nach Alans Arm, packte ihn und stieß ihn rückwärts. Alan hatte die Aktion offenbar nicht erwartet und ruderte mit den Armen. Trevor schoss nach vorne, als Alan versuchte, das Gleichgewicht zu halten, aber er war eindeutig völlig überrumpelt. Er trat einen Schritt zurück, stolperte über den Couchtisch und fiel rückwärts darüber. Der Tisch brach unter ihm zusammen. Alan landete auf dem Rücken, wobei ihm das Messer aus der Hand fiel und über den Holzboden rutschte.

Trevor kickte das Messer ins Nebenzimmer und stürzte sich auf Alan, der versuchte, wieder aufzustehen. Trevor trat gegen seine Füße und brachte ihn erneut zu Fall. „Bist du okay? Hat er dich verletzt?", fragte er James, rollte Alan auf den Bauch, bog seine Arme nach hinten und hielt seine Hände fest.

„Es geht mir gut. Er hat mich nicht verletzt."

„Du tust mir weh", stöhnte Alan.

„Du hast verdammt großes Glück, dass ich dir nicht die Arme breche", knurrte Trevor und wandte sich an James. „Hast du dein Handy bei dir?"

„Es ist im Schlafzimmer."

„Hol es und ruf die Polizei. Ich komme im Moment an meines nicht ran und ich werde ihn keine Sekunde auslassen."

„Trevor", wimmerte Alan.

Trevor richtete sich auf. „Halt's Maul oder ich breche dir die Arme doch noch", zischte er, als James mit wackeligen Beinen aus dem Raum ging.

James fand sein Telefon, machte den Anruf und kam zurück ins Zimmer, während er sprach. „Mein Freund Trevor hat ihn derzeit unter Kontrolle, aber bitte beeilen Sie sich." Er legte auf.

„Geh zurück ins Schlafzimmer und schließ hinter dir ab. Wenn mir der Arsch auskommen sollte, möchte ich dich in Sicherheit wissen." Trevor wollte kein Risiko eingehen. „Sobald die Polizei eintrifft, hole ich dich."

James ging hinaus und Trevor atmete erleichtert auf, als sich die Tür schloss.

Kurz darauf näherten sich Sirenen und wurden rasch lauter. Die Polizei stürmte mit gezogenen Waffen herein und Trevor ließ Alan erst aus, als sie ihm Handschellen angelegt hatten und die Situation unter Kontrolle war.

„Das Messer, das er bei sich hatte, ist auf dem Boden im Esszimmer, ich habe es dorthin getreten." Nun, da die Gefahr vorüber war, ließ die Wirkung des Adrenalins nach. Die Beamten stellten das Messer sicher und Trevor ging zum Schlafzimmer.

James kam heraus und Trevor zog ihn in seine Arme. „Wir sind beide okay."

James drückte sich fest an ihn und nach ein paar Minuten führte Trevor ihn ins andere Zimmer. Sie beantworteten eine ganze Weile Fragen und James hielt die ganze Zeit über seine Hand fest.

Es kam Trevor vor, als würde er Stunden damit verbringen, zu erklären, was geschehen war. Warum Alan eingebrochen war und James belästigt hatte. Die Polizei konnte sich die Unterlagen der anderen Anschuldigungen gegen Alan wegen des Diebstahls beschaffen und brachte Alan weg. Nachdem sie alle Fragen beantwortet hatten, unterschrieben Trevor und James ihre Aussagen. Dann rückte die Polizei ab.

„Ich hatte auf etwas Spaß gehofft, nicht diese Art von Aufregung."

Trevor führte James zum Sofa und setzte sich neben ihn. Jetzt, wo alle Aktivität vorüber und die Fragen beantwortet waren, drehte James sich zu ihm, hielt sich fest und verlor die Beherrschung. Er zitterte in Trevors Armen.

„Er wollte mich umbringen."

„Er wollte etwas. Ich glaube, nicht mal er selbst wusste genau, was das war, außer vielleicht etwas Geld, um abzuhauen." Trevor hielt James fest und streichelte ihm sanft über den Rücken. „Als ich sah, wie er vor dir mit dem Messer herumfuchtelte, konnte ich nur daran denken, dass ich dich doch gerade erst gefunden hatte." Er schloss die Augen und versuchte, sich nicht von der Angst überwältigen zu lassen. In der Hitze des Augenblicks hatte er sie unter Kontrolle gehabt, nun drohte die Angst ihn einzuholen.

„Ich bin okay." James wischte sich über die Augen, hielt ihn fest und das Zittern ließ nach.

„Was du da abgezogen hast war unglaublich. Alan hätte niemals erwartet, dass du so etwas tun würdest. Er war völlig überrumpelt. Es tut mir leid wegen des Tisches, wir besorgen dir einen neuen. Aber du bist ein Held."

„Nein, bin ich nicht. Er hat seine Hände bewegt, also wusste ich, wo sie waren. Das ist alles. Als er still hielt, nützte ich die Gelegenheit. Nach der Art, wie er sprach, wusste ich, dass er nicht ganz da war und er roch komisch."

„Er stand unter Drogen. Alan ist süchtig und hat wahrscheinlich gestohlen, um das zu finanzieren. Aus dem, was er sagte, schließe ich, dass er Leuten Geld schuldet. Wie gesagt, du warst großartig."

„Ich bin einfach nur froh, dass es vorbei ist", sagte James und legte den Kopf auf Trevors Schulter.

Trevor hatte immer gedacht, dass er ein aufregendes Leben wollte, aber was er wirklich brauchte war ein ruhiges Leben mit James. Die Vergangenheit war vorbei und wenn er ein ruhigeres, stabileres Leben wollte, musste er einen Teil seiner Geschichte loslassen.

„Soll ich uns Tee machen?" Er wollte etwas Stärkeres, aber was sie beide gerade brauchten, war etwas Beruhigendes.

„Das wäre nett." James ließ ihn los und blieb sitzen. Trevor ging in die Küche, um Wasser heiß zu machen. Er stellte den Kessel auf den Herd und lehnte sich an den Küchentisch. Es war Zeit, sich dem größten Schmerz seines Lebens zu stellen. Er hoffte, er würde es überleben. Trevor umklammerte die Tischplatte und starrte ins Leere, als er auf das Wasser wartete. „Hast du Whiskey?", fragte er und wünschte sofort, er hätte es nicht getan. Obwohl er sich wirklich einen Drink wünschte, würde er ihm doch nur zu unechtem Mut verhelfen.

„Nein, aber im untersten Fach des linken Schranks ist Wodka."

Das Wasser im Kessel kochte. Er schaltete den Herd aus und füllte zwei Becher. Er überprüfte, ob alles an seinem Platz war und stellte den heißen Kessel zur Seite. Dann brachte er die Becher ins Wohnzimmer und gab einen James. „Der Herd und der Kessel sind heiß."

„Okay." James bedankte sich und lehnte sich zurück. Er trug immer noch seine Sonnenbrille. Trevor nahm sie ihm vorsichtig ab und legte sie auf das Lampentischchen neben dem Sofa. Auch wenn sie nicht sehen konnten, musste er James trotzdem in die Augen gucken.

„Ich muss dir etwas sagen. Etwas, worüber ich nicht spreche, weil … nun … weil es so schmerzhaft ist." Er nippte an seinem Tee und wünschte noch immer, es wäre etwas Stärkeres.

„Was ist passiert? Hat jemand dich verletzt?" James klang besorgt.

„Nicht körperlich. Ich meine, er hat mich nie geschlagen oder so etwas." Trevor saß auf seinem Stuhl und fragte sich, wie er sich überwinden konnte, die Worte auszusprechen. „Ich könnte dir eine lange, ausführliche Geschichte erzählen, aber ich schätze, ich komme lieber zum Punkt. Chase war Theologiestudent an der Marquette und ich habe ihn im *M&D* getroffen, einer Leder-Bar, die inzwischen geschlossen ist. Ich war ein Biker und habe mich dort irgendwie zu Hause gefühlt." Trevor erinnerte sich, wie berauschend es gewesen war, dort hinzugehen und zum ersten Mal Gleichgesinnte zu treffen.

164

Sein Herz hatte geklopft und er war total verängstigt, aber auch aufgeregt gewesen und hatte keine Ahnung gehabt, wie er mit den Leuten reden sollte. „Ich ging zum ersten Mal da rein und war überwältigt."

„Stell dir mal vor, an einen dieser Orte zu gehen und nicht sehen zu können und dich zu fragen, ob alle dich anstarren." James nippte an seinem Tee. „Wir alle empfinden in neuen Situationen so und du scheinst es überwunden zu haben."

„Ja, habe ich und es dauerte nicht lange, bis ich einige Leute kennenlernte. Egal, ich rede herum." Trevor nahm einen Schluck und schnappte nach Luft, weil der Tee so heiß war. Er stellte den Becher ab und atmete durch den Mund. Vielleicht war es das Beste, wenn er das hier rasch hinter sich brachte. „Ich habe Chase dort getroffen. Er war im zweiten Jahr an der Marquette und ich war ein dauergeiler Neunzehnjähriger. Wir verstanden uns prima und redeten stundenlang in einer der abgeschirmten Nischen. Dann ging ich und erwartete nicht, ihn wiederzusehen. Ich sah ihn aber wieder und wir unterhielten uns auch wieder gut, diesmal länger. Da fragte er mich, ob ich mit ihm ausgehen würde. Ich erwartete ein Angebot für Sex, aber wir gingen essen und ich verbrachte die Nacht bei ihm im Studentenheim, weil sein Mitbewohner nicht da war. Das war im Oktober und wir trafen uns beinahe bis Mai. Wir schmiedeten Pläne für nach dem Ende des Semesters. Ich hatte eine kleine Wohnung und Chase wollte bei mir einziehen."

„Aber er war ein katholischer Theologiestudent und im Begriff, Priester zu werden?", unterbrach James.

„Chase sagte, dass er sein Hauptfach wechseln wollte. Es funktionierte für ihn nicht mehr. Als das Semester zu Ende war, zog er also bei mir ein und wir lebten wie ein altes Ehepaar, nur mit viel mehr Sex." Trevor versuchte die Stimmung zu heben, denn die Wände des Wohnzimmers schienen bedrohlich näherzukommen. „Es gab da nur ein Problem – Chase hatte Eltern, die immer noch entschlossen waren, dass er Priester werden sollte. Sie sagten, sie würden das College nur bezahlen, wenn er in dem Programm bliebe. Sie kamen zu Besuch und flippten völlig aus, weil er mit mir zusammenlebte. Ich kam von der Arbeit und fand Chase auf dem Sofa zusammengerollt wie ein Baby. Sein Vater starrte ihn an und seine Mutter war in unserem Schlafzimmer. Mein Name stand auf dem Schild, also sagte ich ihnen, sie sollten gehen. Kaum, dass sie draußen waren, brach Chase völlig zusammen. Ich dachte ehrlich, sie würden einlenken. Ich meine, unangemeldet hereinzuspazieren und herauszufinden, dass dein Sohn schwul ist und dann mitzubekommen, dass er in einer winzigen Einraumwohnung mit nur einem Bett lebt, ist schon ein kleiner Schock. Er hörte aber nichts von ihnen und mit der Zeit war er wieder mehr er selbst und weniger verkrampft." Trevor seufzte und wappnete sich für den schwierigen Teil.

„Du musst nicht weitererzählen, wenn du nicht möchtest. Ich denke, ich sehe, wohin das führt. Seine Eltern haben eine Entscheidung erzwungen und er hat sie gewählt."

„Nun, ja und nein. Seine Eltern haben eine Entscheidung erzwungen, aber eine schlechte. Sie wollten ihn in irgendeine Quacksalber Klinik bringen, um ihn zu heilen. Chase akzeptierte das nicht. Sie hatten ihm bereits die Unterstützung gestrichen, aber ich konnte die Miete und unseren Lebensunterhalt bezahlen, wir kamen also zurecht. Sie übten aber weiterhin Druck aus. Nach einem weiteren Besuch, als ich nicht zu Hause war, rief Chase mich panisch an und ich beruhigte ihn, nachdem seine Eltern endlich weg waren. Ich hätte meinem Dad damals nur sagen müssen, dass ich weg muss, aber ich sparte Geld, weil ich meine erste Werkstatt kaufen und mein eigenes Geschäft eröffnen wollte. Ich habe versucht, für uns beide zu sorgen." Trevors Beine scharrten unruhig auf dem Boden und seine Hände zitterten.

James stand auf, ging um Trevor herum und schlang von hinten die Arme um ihn. „Hast du jemals jemandem davon erzählt?"

„Nein, nicht einmal meinem Dad." Trevor schloss die Augen. „Ich fuhr direkt nach der Arbeit nach Hause. Es war ein Freitag und normalerweise unternahmen wir etwas. Wir fuhren zum Beispiel an den Strand, weil es sommerlich wurde. Als ich die Wohnung betrat, wusste ich, dass etwas nicht stimmte. Es war still, absolut still. Ich fand Chase am Fußboden des Badezimmers, mit dem Rücken an die Wanne gelehnt. Ich wusste sofort, dass er tot war. Nach dem Konflikt mit seinen Eltern hatte er Medikamente gegen Beklemmungen und Schlafstörungen bekommen. Offenbar hatte er eine Überdosis genommen. Sobald sie davon erfuhren, kamen seine Eltern und ließen ihn wegbringen. Man sagte mir nichts von dem Begräbnis, das oben in Kohler stattfand. Und die Eltern ließen durch jeden nur möglichen Menschen verbreiten, dass sie mir die Schuld daran gaben, dass Chase tot war."

„Das ist verrückt."

„Nun, ich war neunzehn und zum zweiten Mal seit dem Tod meiner Mom stand meine Welt Kopf. Ich nahm es mir wohl zu Herzen. Sechs Monate lang gab es in meinem Leben nichts als Arbeit und den Versuch zu vergessen. Dean und Brent holten mich da raus und von dem Zeitpunkt an war ich der Mann, der im Club an deinen Tisch kam. Ich arbeitete und spielte, mehr war da nicht." Trevor stellte seinen Teebecher auf den Tisch. „Ich konnte nicht. Es war sicherer, einfach …"

„Hinter deiner Mauer zu bleiben", ergänzte James sanft.

„Ja, bis du durch meine Schutzmauer spaziert bist, als wäre sie nicht da."

„Vielleicht war sie nicht mehr da. Du warst bereit, loszulassen und dich jemandem zu öffnen und ich war zufällig der Glückliche."

Trevor strich James über den Arm. „Nein, ich denke, das konntest nur du und ich war derjenige, der Glück hatte. Die meisten Typen, die Interesse zeigten, hatten nichts zu bieten. Du warst anders und ich weiß nicht, warum."

„Du hast vielleicht versucht, dein Herz zu verschließen, aber es war noch da." James drückte ihn. „Dein Herz hatte Zeit zu heilen und du warst bereit, jemanden in dein Leben zu lassen. Deshalb war ich in der Lage, dich zu berühren." James ließ seine Hände über Trevors Brust gleiten und legte sie über sein Herz. „Bist du enttäuscht, dass ich ... ich bin?"

Trevor nahm James bei den Händen. „Bist du enttäuscht, dass ich so eine Art männliche Schlampe bin?"

James kicherte und schmiegte sich enger an ihn. „Nein. Aber denk daran, dass du ab jetzt meine und nur meine Schlampe bist. Ich werde auf dich ebenso aufpassen wie du auf mich." James hob Trevors Kinn an und als er sich umdrehte, küsste James ihn. „Ich dachte lange, dass ich eine Belastung für jeden wäre, der sein Leben mit mir verbringen wollte. Er würde mich letztlich herumführen und sich den Rest meines Lebens um mich kümmern. Aber ich kann für mich selbst sorgen."

„Und ob du das kannst." Daran gab es keinen Zweifel.

James küsste ihn wieder und Trevor drehte sich in seinem Stuhl, vertiefte den Kuss und stand schließlich auf. Sie fanden sich in einer engen Umarmung wieder und tauschten zärtliche Berührungen. Trevor führte James ins Schlafzimmer, Kleidung verteilte sich auf dem Boden und sie fielen auf das Bett.

James landete wieder auf dem Bauch und Trevor mit dem Gesicht zwischen seinen Hinterbacken. Nur diesmal bettelte James und sorgte dafür, dass Kondome und eine Tube Gleitgel ihren Weg zu Trevor fanden. „Ich bin bereit, Trevor. Wir müssen eins werden."

James rollte sich auf den Rücken, spreizte die Beine und streichelte über seinen Schaft. Er war verdammt verführerisch und er wusste es. Trevor wollte fragen, ob James sich sicher wäre, aber es gab keinen Zweifel. James tat sein Bestes, um Trevor um den Verstand zu bringen. Der Anblick von James, der sich selbst befriedigte, war unglaublich und ließ sein Herz schneller schlagen, als er es je erlebt hatte.

Trevor setzte sich auf seine Fersen und sah ihm zu, während es sich das Gel schnappte und seine Finger bedeckte. James stöhnte, als Trevor ihn berührte und wurde lauter, als Trevor einen Finger einführte, ihn reizte und ihn vorbereitete, während die Wellen der Lust in ihm mit jeder Sekunde höher schlugen. Er war vom bloßen Zuschauen knapp davor zu kommen und vergaß beinahe, was James wollte. Trevor griff nach den Kondomen, zog eines über und stellte sicher, dass da genug Gleitmittel war, ehe er sich in Position brachte und stoppte.

„Bist du sicher? Ich bin nicht gerade klein und ich möchte dir nicht wehtun."

James schlang die Arme um Trevors Hals und zog ihn zu sich. „Ich will dir gehören. Das ist etwas Besonderes. Wenn nicht, dann hör auf. Aber wenn es hier um Liebe geht, dann ist es genau das, was ich will." James zog Trevor näher. „Ich habe dir das nie gesagt, aber ich glaube, ich habe begonnen, mich in dich zu verlieben, als du mich vor meiner Familie gerettet hast und ich habe nie aufgehört."

Trevor schob sich vorwärts und drang in James so langsam ein, wie er nur konnte. „Ich liebe dich, James." Er schob sich tiefer. James atmete tief ein und klammerte sich fest.

„Ja. Oh Gott, ja." James warf den Kopf zurück und stöhnte, als Trevor zentimeterweise vordrang. „Ich liebe dich auch, Trevor. Und jetzt nimm mich. Zeig mir, dass du mich willst."

Trevor stoppte, hielt James fest und drang dann ganz in ihn ein. „Du bist alles, was ich will." Das war James wirklich für ihn. Trevor liebte ihn und fühlte sich endlich wieder vollständig. Er hatte nicht gedacht, dass er das könnte, dass es immer leeren Raum in ihm geben würde, den nur Chase berührt hatte. Aber James hatte die Lücke mehr als ausgefüllt. „Du wirst es immer sein." Trevor begann sich langsam vor und zurück zu bewegen.

„Du musst mit mir reden."

„Ich weiß." Trevor überließ das Reden kurz seinem Körper und James zitterte in seinen Armen.

„Das ist zu viel." James hielt sich an ihm fest. „Ist es immer so, wenn man mit jemandem zusammen ist?"

Trevor hielt inne und streichelte James über die Wange. „Es war noch nie mit jemandem so." Nicht einmal mir Chase, aber das behielt er für sich. Von James so fest umschlossen zu sein, fühlte sich unglaublich an. Das würde Trevor nicht lange durchhalten. James brachte wieder den Teenager in ihm zum Vorschein. Die Gefühle schienen auf Gegenseitigkeit zu beruhen, denn James schnappte nach Luft, hielt still und zuckte dann rund um ihn, was auch Trevor über die Schwelle brachte.

Trevor stöhnte, drückte ihn an sich, küsste und streichelte ihn. Er musste James irgendwie sagen und zeigen, wie viel er ihm bedeutete und wie sehr er sein Herz berührt hatte.

„Das war ein ereignisreicher Tag", stellte James fest, nachdem Trevor aufgestanden war, sich um alles gekümmert und ein Handtuch gebracht hatte.

Dann stieg er zurück ins Bett und kuschelte sich an James. Er strahlte Hitze und Energie ab. Es war Trevor ein Rätsel, wie James das schaffte, nach allem, was sie gerade getan hatten, aber er schien mehr Energie zu haben als vorher. Trevor schloss die Augen und saugte die Wärme in sich auf. „Das kannst du laut sagen." Er wollte nicht darüber sprechen, was geschehen war. Er wollte es nur genießen und hoffen, dass es so blieb.

10

„TREVOR", RIEF James etwas mehr als einen Monat später. „Wir müssen uns beeilen, sonst kommen wir zu spät. Und ich treffe heute meinen neuen Hund." Es hatte eine kleine Verzögerung gegeben und er dachte, er würde vor Ungeduld platzen. Trevor war mit ihm einkaufen gewesen und sie hatten nicht nur alle Dinge besorgt, die Leader Dogs empfohlen hatte, sondern noch ein paar extra Spielsachen und einen Hundekorb, den sie bereits in eine Ecke des Schlafzimmers gestellt hatten, in dem Penny schlafen sollte.

Sie hatten die Nacht in Trevors Haus verbracht, denn es lag näher am Büro der Organisation und James hatte begonnen, sich mit dem Haus vertraut zu machen, auch wenn sie immer noch öfter bei ihm waren als bei Trevor.

James wusste, dass das daran lag, dass es für ihn einfacher war. Aber er wollte sich bemühen, so gut wie möglich in Trevors Leben und sein Umfeld zu passen. Das war einfach fair.

Trevor polterte über die Treppe. „Wir haben genug Zeit."

„Ja, aber wir haben viel vor. Am Vormittag arbeite ich zum ersten Mal mit Penny und am Abend haben wir dein Geburtstagsessen." Er war nicht sicher, wer wegen der Geburtstagsparty aufgeregter war, Trevor oder er. „Ich habe deine und meine Familie eingeladen. Ich weiß, das ist viel, aber sie sollten sich kennenlernen. Ich habe mit meinen Eltern gesprochen. Sie freuen sich darauf, Margret und Larry kennenzulernen. Ich habe nämlich Regeln festgelegt und ihnen gesagt, wenn sie nicht ihre guten Manieren mitbringen und ihre Vorurteile zu Hause lassen, dann werden sie mich in Zukunft selten sehen. Daraufhin hatte ich die volle Aufmerksamkeit meiner Mutter." James öffnete die Tür und drehte sich zu Trevor. „Keine Angst. Ich glaube, Marti hat auch mit ihr gesprochen und meine Eltern wollen mich ja glücklich sehen. Also mach dir keine Sorgen."

Trevor war aber nervös. James streckte die Hand nach ihm aus und Trevor ergriff sie. „Es ist mein Geburtstag."

„Ja, und auch meine Familie einzuladen, war eine nette Geste. Außerdem ist es für meine Mutter nur wichtig, wie Dinge aussehen. Stell dir also vor, was für ein Geschenk sie dir bringen wird." James grinste. „Schließlich geht es bei Geburtstagen doch vor allem um die Geschenke." Er zog Trevor näher und küsste ihn. „Und übrigens, wenn du brav bist, habe ich heute Nacht im

Schlafzimmer ein Geschenk für dich, das das Warten wert ist." James bewegte die Hüften und fühlte, wie Trevor in seinen Jeans hart wurde.

„Lass uns deinen neuen Augenersatz kennenlernen." Trevor führte ihn zum Auto und fuhr ihn zu Leader Dogs. Dort stieg Trevor aus und begleitete James hinein, der kaum still sitzen konnte, während sie warteten.

„James", sagte eine Frau und er stand auf. „Ich bin Holly. Wenn Sie mir folgen, stelle ich Ihnen Penny vor."

„Kann Trevor mitkommen?"

„Natürlich." Sie nahm seinen Arm und gab ihm die ganze Zeit Anweisungen, bis sie einen Raum erreichten und eine feuchte Nase sich leicht an seine Hand drückte. „Das ist Penny, die Hallo sagt. Sie ist ein schwarzer Labrador Retriever und sehr sanft. Lernen Sie sie ein wenig kennen und dann werden wir ihr das Geschirr anlegen und sie können ein wenig zusammen gehen."

Holly war sehr nett und arbeitete ein paar Stunden mit ihm. Obwohl er schon einen Hund gehabt hatte, war jeder anders. Er musste lernen, wie Penny sich verhielt, ebenso wie Penny ihn kennenlernen musste.

„Sie ist wunderbar."

„Ja, das ist sie und es scheint, als ob ihr beide gut zusammenarbeitet. Ich würde gerne morgen mit Penny zu Ihnen nach Hause kommen, damit sie die Umgebung kennenlernt und Sie dort mit ihr üben können. Nächste Woche müssen Sie zum Training herkommen. Sie werden eine Woche mit Penny arbeiten."

„Ich habe dasselbe Training absolviert, als ich Chet bekommen habe, ich bin also damit vertraut." James war begeistert. Er hatte sich so lange darauf gefreut.

„Dann sollte alles gut gehen." James beugte sich hinunter und verabschiedete sich von Penny, die sehr von ihm angetan schien. Sie war zu gut erzogen, um an ihm hochzuspringen, aber sie legte den Kopf in seine Hand und er streichelte sie. „Du bist ein tolles Mädchen und wir werden sehr gute Freunde werden."

„Wir sehen uns dann morgen", sagte Holly und Trevor führte James hinaus und zum Auto.

Sie stiegen ein und Trevor fuhr zurück zu seinem Haus. James rutschte vor Aufregung auf seinem Sitz hin und her. „Wir müssen uns für die Party umziehen."

„Wo findet die denn statt?"

James kicherte. „Ich habe Mom gebeten, ob sie mir helfen kann, das in ihrem Country Club zu organisieren. Wir haben einen kleinen, privaten Raum, wo wir laut und unordentlich sein dürfen. Ich weiß, der Ort ist nicht deine erste

Wahl, aber Mom wollte helfen und ich habe das als eine Art Friedensangebot interpretiert." Er wünschte sich wirklich sehr, dass Trevor und seine Familie gut auskamen. Und alle hatten Hilfe angeboten. „Offenbar bringt Margret die Torte."

„Okay."

James hoffte, dass Trevor mit dem, was er da für ihn arrangiert hatte, glücklich sein würde. Er war ein wenig unsicher. Er drückte den Knopf seiner Uhr, um die Zeit zu hören. „Wir müssen in einer Stunde dort sein."

„Wir kommen nicht zu spät." Trevor tätschelte sein Bein und James fühlte, wie er beschleunigte. Als sie bei Trevor eintrafen, hatten sie gerade mal Zeit, sich frisch zu machen und sich umzuziehen, wobei Trevor ihm half, passende Kleidung auszusuchen. Dann waren sie auch schon wieder im Auto.

Joyce wartete auf sie, als sie ankamen, und umarmte ihn, bevor sie Trevor begrüßte. „Alles Gute zum Geburtstag. Ich hoffe, es ist ein schöner." Der übliche skeptische Unterton in ihrer Stimme fehlte. „Alles ist so vorbereitet, wie James es wollte."

„Danke Mom", sagte James glücklich.

„Onkel Jimmy." Zack lief herüber und James ging in die Knie, um ihn umarmen zu können. „Gibt es Geschenke für mich?"

„Du hattest deinen Geburtstag vor einigen Wochen. Heute ist Trevors Geburtstag. Aber es gibt Torte."

Damit schien er zufrieden zu sein.

„Dein Dad und Margret sind vorhin angekommen. Sie sind schon drinnen", sagte Marti.

Als er den Signalton seines Handys hörte, lauschte James einer Nachricht und lächelte. „Bitte geht hinein. Wir erwarten noch einen Gast und dann kommen wir nach." James lächelte, als seine Mutter die anderen hineinscheuchte.

„Wer kommt denn sonst noch?"

„Brent. Hatte ich dir nicht erzählt, dass ich ihn eingeladen habe? Ich hatte auch Dean eingeladen, aber er sagte, er hätte andere Pläne." James tätschelte Trevors Hand.

James hörte Brent, bevor er auftauchte und da er Trevors Hand hielt und fühlte, wie er sich anspannte, wusste er genau, in welchem Moment er ins Blickfeld gekommen war.

„Du hast mein Bike gekauft?", fragte Trevor mit einer Mischung aus Ärger und Verwirrung, als Brent anhielt und der Motor verstummte.

„Nein", antwortete Brent.

Trevor ließ James los und trat einen Schritt zurück. „Das ist mein Bike, du hast mir geholfen, es zu verkaufen und nun fährst du es. Da halte ich die Frage für angemessen."

„Trevor." James bewegte sich auf Trevors Stimme zu und stieß gegen ihn. Er nützte die Gelegenheit, um die Arme um seine Taille zu schlingen. „Nicht Brent hat das Bike gekauft, sondern ich."

Trevor versteifte sich, als er die Bedeutung der Worte erfasste. „Du hast was?"

„Ja. Ich habe es gekauft." James streckte die Hand aus und Brent legte die Schlüssel hinein. „Alles Gute zum Geburtstag." James hielt Trevor die Schlüssel hin. „Ich wollte mich nicht einmischen. Was du getan hast, war deine Entscheidung. Aber ich wollte nicht, dass du dein Motorrad verkaufst. Also habe ich es gekauft."

„Und ihr beide habt das die ganze Zeit geheim gehalten?"

„Ja. Und es war nicht leicht. Ich habe immer damit gerechnet, dass du dir die Papiere der Übertragung genau ansehen würdest, aber du hast es nie getan. Sonst hättest du gesehen, dass das Bike an James gegangen war …"

„Und morgen geht es wieder an dich." James umarmte Trevor. „Du solltest wissen, dass es eine ganz selbstsüchtige Aktion war. Wenn du kein Motorrad hast, kann ich auch nicht mit dir mitfahren."

„Du hast es gekauft, weil du mit mir darauf fahren willst?" Trevor wirkte amüsiert. „Aber warte mal … Wie kannst du dir das leisten? Hast du wirklich so viel Geld?"

„Ja. Ich bin nicht reich, aber ich habe genug Geld. Und ja, ich wollte, dass das unser Motorrad wird", flüsterte James und Trevor drehte sich langsam in seinen Armen.

„Wir sehen uns drinnen", sagte Brent und Trevor nickte gedankenverloren.

„Unser Motorrad?"

„Ja." James wollte noch etwas sagen, aber Trevor brachte ihn mit einem Kuss zum Schweigen. Aber James wartete entschlossen, bis Trevor ihn losließ. „Betrachte es als unsere erste gemeinsame Anschaffung. Ich hoffe, dass wir irgendwann zusammenziehen und uns ein gemeinsames Leben aufbauen können. Ich sehe das als den Anfang. Wenn wir über die Autobahn düsen, du fährst und ich mich an dich drücke und mich an dir festhalte."

Trevor umfasste James' Kinn sanft mit seinen von der Arbeit rauen Fingern. „Ich liebe dich, James. Und ich möchte dieselben Dinge. Ich dachte nur nie, dass ich sie haben könnte."

„Ich auch nicht. Wer hätte schon gedacht, dass ich mich in so einen bösen Jungen verliebe?" Eine Träne lief James über die Wange und er versuchte nicht, sie wegzuwischen. „Und dass sich herausstellen würde, dass er unter der rauen Schale tatsächlich ein Herz hat?" James küsste Trevor noch einmal.

Die Vordertür schlug zu. „Onkel Jimmy, können wir jetzt die Torte essen?", fragte Zack. James löste sich von Trevor und erinnerte sich daran, wo sie waren. Offensichtlich hatte Zack herausgefunden, wie die Tür aufging.

„Wie wäre es, wenn wir zuerst essen? Kannst du mich hineinführen, während Onkel Trevor sein Motorrad parkt?" James nahm Zacks Hand und er führte ihn weg, während der Motor des Bikes ansprang und wieder leise wurde, als Trevor parkte. James hielt mit Zack an der Hand vor der Tür. „Kannst du sie öffnen?"

„Ich mache das", sagte Trevor hinter ihm und legte einen Arm um James. Dann ließ er ihn los und Zack lachte, weil er offenbar gekitzelt wurde. Es gab einen leichten Luftzug, als die Tür aufging. Trevor nahm seine Hand, beschrieb, was vor ihnen war, und führte ihn hinein. „Danke."

„Für das Motorrad? Gern geschehen." James war glücklich, dass Trevor sich so freute.

Trevor drückte seine Hand. „Für alles … absolut alles."

EPILOG

„ICH KANN nicht glauben, dass du beschlossen hast, am kältesten Tag des Jahres hier einzuziehen", sagte Trevor, er klang aber nicht verärgert. Brent, Dean, Tim und Marshall hatten geholfen. Es schien, als ob sich Deans Gereiztheit darüber, dass Trevors Club-Zeiten vorbei waren, über die Feiertage beinahe aufgelöst hatte. Nicht, dass Trevor sie vermisste, aber er war immer noch besorgt, dass Dean noch eine Schwäche für ihn hegen könnte. Es gab keine äußeren Anzeichen und ihn zusammen mit James zu sehen, würde dieser Regung hoffentlich ein Ende setzen. Trevor glaubte fest daran, dass Dean einfach jemanden wie James brauchte, der ihn liebte und das Zentrum seiner Welt wurde.

„Wir haben schon die ganzen Feiertage damit verbracht, zwischen deiner und meiner Familie und unseren Häusern hin und her zu rennen. Außerdem mussten wir mein Haus nicht auf den Markt bringen."

„Es war schon Glück, dass die Tochter von Mrs. Ledbetter nach einem Haus in der Nähe ihrer Mutter gesucht und sich ausgerechnet in deines verliebt hat." Das hatte den gesamten Verkaufsprozess sehr einfach gemacht. Sie hatten nur jemanden gebraucht, um die Übergabe zu regeln.

„Ja. Schön, dass jetzt alles erledigt ist und Penny scheint auch glücklich zu sein", sagte James. Penny lag eingerollt zu seinen Füßen. Trevor und James hatten ziemlich heftig diskutiert, wo Penny schlafen sollte. Trevor meinte, sie sollte in der Waschküche schlafen, James wollte sie in einer Ecke des Schlafzimmers. James hatte die Auseinandersetzung gewonnen und ihr Korb war in ihrem Zimmer, aber Trevor hatte durchgesetzt, dass sie nicht bei ihnen schlief.

Nicht, dass sie Grund zur Sorge hatten. Penny war gut darauf trainiert, in ihrem eigenen Bett zu bleiben und die Menschen in ihrem zu lassen. In der ersten Nacht, die sie zusammen in einem Zimmer verbracht hatten, waren Trevor und James ein wenig laut gewesen und Penny hatte letztlich doch in der Waschküche geschlafen.

„Das ist sie", sagte Trevor, als James sich neben ihm auf das Sofa setzte. „Ich habe schon vor einer Weile Essen bestellt. Es sollte in fünfzehn Minuten hier sein. Bedient euch bei den Getränken im Kühlschrank." Es war leichter, wenn alle selbst holten, was sie wollten, denn die Behälter im Haus waren ein echtes Minenfeld, in dem James sich nur schwer zurechtfand.

„Wie habt ihr jeweils entschieden, was ihr behalten wollt?", fragte Marshall.

„Das war leicht. Die meisten meiner Möbel hatte ich gebraucht gekauft und James hatte hübschere, also habe ich meine gespendet. James neigt an sich nicht dazu, Dinge zu sammeln, also war es nicht schwer. Jetzt müssen wir nur alles wegräumen und dafür sorgen, dass es verdammt schnell beschriftet wird."

„Sag uns einfach, wo die Sachen hinsollen", forderte Brent und Trevor gab Anweisungen, während Box für Box ausgepackt wurde. Dean arbeitete mit James im Schlafzimmer und half ihm, alles in den Kleiderschrank zu sortieren. Das war ein kalkuliertes Risiko, das Trevor einging, und nach der lockeren Konversation zu urteilen, funktionierte es. Er hoffte, dass Dean seinen ursprünglichen Groll gegenüber James schnell ablegen würde.

Als das Essen kam, legten sie eine Pause ein. Margret und Larry schlossen sich ihnen an und danach machten sich alle wieder an die Arbeit. Als draußen die Sonne unterging, waren alle Boxen in der Garage und im Keller verstaut und das Haus frei von Stolperfallen, was wirklich wichtig war. Trevor hatte einige Monate zuvor einmal eine Tasche mit Papierkram von der Werkstatt mit zu James genommen und sie bei der Tür stehen lassen. Er hatte dann darauf vergessen und James war gestolpert. Zum Glück hatte er sich gefangen und an einem Stuhl abgestützt. Er war unverletzt geblieben, aber es war Trevor eine Lehre gewesen. James brauchte immer ein freies, sauberes Umfeld ohne Hindernisse.

„Das ist jetzt dein Zuhause", sagte Trevor am Abend, nachdem er ein kleines Feuer im Kamin gemacht hatte und sie davor auf dem Sofa saßen.

„Unser Zuhause", korrigierte James. „Deines, meines und Pennys."

Sie war ein wunderbarer Hund, auch wenn es Trevor immer noch manchmal unruhig machte, sie nachts im Schlafzimmer zu haben, aber nur, weil die Zweisamkeit mit James so kostbar für ihn war. Ihm war klar, dass er das überwinden würde. Wenn es für James beruhigend war, sie in seiner Nähe zu wissen, dann zählte nur das.

James lehnte sich an seine Schulter. „Haben wir morgen etwas vor?"
„Nein."

„Ich habe mir die Wetterprognose angehört und es soll kalt, aber schön sein. Ich dachte deshalb, wir könnten einen kleinen Ausflug machen." James stand auf und Trevor sah ihm zu, wie er vorsichtig aus dem Zimmer und ins

Büro ging. Er kam mit einem Umschlag zurück, gab ihn Trevor und setzte sich wieder. „Ich dachte, wir sollten dort hinfahren."

Trevor öffnete ihn, las die Seite und fragte sich, was James wohl vorhatte, bis er den Namen entdeckte.

AM NÄCHSTEN Tag parkte Trevor das Auto. „Möchtest du mitkommen?"

„Ja." James stieg aus und Penny war sofort bei ihm. Er hielt ihr Geschirr mit der rechten Hand und Trevor nahm die linke. Es dauerte eine Weile, aber was sie suchten, lag nahe an der Straße. Als Trevor den Namen Chase Longacre auf dem weißen Granitstein entdeckte, ging er im Schnee auf die Knie, um ihn ganz aus der Nähe sehen zu können.

„Ich war nie hier … Sie haben mir nicht gesagt, wo er begraben ist. Wie hast du es gefunden?"

„Ich bin Todesanzeigen durchgegangen und habe Friedhöfe angerufen, bis ich den richtigen hatte." James legte die Hand auf Trevors Schulter und Penny stupste ihn an. „Ich lasse dich ein paar Minuten allein mit ihm. Ich warte mit Penny da drüben." Er entfernte sich und Trevor wandte seine Aufmerksamkeit wieder dem Grabstein zu.

„Es tut mir leid, Chase." Ihm wurde klar, dass es viele Dinge gab, die er sagen wollte und eine Welle von Schuldgefühlen überrollte ihn. „Ich hätte für dich da sein sollen, als du mich gebraucht hast. Ich weiß, dass deine Eltern mir die Schuld geben und in gewisser Weise tue ich das auch. Ich möchte dir sagen, dass ich glücklich mit dir war und dass du etwas Besonderes für mich warst. Das bist du noch." Er drehte sich zur Seite, wo James mit Penny in der Sonne stand. „Nachdem ich dich verloren hatte, habe ich für eine lange Zeit aufgehört zu fühlen und zu lieben. Ehrlich gesagt dachte ich nicht, dass ich es verdiene, wieder jemanden zu finden." Er wandte sich wieder dem Stein zu. „Dann habe ich James getroffen und alles wurde anders. Ich glaube, ich verstehe jetzt, dass du zornig warst, weil ich mir so viel Zeit gelassen habe. Du hast dich immer von deinem Herz leiten lassen. Genau deshalb habe ich mich ursprünglich wohl in dich verliebt. James tut das auch. Es war seine Idee, hierherzukommen. Ich denke, er wusste, dass ich mich verabschieden muss. Ich habe sehr lange um dich getrauert."

Eine kalte Brise wehte über das Gelände und wirbelte Schnee auf. Dann tanzten die Flocken zu Boden und alles war wieder friedlich.

„Ich hoffe, du hast Frieden gefunden. Du verdienst es."

Trevor stand auf, warf einen letzten Blick auf das Grab und ging dann zu James und Penny. Chase war seine Vergangenheit und er würde ihn nie vergessen. Aber James war seine Zukunft, hoffentlich für den Rest seines Lebens. Er hakte sich bei James unter, lächelte, auch wenn James es nicht sehen konnte, beugte sich zu ihm und küsste ihn.

Es war Zeit, nach Hause zu gehen.

ANDREW GREY wuchs in West-Michigan auf. Er hatte einen Vater, der es liebte, Geschichten zu erzählen und eine Mutter, die es liebte, sie zu lesen. Seither hat er an verschiedenen Orten in den USA gelebt und ist um die halbe Welt gereist. Er machte seinen Master an der Universität von Wisconsin – Milwaukee und arbeitet als Informatiker für eine große Firma.

Andrew sammelt Antiquitäten, liebt Gartenarbeit und lässt mit Vorliebe sein schmutziges Geschirr überall stehen – nur nicht in der Spüle. Er hat das Glück, die Akzeptanz seiner Familie, fantastische Freunde und den liebevollsten Partner der Welt zu haben, der ihn unterstützt. Im Moment lebt er im schönen, historischen Carlisle, Pennsylvania.

E-Mail: andrewgrey@comcast.net
Website: www.andrewgreybooks.com

COWBOYS IM ZAHMEN OSTEN

ANDREW GREY

Brighton McKenzie erbt eines der letzten Fleckchen Farmland in den städtischen Außenbezirken von Baltimore. Die Farm war schon im Besitz der Familie, als Maryland noch eine Kolonie war, aber nun liegt sie schon eine ganze Weile brach. Es wäre so einfach, sie zur Bebauung zu verkaufen, aber Brighton möchte dem Wunsch seines Großvaters entsprechen und sie wieder aufleben lassen. Leider ist er seit einem Unfall auf einen Krückstock angewiesen und braucht daher Hilfe.

Tanner Houghton arbeitete auf einer Ranch in Montana, bis der Vater eines rachsüchtigen Exfreundes ihn aufgrund seiner Sexualität feuerte. Tanner kommt der Einladung seines Cousins nach Maryland nach und ist begeistert, eine Chance zu bekommen, wieder der Arbeit nachzugehen, die er liebt.

Brighton fühlt sich augenblicklich von dem äußerst attraktiven und hochgewachsenen Tanner angezogen – er verkörpert alles, was Brighton an einem Mann gefällt. Aber Brighton hält sich zurück, denn Tanner ist sein Angestellter – und warum sollte sich ein vor Leben strotzender Mann wie Tanner überhaupt für ihn interessieren? Doch das ist nicht ihr größtes Problem. Sie müssen sich den Intrigen von Brightons Tante widersetzen, plötzlich will Tanners Exfreund ihn wieder zurück, und dann müssen sie einen Weg finden, die Farm finanziell rentabel zu machen, bevor sie Brightons Familienerbe verlieren.

www.dreamspinner-de.com

FEUER UND *Wasser*

ANDREW GREY

Buch 1 in der Serie – Carlise Cops

Officer Red Markham kennt die Schattenseiten des Lebens. Von einem Autounfall, der seinen Eltern das Leben kostete, hat er hässliche Narben davongetragen, die ihm den Umgang mit anderen Menschen schwer machen. Sein Job als Polizist auf den Straßen von Carlisle, Pennsylvania, trägt ebenso dazu bei, da sich in letzter Zeit Drogenmissbrauch mit tödlichem Ausgang häuft. Eines Nachmittags wird Red wegen eines Kindes, das bei einem Unfall fast ertrunken wäre, zum örtlichen Schwimmbad gerufen. Am Unfallort stellt er fest, dass das Kind von dem Rettungsschwimmer Terry Baumgartner gerettet wurde. Red ist nicht überrascht, als der gut aussehende Terry ihn und sein hässliches Gesicht keines Blickes würdigt.

Mit anzuhören, dass einer der Rettungskräfte ihn für oberflächlich hält, öffnet Terry die Augen. Vielleicht ist er doch nicht so nett, wie er immer gedacht hat. Seine Freundin Julie schlägt vor, dass er Menschen unterstützt, denen es nicht so gut geht, indem er Essen an ältere Leute liefert. Auf seiner Tour trifft er die offenherzige Margie, eine Frau, die sagt, was sie denkt. Es stellt sich heraus, dass sie die Tante von Officer Red Markham ist.

Reds und Terrys Welten prallen aufeinander, als Red versucht, den Ursprung der Drogenwelle zu finden und Terry vor seinem Exfreund zu beschützen, der ein Nein nicht akzeptieren kann. Zusammen finden sie vielleicht mehr, als sie erwartet hatten – wenn sie es schaffen, hinter die Fassade des anderen zu blicken.

www.dreamspinner-de.com

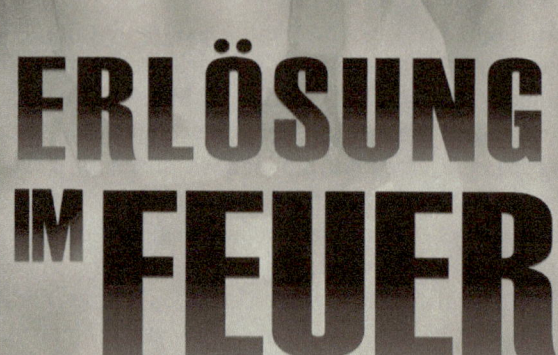

ERLÖSUNG IM FEUER

ANDREW GREY

Buch 1 in der Serie – im Feuer

Dirk Krause ist ein Mistkerl wie er im Buche steht. Er macht sich selbst das Leben zur Hölle und jeden in seiner Umgebung unglücklich. Als er während eines Brandeinsatzes verletzt wird, ist er sogar zum Krankenhauspersonal unausstehlich, und natürlich ist er niemanden aus seiner Einheit wichtig genug, um ihn zu besuchen.

Lee Stockton ist das neueste Mitglied auf der Feuerwache, das den undankbaren Job aufgebrummt bekommt, Dirk einen Blumenstrauß von den Jungs vorbeizubringen. Zu Dirks Überraschung durchschaut Lee ihn sofort und lässt sich nicht vergraulen. Lee ist fest entschlossen, Dirk zu helfen, diese Arschloch-Attitüde aufzugeben und nicht alle von sich zu stoßen. Als ihre Streitereien schließlich im Bett enden, stellt sich die Frage, ob dieses Feuerwerk über einer möglichen Beziehung erstrahlt oder am Ende nur Asche zurückbleibt.

www.dreamspinner-de.com

LIEBE KOMMT AUF LEISEN
Sohlen

ANDREW GREY

Ein Titel der Sinne Serie

Sich um einen geliebten Menschen zu kümmern, der Krebs hat, ist hart. Dabei auf sich allein gestellt zu sein, ist noch härter – besonders wenn der geliebte Mensch ein Kind ist. Seit Ken Brightons Lebensgefährte ihn verlassen hat, hat Ken den Großteil seiner Zeit im Krankenhaus bei seiner Tochter Hanna verbracht und auf ein Wunder gehofft. Die mysteriösen Geschenke, die für Hanna wie aus dem Nichts auftauchen, waren zwar nicht die ersehnte Heilung, dafür bringen sie allerdings einen Funken Hoffnung in Hannas und sein schwieriges Leben – genauso wie Kens Nachbar, der ehemalige Sänger Patrick Flaherty.

In den letzten beiden Jahren konnte Patrick an nichts anderes denken als an das Leben, das er eigentlich führen sollte. Durch einen Unfall hat er seine Stimme verloren und seitdem fällt es ihm schwer, neue Menschen kennenzulernen. Doch in den letzten Monaten hat er viel Zeit damit verbracht, seinen Nachbarn dabei zu beobachten, wie er sich um sein krankes Kind kümmert. Als Patrick Ken kennenlernt, fängt er an, sich ein Leben mit ihm zu wünschen - ein Leben, von dem er sich nicht sicher ist, ob er es haben kann.

Ken erkennt erst, dass er sich verliebt hat, als es beim Kampf der Ärzte um Hannas Leben zu Rückschlägen kommt. Ken ist fest entschlossen, neu anzufangen – zusammen mit Patrick und Hanna. Die zurückhaltende Stille seines Nachbarn lässt Ken allerdings wundern, ob Patrick das Gleiche will.

www.dreamspinner-de.com

ANDREW GREY

7

SIEBEN
TAGE

Ein Titel der Sieben Tage Serie

Kann sich ein ganzes Leben an nur einem einzigen Tag völlig verändern? Was ist mit sieben Tagen?

Dies ist die Geschichte der sieben alles verändernden Tage in Evan Donaldsons Leben. Evan war ein Strichjunge, als Vater Valentin ihn dazu überredete, zur St. Bartholomäus Akademie zu kommen. Dieser Tag veränderte Evans gesamtes Leben. An diesem Tag traf er seinen Zimmergenossen, Clay Mueller, und an diesem Tag begann Evan, wieder zu leben. Aber Evans Leben sollte sich auch weiterhin immer wieder ändern – von Missbrauch über die erste Liebe, Trennung und gebrochene Herzen, bis hin zur Gründung seiner eigenen Familie. Und wann immer sich für Evan eine Tür schloss, öffnete sich gleichzeitig ein Fenster, und das Fenster war Clay.

Von jenem ersten Tag, an dem Evan wieder zu vertrauen lernte und sich zwischen ihm und Clay spontan ein tiefes Band knüpfte, folgt diese Geschichte den Drehungen und Wendungen ihrer Beziehung und blickt auf sieben, alles verändernde Tage und auf die wundersame Weise, wie sich in einem einzelnen, ausschlaggebenden Moment ein Schicksal ändern kann.

www.dreamspinner-de.com

Von ANDREW GREY

Cowboys im zahmen Osten
Das Licht der Liebe

CARLISLE COPS
Feuer und Wasser

GESCHICHTEN AUS DER FERNE
Ein weites Land – Miteinander
Ein weites Land – Dunkle Wolken
Ein weites Land – Unruhige Zeit

IM FEUER
Erlösung in Feuer
Gestählt im Feuer

SIEBEN TAGE
Sieben Tage

SINNE
Liebe kommt auf leisen Sohlen

Veröffentlicht von DREAMSPINNER PRESS
www.dreamspinner-de.com

www.ingramcontent.com/pod-product-compliance
Lightning Source LLC
Chambersburg PA
CBHW022151240626
47153CB00007B/2615